KB271519

몽상가 夢想家

FUSION ORIENTAL STORY

김대산 퓨전 무협 소설

夢想家

몽상가 1

김대산 퓨전 무협 소설

초판 1쇄 찍은 날 § 2010년 6월 10일
초판 1쇄 펴낸 날 § 2010년 6월 17일

지은이 § 김대산
펴낸이 § 서경석

편집장 § 문혜영
편집책임 § 박우진
편집 § 서지현

펴낸곳 § 도서출판 청어람
등록번호 § 제1081-1-89호
등록일자 § 1999. 5. 31
어람번호 § 제2-1940호

주소 § 경기도 부천시 원미구 심곡2동 163-2 서경B/D 3F (우) 420-822
전화 § 032-656-4452 팩스 § 032-656-4453
http://www.chungeoram.com
E-mail § chungeoram@chungeoram.com

ⓒ 김대산, 2010

ISBN 978-89-251-2202-1 04810
ISBN 978-89-251-2201-4(세트)

몽상가

夢想家

1

귀신 씻나락 까먹는 소리

김대산 퓨전 무협 소설 FUSION ORIENTAL STORY

도서출판 청어람

目次

　꿈같은 현실을 산다는 사람이 있는가 하면, 지독하고도 지긋지긋한 현실을 산다는 사람도 있다. 물론 전자는 아주 드물고, 후자야말로 세상의 대부분일 것이다. 결국 세상의 대부분은 꿈이라도 꾸지 않으면 참 팍팍할 수밖에 없는 인생들인 것이리라.

　그러나 내내 꿈같은 현실만 산다는 것도 끝내는 지겨워질지도 모를 일이다. 차라리 꿈과 현실, 모두를 살아보는 것은 어떨까? 나아가 꿈도 현실일 수 있고, 현실도 꿈일 수 있는 그런 삶 말이다.

　매력적이지 않을까? 물론 현실이든 꿈이든 그것이 일단 삶이라면 얼마만큼의 고난과 좌절과 절망이 있을 것임은 의당히 각오해야 할 것이다. 혹은 덜 그럴듯하고 더 그럴듯하다는 이유로 결국 어느 한쪽에 매이거나 집착할 수도 있을 것이다.

그러나 설령 두 삶 모두가 너무도 힘에 겨워 수시로 좌절과 절망에 빠진다고 하더라도, 정말로 못 견뎌서 죽겠다 싶어지는 바로 그때에 다른 하나의 삶이 해방구가 될 수 있다면, 비록 그것이 아주 조금밖에 나아지지 않아서 죽지는 않겠다 싶은 정도에 불과할지라도, 비록 그것이 잠시간만의 도피에 불과할지라도, 그래도 매력적이라고 할 수 있지 않을까?

이제부터 우리가 가려는 곳은 바로 몽상가의 세계이다. 가져갈 것도 가져올 것도 없는, 그저 자유로운 세계이니 우리는 잠시 각자의 자신을 내려놓아 버리자!

만약 그럼에도 잠시간 여행의 끝에 무엇인가 남는 게 있다면, 그것은 전적으로 여행자 각자의 행운이다.

第一章
미치겠다!

몽상가

1

"아홉, 흡(吸)… 지(止)!"
쉰 듯하면서도 날카롭게 울리는 목소리.
그리고 숨소리. 괴로워하며 억지로 들이쉬는 숨소리.
"끄으으… 윽!"
뭐지? 그의 의식은 좀처럼 분명해지지 않고 있었다. 언뜻 꿈
속인가 싶었다.
"열, 흡… 지!"
날카로운 목소리가 다시 올렸다.
'구령 소리인가?'
"끄으으으… 윽!"
숨소리는 더욱 괴로워하고 있었다, 곧 죽고 말 것처럼. 그

런데,

'이 소리? 내가 내는 소리인가? 내가 숨 쉬는 소리인가?

순간 갑자기 턱 숨이 막히고 말았다. 멈추고 말았다.

'컥! 내쉬어야 하는데…….'

그러나 아무리 애를 써도 숨은 내쉬어지지가 않았다.

"열하나, 흡… 지!"

구령 소리가 다시 울렸다. 그리고 동시에 그는, 아니, 그의 의지와는 조금도 상관없이 그의 몸은 다시 숨을 들이켜고 있었다.

"커으으……."

내쉬어야 하는데 다시 들이켜고 있다. 내쉬는 숨은 없고 오로지 들이쉬고 멈추었다가 다시 들이쉬는 과정만 반복하는 방식의 숨쉬기. 고개는 꺾어질 듯 뒤로 젖혀져 있었고, 몸은 뒤틀려 비비 꼬이고 있었다.

'내가 지금 뭘 하고 있는 거지? 도대체 왜 이런 어처구니없는 짓을 하고 있는 거지?

의식이 조금씩 깨어나고 있었다. 그러나 아직은 불분명했다. 다만 그런 중에도 곧 죽을 것만 같은 그 이상한 숨쉬기를 계속해야만 한다는 강박감이 거대한 산더미처럼 그를 짓누르고 있었다.

의식이 점차로 명료해지고 있었다. 비례하여 숨 막히는 괴로움 또한 급격히 생생해지고 절박해졌다. 죽겠다. 이러다가는 정말로 죽고 말겠다. 온몸의 세포 하나하나가 마지막까지 처절히도 발버둥을 쳐댔다. 그 순간 아무리 해도 내쉬어지지 않던 그의 숨이 마침내 터져 나왔다.

"후아아아아!"

터질 것같이 잔뜩 부푼 풍선의 입구를 놓아버린 듯 급하고 급한 숨이 폐와 기도를 단번에 휘돌아서 바깥으로 빠져나갔다. 그때였다.

"어떤 개자식이야?"

앞쪽 어디쯤에서 누군가가 외치는 그 소리는, 마치 방금 송장의 눈알 한쪽을 파먹은 까마귀가 우는 소리와도 같이 귀를 후벼 파는 듯한 날카로움과 잔혹함을 담고 있었다.

주변에서 움찔거리는 느낌들이 있었다. 사방은 그리 밝은 편이 아니었다. 그러나 그는 이내 자신이 지금 사뭇 불편하게도 가부좌 비슷하게 자세를 잡고 앉아 있는 중이고, 꽤 넓어 보이는 주위 공간에는 얼마나 되는지 언뜻 짐작하기 어려울 만큼의 사람들이 그와 똑같은 자세를 취하고 있다는 것을 발견할 수 있었다.

그러나 그가 더 이상의 관찰이나 의문을 가질 여유는 없었다. 까마귀 목소리의 임자는 그 많은 사내들 중에서 그를 금세 발견해 낸 모양이었다.

"이런 개 후레자식! 네놈이 죽기가 소원인 모양이로구나! 오냐, 이놈! 오늘 아주 제대로 죽여주마!"

곧이어 시커먼 무언가가 뿌연 허공을 휘감으며 날아오더니 사정없이 그의 몸에 휘감겨 들었다.

쫘아악!

"으악?"

비명은 반사적이었다. 그리고 그 비명이 바로 자신의 입에서 터져 나왔다는 사실에 그는 우선 생경함을 느껴야만 했다.

그러나 바로 뒤이어 전율처럼 따라붙은 참혹한 고통은 그의 생경함을 야멸차게도 짓밟아 버렸다.

"으아아악!"

있는 힘을 다해 부르짖었으나 막상,

"왜? 왜……?"

하는 소리밖에 나오지 않았다.

그것은 절규였다. 고통에 대한 간절한 호소였고, 미지의 상황에 대한 절박한 공포였다. 그러나 돌아온 것은 사정없는 채찍질이었다.

쫙! 쫘악!

찰기라도 머금은 듯이 독살스럽게 몸에 감겨드는 고통에 그는 애원했다.

"으아악! 그만! 제발 그만!"

그러나 채찍질은 가혹하기만 했다.

쫙! 쫘악! 쫘아악!

무차별한 채찍질 속에서, 금방이라도 죽고 말 듯한 고통과 공포 속에서 그는 깨달았다. 그에게 질문은 허용되지 않는다는 것을. 단 한마디의 말조차도.

쫙! 쫘악! 쫘악!

절규와 애원을 속으로 삼키고 있는 동안에도 채찍질은 계속 되었다. 꿈일까? 꿈이었으면! 제발! 그러나 꿈은 아니었다. 꿈 이라면 이처럼 처절하게 생생할 수는 없었다.

상상조차 해본 적이 없었으리만큼 지독한 고통은 그의 머릿 속에서 숨 가쁘게 떠오르는 의혹들조차도 순간순간 얼려 버리 고 말았다.

그는 차라리 두 손으로 입을 틀어막았다, 고통과 공포로 헐 떡거리는 숨소리마저 새어 나오지 않도록.

채찍질이 멈추었다. 그리고 '방금 송장의 눈알 한쪽을 파먹 은 까마귀가 우는 소리' 의 임자가 오싹 소름이 끼치도록 차가 운 목소리로 말했다.

"노부가 마음만 먹는다면 네놈의 하찮은 목숨쯤 당장에라 도 끊어줄 수 있다. 어떻게 하겠느냐? 지금 당장 죽여주랴, 아 니면 다시 쉴 것이냐?"

마구 흐트러져 얼굴을 가린 백발 사이로 번뜩이는 두 눈과 마주치는 순간, 그는 부르르 치를 떨고 말았다. 동시에 무작정 고개부터 끄덕이고 보았다. 그 목소리가 무엇을 말하는지는 조금도 중요하지 않았다.

메마른 입술로 차갑게 조소하며 까마귀늙은이가 크게 외쳤 다.

"자! 내쉬는 숨은 없다. 오로지 들이쉬어야 한다. 구령에 따 라 들이쉬고, 구령에 따라 멈춘다. 자! 다시 시작한다. 하나,

흡… 지!"

까마귀늙은이의 차가운 외침은 백여 명의 사내가 촘촘하게 대오를 맞춰 가부좌를 틀고 앉은 넓은 공간을 짜랑하게 울렸다.

구령에 따라 숨을 들이쉬었다가 멈추기를 몇 차례. 금방 또 숨이 막혀왔다. 그러나 사람의 고통은 고통보다 더욱 큰 공포 앞에서 어느 정도까지는 극복이 되는 모양이었다.

"열하나, 흡… 지!"

늙은이의 구령에 따라 그는 좀 전에 한계를 겪었던 횟수를 고통스럽게 넘어갔다. 그러나 그는 이내 새로운 한계에 도달하고야 말았다.

"열넷, 흡… 지!"

더 이상은 도저히 참지 못할 숨 막힘과 이러다 정말로 죽고 말겠다는 절박한 두려움, 까마귀늙은이가 그에게 심어놓은 끔찍한 고통과 공포의 기억이 서로 마주쳐 격렬한 각축을 벌였다.

"끄으으… 으으으!"

숨이, 숨이 넘어가고 있었다. 정말로 숨이 넘어가고 있었다. 의식마저 희미해지고 있었다.

"그만! 여기까지!"

까마귀늙은이가 외쳤다. 그러나 그때 그는 이미 돌이킬 수 없는 지경에까지 가 있었다. 무너져 내리는 의식 속에서 숨을 토해내려고 무진 애를 썼으나, 이미 넘어가 버린 숨을 되돌리지 못했다.

'아아!'

혼돈의 경계 너머로 소멸되어 가는 의식 뒤편에서 마지막으로 토해낸 그의 짧은 절규가 안타까이 스러지고 있었다.

2

"끄으으… 아아!"

힘겹게 부르짖으며 그는 잠에서 깨어났다. 꿈인지 현실인지, 이승인지 저승인지 모호한 가운데 가슴속에서 영문도 모를 설움이 복받쳐 올라왔다.

"흐흐흐흐!"

흐느낌인지 웃음인지 모를 무엇이 울먹울먹 목구멍을 타고 입 밖으로 새어 나왔다. 주르르 눈물이 흘렀다. 콧물도 흘러온 얼굴이 금세 범벅이 되고 말았다.

문득 서늘하여 속옷 안으로 손을 넣어보았더니 배와 등, 그리고 아랫도리 할 것 없이 온통 땀으로 홍건하였다.

"제기랄!"

핸드폰의 폴더를 열자 알람 표시가 도드라졌다. 그가 듣지 못했지만 알람은 제 시간에 울렸을 것이다. 기계는 거짓말을 안 한다고 하니까. 몇 개의 디지털 숫자가 모여 일곱 시 십 분을 표시하고 있었다. 아침 챙겨 먹기는 아예 글렀고, 샤워만 하고 곧바로 튀어나가더라도 간신히 지각을 면할까 말까 한 시간이었다.

쏴아아아아!

채 따뜻해지기도 전인 물줄기에다 머리를 들이밀며 그는 세차게 고개를 흔들었다. 후드득! 물방울이 사방으로 튕겼다. 아직도 몸서리쳐지게 생생하기만 한 숨 막힘과 고통, 절박하게 옥죄어들던 죽음의 공포, 그리고 처절하게 울부짖던 절규의 편린들을 털어내며 그는 짐짓 투덜거렸다.

"별… 개꿈을 다……."

3

"열셋, 흡… 지!"

날카로운 구령 소리가 들렸지만, 모든 것은 희미하거나 모호했다. 그러나 의문을 가질 여지는 조금도 없었다. 지금 그가 하고 있는 이 특이하고도 괴상한 방식의 숨쉬기가 얼마나 끔찍한 것인지에 대한 기억만큼은 명료했으므로.

"열넷, 흡……."

구령 소리가 이어졌다. 그리고 그는, 아니, 그의 몸은 반사적으로 숨을 들이쉬었다. 그러나 더는 들이쉴 데가 없었다.

"끄으으……."

그래도 죽어라 하고 폐 공간을 꽉꽉 짓누르는 중에 다시,

"지!"

하는 구령 소리에 맞춰 숨을 멈추었다. 그리고 터져 나오려는 숨을 필사적으로 붙잡았다.

'도대체 내가 왜 이런 미친 짓을 하고 있는 거지?

그의 의식은 절절히 해방을 갈구하였지만 몸은 철저히 구령 소리에만 반응하고 있었다.

"열다섯, 흡……."

이어지는 구령 소리에 그의 호흡 기관은 다시 숨을 구겨 넣으려 죽으라고 발버둥을 쳤다.

'그만, 숨을 토해내! 이러다가 정말로 죽어!'

당장 죽고 말 것 같은 절체절명의 순간, 마침내 그의 숨이 터지고 말았다.

"후아아아아~!"

"이런 개 후레자식, 또 너냐?"

'방금 송장의 눈알 한쪽을 파먹은 까마귀가 우는 소리와도 같이 귀를 후벼 파는 듯한' 목소리가 날카롭게 외쳤다.

쫘아악!

채찍이 날아들었고, 그는 끔찍한 고통에 저항하며 따져 물었다.

"낭신, 대체 누구요? 대체 내게 왜 이러는 겁니까?"

그러나 대답은 사정없는 채찍질이었다.

쫙! 쫘악! 쫘아악!

"크으윽! 그만! 시키는 대로 다 할 테니 제발, 제발 그만 좀 하십시오!"

그가 무릎 꿇고 두 손을 머리 위로 쳐들어 애원하고 나서야 채찍질이 멈추며 까마귀늙은이가 차가운 경멸을 담은 목소리를 뱉었다.

"맞아 죽고 싶지 않으면 다시 쉬어라!"

"하나, 흡… 지!"
구령이 처음부터 다시 시작되었다.
"열다섯, 흡… 지!"
"열여섯, 흡… 지!"
"열일곱, 흡… 지!"
"끄으으… 으으으!"
"그만! 여기까지!"
까마귀 목소리가 외쳤다. 그러나 그때 그는 이미 돌이킬 수 없는 지경에까지 가 있었다.
'아아아!'
혼돈의 경계 너머로 소멸되어 가는 의식 뒤편에서 마지막으로 토해낸 그의 짧은 절규가 안타까이 스러지고 있었다.

4

"끄으으… 아아!"
절규하며 그는 벌떡 일어났다.

기진맥진에다 얼굴은 눈물 콧물 범벅이었고, 온몸은 땀투성이였다.

"미치겠다!"

벌써 열흘째였다. 그는 밤마다 죽고 아침마다 다시 살아나기를 반복하고 있었다.

늘 같은 스토리의 반복이다. 결코 거부할 수 없도록 강요된 괴상한 숨쉬기 끝에 숨이 넘어가는 생생한 장면과 자신이 죽고 말았다는 사실에 소스라치며 꿈에서 깨어나는 스토리.

처음 한두 번은 그냥 꿈일 뿐이라고 넘길 수 있었다. 꿈은 꿈일 뿐이니까. 그러나 같은 꿈이 계속하여 반복되자 '꿈은 꿈일 뿐' 일 수가 없게 되었다.

우선은 답답했다. 답답해서 미칠 지경이었다. 깨고 나면 꿈속의 상황들이 생생하기만 한데, 막상 꿈속에서의 그는 늘 혼란과 모호함 속에 갇혀만 있었다. 오죽했으면 열흘이나 같은 꿈을 꾸고 있으면서도 아직까지 무슨 상황에 빠져 있는지조차 제대로 파악을 못하고 있겠는가.

그리고 너무도 무력했다. 도대체가 말이 안 되는 부당한 상황에 대해서 조금도 반항하지 못했으며, 심지어는 강요에 의해 죽음에까지 이르게 되는 '개' 같은 상황을 매번 연출하고 있는 것이다. 아무리 '개꿈' 이라지만 말이다.

무엇보다도 괴롭고 고통스러웠다. 꿈속에서 뿐만이 아니라 깨고 나서까지도 말이다. 요즘의 그는 매일같이 잠을 설쳐 피

곤에 절어 있으면서도 술기운을 빌리지 않으면 잠자리에 들기
어려운 지경에까지 이르러 있는 중이었다.

　꿈만 꾸면 겪어야 하는 그의 고통은 '그저 꿈일 뿐이니까!'
하는 통상의 체념으로는 도저히 견딜 수 없는 종류의 것이었
다. 사람이 가지는 궁극의 공포는 바로 죽음이라고 할 것인데,
아무리 꿈이라지만 매일 밤 죽음을 겪어야 한다면, 더욱이 그
죽음에 이르는 과정이 진저리쳐지도록 고통스러운 데다 꿈이
라고 믿을 수 없으리만치 너무도 생생하다면. 그러한 죽음의
반복이야말로 바로 지옥이 아니겠는가?

5

　그에게 이곳은 여전히 짙은 안개 속처럼 대중하기가 어려웠
지만, 차츰 하나씩 알아가고 있는 것들도 있었다.

　구십삼호(九十三號).

　이곳에서 그는 그렇게 불렸다. 그냥 그렇게 불렸다.

　처음에는 그와 같은 처지로 보이는 사람들이 근 백여 명에
이르렀었다. 그러나 지금은 팔십여 명만이 남아 있다. 그들은
이곳의 주인이 거금을 들여 사 온 노예들이라고 했다. 그리고
꽤나 오랜 기간 동안 혹독한 훈련을 받아오고 있는 중이라고
했다. 그러나 그의 기억에는 없는 사실들이었다.

　그들 중에는 까마귀늙은이로부터 '꽤 쓸 만하다'는 평가
를 듣는 자들도 여럿 있었다. 머리가 좋아 복잡한 형식의 무

술도 두어 번의 시범만 보면 곧잘 따라 하는 자들도 있었고, 체력이 좋아 각종 훈련에서 내내 선두권을 지키는 자들도 있었다.

그도 머리에 있어서는 아주 모자라는 편은 아니어서 백여 명 중 그런 대로 중간쯤은 되었다. 그러나 몸은 최악이었다. 근력, 지구력, 순발력, 민첩성, 유연성 할 것 없이 한마디로 꽝이었다. 게다가 늙은이가 귀에 못이 박히도록 외쳐 대는 근성과 정신력 역시 꽝이었다. 다른 자들이 '악이다!', '깡이다!' 를 외치며 죽어라고 용을 써댈 때, 그는 '이곳이 어디인지?', '왜 이곳에 있는 것인지?' 따위의 혼란에서 내내 자유롭지 못하였다.

훈련 부적응자에게 돌아오는 것은 가차없는 응징이었다. 그는 수도 없이 얻어터졌다. 채찍질에다 몽둥이찜질이었다. 그렇다고 한 번이라도 대차게 반항을 해보지는 못했으니, 독종이나 '꼴통' 으로 분류되지는 않았고, 다만 한참 맹한 고문관쯤으로 치부되었다.

이곳에서의 훈련은 대체로 이해할 수 없는 무식한 짓거리들이었다. 사람을 아예 숨 막혀 죽도록 만들려는 그 괴상한 숨쉬기에다, 무슨 외공을 수련하느니 체력 단련을 하느니 하는 것들도 노누지 체계가 서 있는 것 같시가 않아서 그서 바구삽이로 몸을 혹사시키고 고문을 가하는 것으로밖에는 여겨지지가 않았다..

그러나 그가 느끼는 혼란과 각종 비정상과 부조리에 대한 반감 따위는 그저 순간순간 스치고 지나가는 감정의 사치일 뿐이었다. 그에게 그런 사치를 오래 누릴 여유는 털끝만큼도 없었다. 모든 것이 정신없이 돌아갔다. 그는 같은 처지의 동료들에 비해 언제나 가장 느리고 못하는 편에 속했기에 늘 아슬아슬, 위태위태하게 버티고 견뎌내야만 했다.

지옥 같은 나날이었다. 그를 포함한 백여 명의 일거수일투족마다 지독한 억압과 강요와 통제가 가해졌다. 까마귀늙은이는 아침저녁으로 날숨없이 들숨만 계속하는 그 괴상하고도 고약한 숨쉬기를 강요하였을 뿐 아니라, 거칠고 격렬한 훈련 중이라도 숨이 거칠어지는 것은 용납하지를 않았다.

늙은이에게 걸리면 가차없이 기합이었다. 기합은 곧 숨쉬기였으니, 그대로 지독하고도 잔인한 고문이었다. 정해진 횟수를 채우지 못하면 가차없이 채찍질과 몽둥이찜질이 가해졌다. 마구잡이로 떨어지는 몽둥이질로 인해 온몸에 멍이 들고 머리가 터지는 것 정도는 예사였으니, 뼈가 부러진다거나 아예 병신이 되지 않는 것을 요행으로 여겨야만 했다.

다만 기합을 받는 것은 그를 포함해 주로 다섯 명 정도였다. 그들 다섯 명은 무슨 이유로 까마귀늙은이에게 아주 제대로 찍힌 모양으로 거의 하루도 거르는 날 없이, 아니, 하루에도 몇 차례씩이나 거의 고정적으로 기합을 받았다.

그런데 다섯 중 그를 제외한 나머지 네 명은 상당히 우수한 축에 드는, 그야말로 우등생들이었다. 그렇다고 그들 넷이 딱히 '찍힐' 짓을 한 것 같지도 않았으니, 그들이 왜 제일 열등생인 그와 함께 그런 지독한 기합을 매일 받아야 하는지는 도대체 알 수 없는 노릇이었다.

하긴 이 인간지옥에서 무슨 합당한 이유와 까닭이 따로 있겠는가? 마치 신처럼 군림하는 까마귀늙은이가 죽으라면 죽을 수밖에 없는 처지들이니 까라면 무조건 깔 수밖에.

다섯 명 중 가장 부실한 그는 특히 못 견딜 지경이었다. 기합을 받을 때마다 가장 먼저 한계에 도달했고, 그 이유로 다시 기합을 받고, 숨이 넘어갔다가는 겨우 다시 살아나고, 또다시 넘어가고…….

그런데 그놈의 사람 죽이는 숨쉬기도 하는 만큼 조금씩은 느는 모양이어서, 다른 자들이 '흡… 지! 흡… 지!' 하는 들숨의 연속 횟수를 열네다섯 번쯤에서 더 이상은 늘리지 못하고 있을 때, 까마귀늙은이에게 '콱 찍힌' 그들 다섯 명은 어느 새 스무 번쯤이나 넘기고 있었으니까.

그러나 다섯 명에게도 거기까지가 한계였다. 우등생 네 명이 이윽고 더는 버텨내지 못하고 자칫 숨이 넘어갈까 말까 하는 위태로운 지경에까지 이르고 만 것이었다. 그런데 매번 정말로 숨이 넘어가 버리고 마는 그에게는 눈 한 번 깜짝이지 않던 늙은이가, 그들 네 명의 우등생에게는 그렇지 않았다. 겉으로는 짐짓 냉혹하게 몰아붙이는 듯하지만, 막상 그들이 정말로 넘어가기 직전까지 도달했다 싶으면 그 즉시로 기합을 멈추는 것이었다. 절대의 권능으로 군림하는 까마귀늙은이가 막상 이곳에서 가장 높은 위치에 있지는 않다는 것을 알게 된 것은 그 즈음이었다.

칼 찬 무사 둘을 호위로 대동한 화복의 풍채 좋은 중년인이 훈련장에 들어왔을 때는 마침 기합받던 그들 다섯 중에 우등생 두 명이 금방이라도 숨이 넘어갈 듯 위태로운 지경으로 접어드는 순간이었다.

"그만!"

까마귀늙은이가 즉시 기합을 멈추자, 지켜보고 있던 화복중년인이 까마귀늙은이에게 나직이 지시했다.

"훈련도 좋지만, 이제 날짜가 얼마 남지 않았으니 함부로 다루어 상품이 상하는 일이 생기지 않도록 하시오!"

까마귀늙은이의 입매가 슬쩍 비틀리는 듯했으나, 감히 항명을 하지는 못하는 듯 순순히 대답했다.

"주의하리다. 그러나 한 놈만은 이 늙은이 마음대로 하게 해주시오!"

중년인이 가볍게 미간을 좁히며 힐끗 까마귀늙은이를 보았으나 이내 느긋한 표정으로 반문했다.

"누구요, 그 하나가?"

"바로 저놈이오."

까마귀늙은이의 쭈글쭈글한 손가락이 가리키고 있는 것은 바로 그였다.

"저자는 왜……?"

묻는 화복중년인의 눈빛에 약간의 호기심이 비쳤다.

"저놈은 진작서부터 경쟁에서 제외된 놈이오. 다만 사소한

쓸모가 있을까 하여 남겨놓은 놈이올시다.”

늙은이의 대답에 화복중년인은 다시금 미간을 찌푸렸다.

“저자의 수련 성적은 어떻소?”

“원래 백 명 중에서 백 등이었고, 지금은 팔십삼 명 중에서 팔십삼 등이오.”

늙은이의 주저없는 대답에 화복중년인이 고개를 갸웃 기울이다가 이내 끄덕였다.

“필요 숫자에 차질만 없다면 나머지는 마음대로 해도 좋소!”

6

“스물넷! 흡……”

“끄으으… 후아아아아!”

“이런 개 후레자식이 또?”

까마귀늙은이가 사정없이 채찍을 휘두르려 하였기에, 그는 얼른 무릎걸음으로 기어가 늙은이의 다리를 부여잡으며 매달렸다.

“잠깐만, 잠깐만요! 제발 잠깐만 제 애길 좀 들어주십시오!”

까마귀늙은이가 슬쩍 채찍질을 늦추며 처음으로 그의 말에 반응하며 물었다.

“뭐야? 무슨 애길 들어달라는 건지 어디 해봐! 너 이 자식,

만약에 한마디라도 허튼소리를 지껄인다면 이번에는 정말로 대갈통을 바수어놓을 줄 알아!"

그가 급하게 머리를 조아리며 호소했다.

"이제 다른 사람들은 아무도 하지 않는 걸 왜 저 혼자만 계속해야 하는 겁니까?"

까마귀늙은이가 잠시 그를 노려보다가 차갑게 대답했다.

"다른 놈들에게는 더 이상 필요가 없기 때문이다."

"아아! 저도… 저도 필요가 없습니다. 아니, 제 말씀은 그러니까… 어르신께서 무얼 잘못 알고 계신 게 분명하다는 겁니다. 저는 아무 쓸모도 없는 형편없는 놈이라서 제게도, 어르신께도 분명 필요가 없을 거라는 말씀입니다. 그러니까 저도 제발, 제발 좀 그만하게 해주십시오. 혹시 다른 걸 시키신다면 무엇이라도 다 하겠습니다. 그러나 이건 정말로 더 이상 못 견디겠습니다. 더 이상 하다가는 저는 정말로 죽고 말 겁니다. 이렇게 빌겠습니다. 제발, 제발 좀!"

그가 두 손을 비는 시늉까지 하며 애원했지만, 까마귀늙은이의 대답은 차갑기만 했다.

"이것이 네게 계속 필요한지, 그리고 앞으로 네게 무엇을 시킬 건지는 전적으로 노부가 결정한다. 그리고 네놈이 죽고 사는 문제에 대해 신경 쓸 사람은 아무도 없다."

"아아! 도대체 제가 무슨 죄를 지었다고, 도대체 제게 왜 이토록 가혹하게 구시는 겁니까?"

그러나 늙은이는 대답하는 대신에 거칠게 그의 손을 뿌리치고는 홱 소리가 나도록 매정스럽게 몸을 돌렸다. 그리고 뒤도 돌아보지 않고 걸어가면서 말했다.

"노부는 네가 얼마나 더 버텨낼 수 있을지가 궁금할 뿐이다."

순간 그는 폭발하고야 말았다.

"얼마나 더 버텨낼 수 있을지가 궁금하다고? 결국 나를 죽이고야 말겠다는 것이냐, 이 악독한 늙은이야! 네가 그러고도 사람이냐?"

그가 분노에 떨며 울부짖었으나 까마귀늙은이는 이내 사라져 버렸다.

"으아아아!"

실내에는 그의 절규만이 처절히 남았다.

7

"마흔여섯, 흡… 지!"
"마흔일곱, 흡… 지!"
"마흔여덟, 흡… 지!"

"후아아아아!"

터질 듯한 숨을 뱉어내고서 그는 본능적으로 몸을 웅크렸다. 그러나 여느 때 같았으면 당연히 터져 나왔어야 할 욕설과 채찍질은 없었다.

"결국 여기까지 버텨냈구나! 이토록 빨리, 더구나 한 점의 내공도 없는 몸으로 사십팔흡지(四十八吸止)를 이루어낸 것은 네가 처음이다."

까마귀늙은이의 목소리가 평상시보다는 덜 차가웠기에 그가 조심스럽게 물었다.

"그럼… 이제 그만해도……."

차마 말끝을 맺지 못하는 그의 얼굴을 찬찬히 들여다보며 늙은이는 희미한 웃음기 같은 것을 떠올렸다. 덕분에 까마귀 늙은이도 그런 표정을 지을 수 있다는 것을 그는 처음으로 알게 되었다. 그러나 늙은이가 내뱉은 말은 그의 기대와는 전혀 다른 것이었다.

"아니다. 이제 겨우 제대로 된 호흡을 시작하기 위한 최소한의 준비가 되었을 뿐이다. 이제부터는 구십육흡지호지(九十六吸止呼止)의 단계로 넘어간다. 제대로 된 호흡의 일 단계니라!"

"아아! 제발! 제발 좀!"

"자, 시작한다. 하나, 흡……!"

8

"자! 다시 쉬어라!"

까마귀늙은이는 그에게 마흔여덟 번에 걸쳐 나누어 들이쉬고, 다시 마흔여덟 번에 걸쳐 나누어 내쉬는 방식으로 숨을 쉬라고 했다. 왜 그래야 하는지에 대해서는 여전히 단 한마디의 설명도 없었다.

'사람이 그렇게 숨을 쉰다는 게 도대체 가능하기나 해?' 하고 누군가 묻는다면, 결론적으로 그것은 가능했다.

"아무리 못난 자라도 한 가지 재주는 타고난다는데 도대체 네놈이 가진 재주는 뭐냐? 젊은 놈이 근골은 벌써 삭아 빠져서 속 빈 강정 같고, 근육이라곤 없는 말라비틀어진 빈약한 몸뚱이에다… 아아! 너 같은 놈에게 천금 같은 노부의 시간을 소비해야만 한다는 현실이 저주스러울 뿐이다. 이놈! 기왕에 안 될 것이면 차라리 빨리 뒈지기라도 해버려라! 얼마 후면 또 다른 노예들이 들어올 것이니, 그중에서 너를 대신할 놈을 다시 고르면 그뿐이다. 지금까지 숱하게 그래 왔던 것처럼 말이다."

그가 숨 막힘을 못 견뎌할 때마다 까마귀늙은이는 거친 악다구니와 악랄한 저주를 퍼부었다. 그러나 그런 것쯤이야 이제는 그런 대로 견딜 수 있었다. 여전히 견디지 못할 것은 무차별적으로 가해지는 채찍질과 몽둥이질이었다. 그것의 직접적인 고통보다는 그 이전의 치 떨리는 공포야말로 사람으로서는 결코 견디지 못할 짓이었다.

그 지독한 공포 앞에서 그는 조금만, 조금만 더 숨 막힘을 참아보는 쪽을 택할 수밖에 없었다. 한 내라도 딜 맞기 위해 더 이상 쥐어짜낼 숨이 없더라도 쥐어짜는 흉내라도 낼 수밖에 없었다. 그가 정말로 죽을힘을 다하고 있다는 절박한 호소를 할 수밖에 없었다.

　그러나 아무리 사람에게 잠재된 능력이 무한하다지만, 역시 사람이기에 할 수 있는 일이 있고 절대로 못할 일이 있는 것 아닌가? 숨을 못 쉬게 하면서 살아라 하는 것이야말로 절대로 못할 일이 아니겠는가? 그는 이윽고 견디지 못하고 죽고 말았다.
　수없이 죽고 또 죽었다.

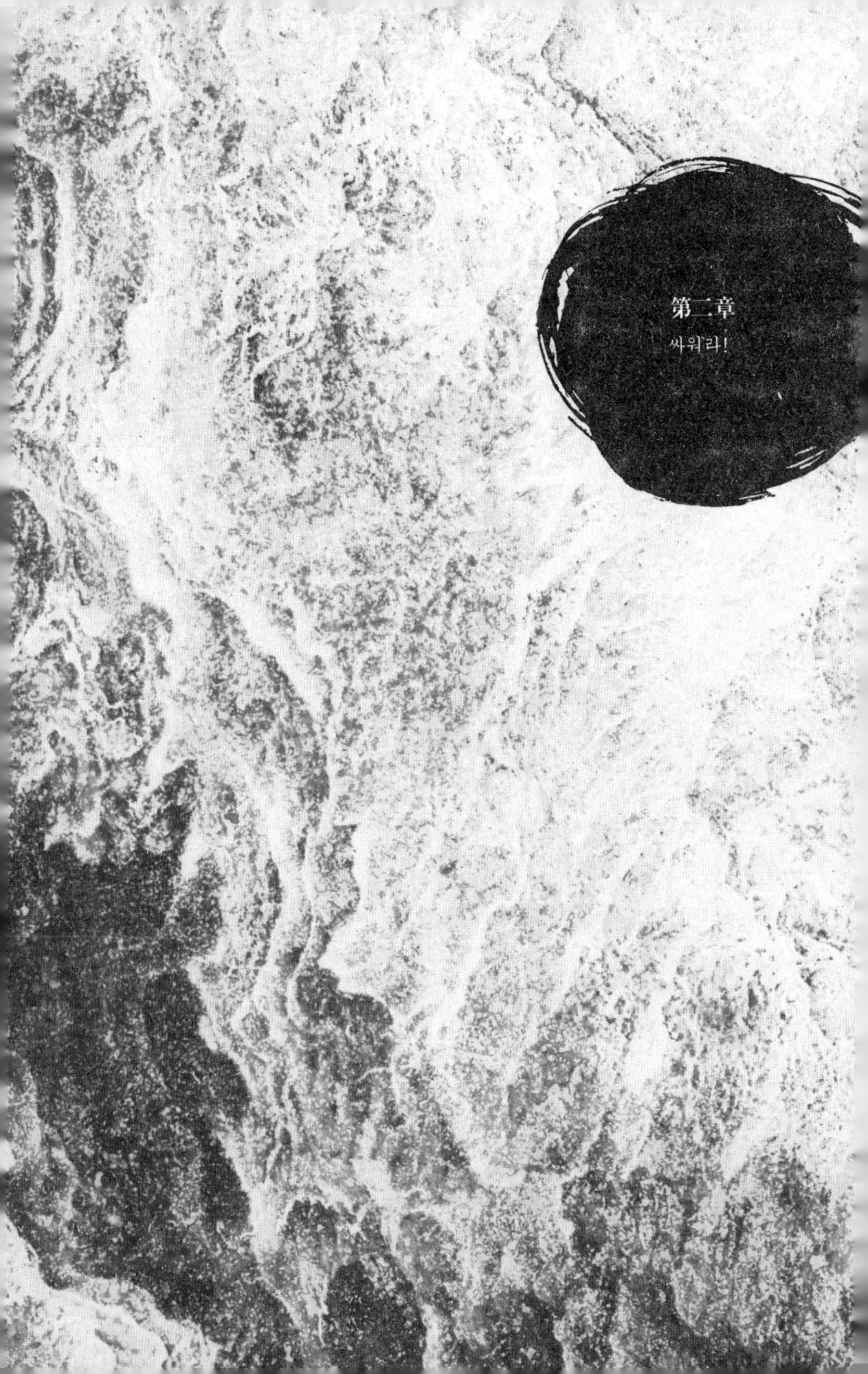
第二章
싸워라!

"오늘 밤이 지나면 너희들 중 예순네 명만이 이곳에 남게 될 것이다. 우선 그동안의 수련 성적을 기준으로 오십 명은 이미 잔류가 결정되었다. 그러나 나머지 성적 하위자들 스물여덟 명에 대해서는 오늘 밤의 대결을 통해 그중 절반만이 선택될 것이다. 남는 자와 남지 못하는 자의 운명이 어떻게 갈릴지에 대해서는 너희들도 이미 알고 있다. 오늘 밤을 시작으로 너희들은 싸우고 또 싸우게 될 것이다! 이겨라! 이기고 또 이겨라! 수난과 방법을 가리지 말고 부소건 이겨라! 지금은 비록 한낱 노예에 불과하지만, 승리가 거듭될 때마다 너희의 신분은 상승할 것이고, 더불어 부와 명예를 얻을 것이다. 그리하여 끝까지 승리한 자는 스스로의 운명을 새로이 개척해 나갈 수 있다!"

까마귀늙은이의 일장 연설은 묘하게도 듣는 사람의 가슴을 뛰놀게 만드는 데가 있었다. 그러나 그에 걸맞은 함성은 없었다. 다만 어느 새 뜨거워진 팔십여 사내의 거친 숨결이 함성을 대신하고 있었다.

그러나 그만은 여전히 이곳의 이방인이었다. 까마귀늙은이의 말을 도무지 이해하지 못하고 있는 사람은 오직 그뿐인 듯하였으므로.

2

"준비는 되었느냐?"

까마귀늙은이가 그에게 물었다.

"무슨 준비를 말하는 것입니까?"

"오늘 밤에 대결이 있다지 않았느냐?"

"하지만… 저는 진작부터 예외라고 하지 않았습니까?"

까마귀늙은이가 느물거리는 웃음으로 대답했다.

"흐흐흐! 물론 네놈이 예순네 명 안에 들어갈 수 있을 것이라곤 조금도 기대하지 않는다. 그러나 예순네 명을 선발하기 위해서 누군가는 패배자의 역할을 맡아줘야만 하지 않겠느냐?"

"그러나… 저는 싸움 같은 걸 해본 적이 없습니다. 지금껏 살아오면서 누구랑 크게 시비조차 붙어본 적이 없습니다."

"그런 건 상관없다. 중요한 건 네놈이 지금 투노(鬪奴)란 것이다. 오로지 싸우는 것만이 네놈의 존재 가치란 말이다."

"투노… 라고요? 그게 뭡니까?"

순간 그런 대로 고분고분 말대답을 해준다 싶던 까마귀늙은이의 눈에 확 심지가 돋았다.

"이놈이? 그 같잖지 않은 말장난을 또 시작할 셈이냐?"

까마귀늙은이가 당장에 귀싸대기라도 후려칠 기세이더니, 이내 어쩔 수 없다는 듯이 흐릿한 고소(苦笑)를 지으며 다시 입을 열었다.

"노부가 이 세상의 막장에서 별의별 인간들을 다 접하여 보았으나, 네놈처럼 이상한 놈은 처음이다. 무슨 물건이 뻑하면 죽어 나자빠지질 않나, 송장 치울 준비를 하고 있으면 또 언제 죽었느냐는 듯이 슬그머니 깨어나서는 제놈이 누구인지, 바로 직전에 무엇을 하고 있던 중인지조차 도무지 모르겠다고 엉뚱한 소리를 실실 지껄여 대질 않나. 허허허, 참! 겉보기에는 멀쩡하여 모자라거나 미친놈은 아닌데… 쩝! 좋다. 지금까지도 네놈 장단에 맞춰왔는데 한 번쯤 더 못 맞춰주랴. 투노란 말 그대로 싸움을 시키기 위한 노예를 말함이다."

까마귀늙은이의 눈치를 보며 그가 조심스럽게, 그러나 보다 강한 의문을 담아 물었다.

"왜, 무엇을 위해 싸움을 시킨단 말입니까?"

"너를 사고, 또 훈련시키기 위해 적지 않은 은자를 투자한 주인을 위해서다."

"주인이요? 제게… 주인이 있다는 말입니까?"

"허허허! 그럼 네놈이 괜히 노예겠느냐?"

"그는, 주인은 왜 노예들에게 싸움을 시킵니까?"

"너희들의 싸움에 은자를 거는 전주(錢主)들이 있기 때문이다."

그러고 보면 요즘 들어 까마귀늙은이는 약간의 인간적 면모를, 아니, 인간적 면모라고까지 할 것은 결코 아니었지만 어쨌든 지금까지와는 조금씩이나마 달라진 면모를 보이고 있는 중이었다.

하긴 아무런 설명도 없이 무조건적인 강요와 구타를 일삼던 때에 비하면 천지 차이라고 할 만한 변화였다. 그가 수없이 생사의 경계를 넘나들며 마침내 구십육흡지호지의 단계에 어느 정도 적응을 하면서부터 생긴 변화였다.

이곳의 이름은 용사투장(勇士鬪場)이라고 했다. 투장(鬪場)이란 곳은 투노들로 하여금 수시로 격투를 치르면서 구경하는 관객들에게 은자를 걸게 하는 일종의 도박장이라고 했고.

용사투장에서 투노들은 일곱 등급으로 분류된다. 즉, 최하위의 용급(勇級)을 시작으로 철급(鐵級), 동급(銅級), 은급(銀級), 금급(金級), 웅급(雄級)을 거쳐 최상위의 일인(一人)인 옥왕(獄王)으로 구성되는 것이다.

투노들은 매기(每期) 별로 모집한 노예들로 양성되는데, 이번 기에는 예순네 명의 용급 간 대결로 시작하여 마지막 옥왕전(獄王戰)까지 총 예순세 판의 격투가 벌어진다.

즉, 예순네 명의 용급이 승부를 가려 서른두 명의 철급을 정한 후, 다시 철급 간의 승부를 통해 열여섯 명의 동급을 정한다. 이후 동급 간에 승부를 가려 여덟 명의 은급을 정하고, 다시 은급 간의 승부를 통해 네 명의 금급을 정한다. 그리고 금급들 간에 승부를 가려 두 명의 웅급을 정하고, 마지막으로 웅급 간의 승부를 통해 최강인 한 명의 옥왕, 즉 용사옥왕(勇士獄王)을 정하는 것이다.

“저는 싸우지 않겠습니다. 그냥 제가 진 것으로 하겠습니다.”

“흐흐흐! 네가 투노인 이상 싸우지 않을 수 없다지 않았느냐? 그리고 이기고 지는 것 또한 네 마음대로 정할 수 있는 것이 아니다.”

“제가 끝까지 싸우지 않겠다면요?”

“옥방(獄房)에 강제로 끌려들어 가겠지. 그다음부터는 네게 굳이 싸우라고 강요하는 사람은 없을 것이다.”

“……?”

“너의 패배를 인정하는 것은 오로지 네게 돈을 건 전주들의 권한이다. 그들이 패배를 인정하지 않는 한 너는 결코 옥방을 나올 수 없다. 그런데 전주들 중에서 돈을 잃기를 바라는 자는 아무도 없으니, 보통은 자신의 투노가 아주 병신이 되고 나서야 마지못해 패배를 인정하고, 혹은 자신의 투노가 죽을 때까지도 패배를 인정하지 않는 경우도 아주 드물지는 않다. 곧 네가 아무리 싸우지 않으려 한대도 네 상대가 되는 투노는 결코 그렇지 않을 것이란 얘기다. 흐흐흐! 너는 모른다고 하지만 다른 투노들은 이미 다 알고 있는 사실들이다.”

“아아!”

그가 저도 모르게 짧은 절망의 탄식을 흘려내다가 문득 생각이 미치는 것이 있어 급하게 물었다.

“하지만 오늘은 예순네 명의 용급을 결정하는 싸움이라고 하지 않았습니까? 그렇다면 정식으로 돈이 걸리는 경기가 아니니 돈을 거는 전주도 없을 것이 아닙니까?”

“그렇다. 그러나 오늘은 노부가 전주다. 노부는 은자 한 냥씩을 양쪽 모두에게 걸 것이다. 물론 노부는 전주 노릇을 톡톡히 할 작정이다, 아주 드물게 독한 전주로.”

“아아! 당신은… 사람으로서 어떻게 그처럼 악독할 수가 있단 말이오?”

“다시 말하지만 네가 죽든 살든 노부와는 아무 상관이 없는 일이다. 좀 더 솔직히 말하자면, 노부는 네가 이 첫 번째 싸움을 통과하리라고는 조금도 기대하지 않는다.”

“크으으! 당신은 정말로 사람이 아니다. 사람의 탈을 쓴 악마다!”

“흐흐흐! 한두 번 듣는 말도 아니니 새삼스러울 것도 없다. 그러나 말이다, 네게 한마디만 해준다면… 기왕에 죽게 될 처지라면 마지막으로 죽을힘이라도 한번 써보고 죽는 게 어떻겠느냐? 혹시 아느냐? 어떻게 발버둥을 치다 보면 한 번 정도는 이길 수도 있을지?"

"그래서? 이겨서 기껏 예순네 명 안에 포함이 된다고 해서 달라질 게 뭐요?"

"여전히 살아남는다는 것이지. 살아 있다는 것은 무엇이든 다시 시도해 볼 수 있다는 것을 의미하지. 무엇을 시도해 볼 수 있다는 것과 그렇지 못한 것의 차이는 곧 전부와 전무(全無) 의 차이다. 오늘 밤 네가 이긴다면 너는 지금까지와는 다른 새 로운 시도를 해볼 기회를 얻게 될 것이다."

"새로운 시도?"

"그렇다. 어차피 막장까지 몰린 인생이 아니더냐? 그것만으 로도 한번 죽을힘을 다해볼 가치는 있지 않겠느냐?"

"아아! 그러나 나는… 나는 못합니다. 그러지 말고 제발 저 를 좀 도와주십시오. 이곳에서 벗어나게 해주십시오! 무엇이 잘못되어서 제가 이곳에 있게 되었는지 모르겠으나, 저는 절 대로 이런 곳에 있을 사람이 아닙니다."

"이곳을 벗어나겠다고? 호호호! 노부는 차라리 너를 죽일 수는 있으되 산 채로 이곳을 벗어나게 해줄 수는 없다."

"크으으! 이, 이 악독한……!"

그는 고통스럽게 신음을 뱉으며 양팔로 머리를 감싸 안았 다. 잠시 지켜보고 있다가 까마귀늙은이가 다시 입을 열었다.

"이곳을 벗어나고자 한다면… 우선 옥왕이 되거라! 방법은 그 한 가지뿐이다."

"옥왕이 되라고요? 아아! 어떻게 그런……?"

그러나 그는 이내 다시 물었다.

"옥왕이 되면… 그러면 정말로 이곳에서 벗어날 수 있는 겁니까?"

"옥왕이 된다고 해서 당장에 그럴 수 있는 건 아니다. 다만 노부가 분명히 말해줄 수 있는 것은, 그때는 너에게 보다 구체적이고도 현실적인 기회가 주어질 것이라는 점이다."

"그것이… 어떤 기회입니까?"

"흐흐흐! 한꺼번에 꿈을 너무 많이 꾸면 힘만 빠지는 법이다. 지금 네가 꾸어야만 할 꿈은 당장에 예순네 명 안에 들어가는 것이다."

3

"살아남아라!"

귓속말하듯 슬쩍 흘리는 까마귀늙은이의 목소리를 뒤로하고 그는 문 안으로 들어섰다.

구르릉!

그가 들어서자마자 뒤쪽에서 문이 닫혔다. 무거운 소리로 보아 꽤나 육중한 문 같다.

철컥!

밖에서 문이 잠기는 소리일까? 사방이 꽉 막힌 방이다. 삼 미터 정도의 높이에 가로세로가 대략 오륙 미터 정도? 벽도 천장도 바닥도 온통 돌로 만들어진 석방(石房)이다.

바닥과 사방 벽은 검은 윤기로 번들거렸다. 검은 정도는 바닥이 가장 심하여 군데군데 아주 검붉은 광택을 띠고 있었고, 벽은 위로 올라갈수록 검은 정도가 덜해져 이윽고 천장에 이르러서는 확연한 흰색이었다. 원래는 전부가 다 흰색이었을 것이다.

그는 갑자기 턱 숨이 막혀왔다. 방은 처음 들어섰을 때는 상상했던 것보다 꽤 넓다는 생각이 들더니, 금방 답답할 정도로 좁아 보였다. 답답함은 이내 막막한 공포로 변해갔다. 사방과 상하 어디 한 군데도 도망갈 구멍이 없는 꽉 막힌 공간이었다. 지옥의 방, 바로 옥방(獄房)이었다. 이제껏 숱한 격투가 벌어졌고, 이제 곧 또 하나의 격투가 벌어질 바로 그곳이었다.

그는 맞은편의 문을 노려보았다. 노려보려는 것은 결코 아니었지만, 자신도 모르게 그러고 있었다. 이제 저 문이 열리고 누군가 들어설 것이다. 그럼으로써 옥방에는 두 사람이 있게 될 것이다. 도망갈 곳은 없었다. 둘 중 누구도 도망갈 수 없었다. 그리하여 결국에는 둘 중 하나만이 스스로의 발로 걸어서 방을 나갈 수 있을 것이다.

사방 벽 여기저기에 뚫린 작은 구멍들이 이제야 눈에 들어왔다. 그리고 그 구멍들 중 몇 개를 통해 들여다보고 있는 눈동자들. 눈동자들은 그와 눈이 마주치자 슬그머니 사라졌다.

구르릉!

무거운 마찰음과 함께 맞은편의 문이 열렸다. 그리고 멈칫거리는 듯한 모습으로 누군가 안으로 들어섰다. 그의 눈이, 그리고 상대의 눈이 빠르게 서로를 훑었다.

칠십칠호(七十七號)였다. 이곳에서 지낸 기간이 몇 달인지, 몇 년인지는 여전히 기억에 없었지만, 어쨌든 같은 공간에서 같은 처지로 공동생활을 해왔으니 익숙한 자였다.

그러나 다만 익숙할 뿐이었다. 그가 그간 까마귀늙은이를 제외한 누구와도 말 한마디 나눈 적이 없었으니, 칠십칠호와도 결코 친한 사이라고는 할 수 없었다. 다만 최소한 적(敵)은 아니었다. 그러나 그건 이 순간 이전까지였다.

사람은 상황에 적응하도록 되어 있는 모양이다. 이 순간 그는 비애가 아니라 빠르게 상대에 대한 평가를 하고 있었다, 제대로 의식하지도 못하는 사이에.

처음에 백여 명에 달하던 노예들이 지금의 칠십팔 명으로 줄어드는 동안 탈락하지 않고 버텨낸 것에 대해 참으로 이상하게 받아들여지는 두 사람이 있었다. 칠십칠호가 바로 그중 한 사람이고, 나머지 한 사람은 당연히 그다.

즉, 그와 칠십칠호는 노예들 중에서 늘 최하위를 다투면서도 용하게도 버텨온 처지인데, 그중에서도 더욱 이상하게 받아들여졌던 쪽은 그보다도 오히려 칠십칠호였다. 그 못지않게 늘 부진했음에도 그와는 달리 칠십칠호는 까마귀늙은이에게 이렇다 할 시달림을 받지 않았기 때문이다. 그랬기에 칠십칠호에게 모종의 뒷배가 있어서 까마귀늙은이의 보호를 받는다는 소리가 심심찮게 나돌았던 터다.

칠십칠호의 눈에서 언뜻 안도하는 듯한 빛을 보았던 것은 그의 착각이었을까? 그러나 칠십칠호의 눈빛은 이내 뜨겁게 타올랐다. 이번에는 결코 그의 착각이 아니었다. 익숙하던 눈빛이 아니었다. 치열한 적대(敵對)의 빛이었다.

퍽!
"악!"
콧잔등에 일격을 당하는 순간 반사적으로 튀어나간 비명이 저 홀로 자지러졌다.

환한 허공에 더욱 환한 빛으로 번쩍이는 것은 현기증의 조각들일까? 그는 휘청거리다가 바닥으로 무너졌다. 무언가 뜨거운 것이 코끝을 간질이며 흘러내렸다. 이내 바닥까지 흘러내리는 그것은 피였다. 바로 그의 피.

"으윽!"
그의 입에서 그제야 제대로 고통과 경악을 담은 신음이 흘러나왔다.

"미안하다! 그러나 어쩔 수가 없지 않느냐?"
칠십칠호의 얼굴이 한참이나 위에서 중얼거리고 있었다. 한참 아래, 바닥에 닿아 있는 그의 얼굴을 내려다보며. 얼얼한 콧잔등, 피로 질퍽한 콧구멍을 비집고 놈에 대한 원망이 새어 나왔다.

'새끼! 그건 먼저 때리고 나서 할 말은 아니잖아?'
그는 비칠거리며 몸을 일으켰다. 갑자기 모든 것이 확연해졌다. 온 전신이 알싸하도록. 그랬다. 옥방에 들어온 이상 치고 박아야 하는 것이다, 한쪽이 쓰러질 때까지. 그것이 절박한 현실인 것이다.

펙!

"윽!"

칠십칠호가 턱을 감싸 쥐며 허리를 휘청거렸다. 그러나 그의 주먹은 제대로 맞지 않고 비껴 맞았을 뿐이다. 그렇기에 칠십칠호의 그 한 번의 휘청거림은 충격을 받아서가 아니라, 자신에게 마지막 남은 일 푼의 주저와 망설임을 완전히 털어내는 몸짓이었을 것이다.

펙! 퍼억! 팍!

칠십칠호의 주먹과 발이 무차별적으로 날아왔다. 그는 반격할 엄두조차 내지 못했다. 반사적으로 얼굴을 감싸 안고 허리를 숙여 잔뜩 웅크렸다. 눈조차 뜨지 못했다. 다만 주춤주춤 구석으로 뒷걸음치며 호소했다.

"그만! 내가 졌다. 그러니까 그만하라고!"

칠십칠호가 선뜻 뒤로 물러섰다.

헉! 허억!

거칠게 숨을 헐떡이는 모습에서 오히려 상처받은 사람은 칠십칠호인 것만 같았다. 그때였다.

"계속해라! 내가 멈추라고 하기 전에 다시 멈춘다면 둘 다 내 손에 죽는다!"

벽면의 구멍 어딘가를 통해 울리는 차갑고도 소름 끼치는 목소리는 바로 까마귀늙은이의 것이었다.

칠십칠호의 표정이 흠칫 굳어졌다. 그리고는 돌연 비명처럼 부르짖으며 그를 덮쳐 왔다.

"죽어! 이 새끼야!"

그는 문득 섬뜩한 살기를 느꼈다. 그를 죽이고야 말겠다는 치열한 살기였다. 그는 눈을 감지 않았다. 아니, 차마 감지 못했다. 두려운 중에도 똑바로 칠십칠호를 보았다. 그리고 팔을 뻗어 칠십칠호의 목을 휘감았다. 그러나 침착하다기 보다는 재빠른 동작이었다. 반사적인 행동이었다. 상대의 살기에 대해 살아남기 위한 반사(反射).

칠십칠호가 그의 팔에서 목을 빼내기 위해 몸부림쳤다. 그는 다시 왼손으로 오른손을 잡아 고리를 만들었다. 그리고 더욱 강하게 조이기 시작했다. 칠십칠호는 이내 중심을 잃고 바닥에 쓰러졌다. 그도 따라서 쓰러졌다. 그러나 그는 손을 풀지 않고 온 힘을 다해 조였다. 칠십칠호의 몸이 버둥거렸다.

"커억! 이… 이것… 좀… 커어억!"

칠십칠호의 입에서 절박한 소리가 뱉어졌다. 그러나 그 소리들은 제대로 말을 만들어내지도 못했다. 물론 그는 알았다. 그것이 애원이라는 것을. 제발 이 목 좀 풀어달라고, 이러다 사람 죽겠다고 하는. 지금쯤 칠십칠호의 머릿속이 온통 노란 빛으로 물들어가고 있을 것이라고 그는 절망하며 상상했다. 숨막힘에 익숙한 그의 경험이 원하지 않게도 상상을 해내고 있었다. 그럼에도 그는 팔에서 힘을 뺄 수가 없었다. 그가 원해서 하고 있는 것이 아니었다. 지금의 모든 상황 중에서 그가 원해서 하고 있는 것은 아무것도 없었다.

칠십칠호의 손톱이 그의 팔을 할퀴었다. 살점이 움푹 파였다. 하얗게 질린 상처에서는 금방 붉은 피가 홍건하게 배어 나왔다. 그러나 그는 아무런 고통도 느끼지 못했다. 아무런 감정도 느끼지 못했다. 다만 그것이 칠십칠호의 마지막 몸부림이라는 것만 느꼈다. 이윽고 칠십칠호의 버둥거림이 멈추었다. 그리고 칠십칠호의 몸이 힘없이 늘어지고 나서야 그는 팔에서 힘을 풀었다. 저절로 풀린 것이지만.

구르릉!

옥방의 문이 열렸다. 그리고 까마귀늙은이가 들어와서 칠십칠호의 코끝에 손을 대보고 맥을 짚고 하는 동안에도 그는 바닥에서 일어설 수가 없었다. 온몸에 힘이 풀렸고, 정신은 몽롱하기만 했다.

"꿈이다! 이건 결코 현실이 아니야!"

마치 실성한 사람처럼 그가 중얼거릴 때, 까마귀늙은이가 돌연 손바닥으로 칠십칠호의 가슴 어림을 세차게 쳤다. 그러자,

"크어어어!"

하고 된 숨을 토해내며 칠십칠호가 숨통을 틔웠다. 그가 다시 살아나며 내는 소리가 마치 억눌린 흐느낌 같았다.

"흐으으으!"

덩달아서 그도 참고 참았던 숨통을 틔워냈다. 그 소리 또한 마치 잔뜩 억눌린 흐느낌 같았다.

또 다른 두 명의 사내가 들어와서 칠십칠호를 업고 나가는 것을 멍하니 바라보면서 그는 헛구역질을 참을 수가 없었다. 그리고 옥방에 들어설 때 성의없이 흘리던 까마귀늙은이의 말이 문득 떠올랐다.

"살아남아라!"

제기랄! 그런 건가? 그렇게 되는 건가? 살아남아야 한다는 것이야말로 절대적인 것인가? 험하고 더러운 구렁텅이에 빠져 있다 할지라도 살아 있다는 자체만으로 가장 존엄한 가치인 것인가? 그럼으로써 살아 있는 동안에는 계속 살아 있으려고 몸부림을 쳐야만 하는 것인가?

"잘했다!"

까마귀늙은이의 목소리가 약간은 들뜬 듯이 들렸다. 아니면 그가 들떠 있던지.

극심한 허탈감과 무력감이 몰려왔다. 그의 의식이 스르르 무너져 내리고 있었다. 스러지는 의식 속으로 뜬금없이 언제 이디선가 들었던 이야기 하나가 떠올랐다. 정말로 뜬금없이.

옛날 옛날 나일강 기슭에서 한 아이가 놀고 있었는데 강 속에서 갑자기 커다란 악어가 나타나 아이를 물고 갔다. 아이의 어머니가 울부짖으며 강 속의 악어에게 아이를 돌려달라고 하자 악어는 이렇게 말했다.

"내가 아이를 돌려줄 것 같은가, 돌려주지 않을 것 같은가? 네가 이 물음에 대답할 수 있다면 아이를 돌려주마!"

4

육십네 명이 결정되었다. 그 또한 그중의 한 사람이었다. 정식으로 용급(勇級)이 된 자들 중에는 끼리끼리 득의의 웃음이 오갔다. 그에게 웃음을 보내는 자들도 있었다. 그러나 그 웃음들이 호의로 보일 수는 없었다.

"이번에는 누구와 싸워야 하는 겁니까?"

서른두 명의 철급(鐵級)을 가리는 두 번째 싸움을 앞두고 그가 암담하게 물었을 때, 까마귀늙은이는 무심하게 대답했다.

"알 수 없다. 옥방에 들어가서야 알게 될 것이다. 그러나 이번 상대는 지난번과는 많이 다를 것이다. 상대가 누가 되든 힘과 기술, 그리고 무엇보다 투지 면에서 너보다 훨씬 앞서 있다. 더욱이 다들 이미 한 번의 싸움을 겪은 터이니 이제는 상대를 부수는 데 조금의 거리낌도 가지지 않을 것이다."

"아아!"

"겪어보았지만, 옥왕전까지 싸움의 규칙은 오로지 하나다. 무기를 쓰지 않는 것! 그것 외의 다른 규칙은 없다. 물어뜯든

고환을 차든 무조건 상대를 쓰러뜨리기만 하면 된다. 부서지고 싶지 않다면… 독해져라! 철저히!"

구르릉!

그의 뒤에서 옥방의 문이 육중하게 닫혔다. 청노(靑奴)인 그가 청의 무복을 입었으니 흑노(黑奴)인 상대는 흑의 무복을 입고 나올 것이다.

구르릉!

맞은편의 문이 열렸다. 그리고 성큼 안으로 들어선 상대와 그는 빠르게 서로를 확인했다. 순간 그는 흠칫 얼굴을 굳혔고, 상대의 얼굴에는 짧은 안도의 빛이 스쳤다.

삼십오호(三十五號)다. 당연한 일이겠지만 지난번의 칠십칠호와는 격이 다른 자다. 수련 과정에서도 내내 중위층을 유지했던 자다. 상대의 번들거리는 눈빛을 마주 보는 것만으로도 그는 오금이 저리는 듯했다. 그러나 결코 눈길을 피할 수는 없었다.

"시작!"

벽면 구멍을 통해 까마귀늙은이가 시작을 선언했다. 그리고 잔뜩 굳은 채, 그리고 조금은 여유있는 표정으로 서로를 노려보고 있던 두 사람은 천천히 움직이기 시작했다. 그는 허리를 숙여 움츠린 채 조금씩 뒤로 물러섰고, 상대는 그만큼씩 거리를 좁혀들고 있었다.

"찻!"

짧은 기합성과 함께 상대의 발이 먼저 날았다. 그의 얼굴을 향해서였다.

퍽!

그가 엉겁결에 팔을 들어 막았지만, 강한 충격에 휘청거리며 뒤로 밀려났다. 상대는 곧바로 덮쳐 들었다. 주먹이 날아드는 걸 보고 그는 질끈 눈부터 감고 말았다. 절로 취한 반사작용이었다. 그리고 양팔로 얼굴과 가슴을 가린 것 또한 반사적인 대응이었다.

퍽! 퍽! 퍽!

눈을 뜨지 못하고 있으니 몸에 떨어지는 것이 상대의 주먹인지, 발인지, 무릎인지조차 알 수가 없었다. 그러나 매 타격마다 충격은 고통스럽게 쌓여가고 있었다. 그런 중에도 비명 소리는 내지 못했다. 그럴 틈을 가지는 것조차도 차라리 사치였다.

퍼억!

어느 순간 복부에 강한 충격이 왔다. 아마도 상대의 무릎에 호되게 찍힌 것 같았다. 턱 숨이 막혔다. 휘청거리는 몸을 억지로 버텨 세우려는데, 다리에서는 이미 힘이 풀렸다. 상대가 다시 얼굴에 주먹을 꽂아 넣으며 그대로 밀고 들어왔다. 아마도 이쯤에서 끝장을 내려는 작정이리라. 그러나 그로서는 차라리 잘되었다 싶었다.

상대가 밀고 들어오는 대로 뒤로 넘어지면서 상대의 허리를 붙잡고 늘어졌다. 짧은 순간 몇 차례나 더 상대의 주먹이 코와 턱을 때렸지만 죽어라 달라붙었다. 결국은 상대와 함께 바닥으로 넘어지는 데 성공했다. 비록 상대에게 깔린 채였지만.

퍽! 퍽! 퍽! 퍽!

얼굴이며 머리며 목으로 마구 주먹이 쏟아졌다. 그런 중에도 끈질기게 양손을 허우적거리며 내두른 끝에 그는 마침내 상대의 양 손목을 붙잡을 수 있었다. 그리고는 놓치면 죽는다는 절박한 각오로 움켜잡고 늘어졌다.

"이 새끼가?"

상대는 언뜻 당황한 듯하였다. 그러나 곧바로 팔꿈치로 얼굴을 짓이겨 왔다. 코와 입이 아예 뭉그러지는 고통을 참아내며 겨우 얼굴을 비틀어 빼냈더니 상대는 다시 팔꿈치를 그의 목 쪽으로 미끄러뜨렸다.

"큭!"

목이 눌리자 당장에 숨이 막혔다. 그리고 섬뜩한 다급함이 뇌리를 치달렸다.

'이놈, 정말로 나를 죽이려 한다!'

그러한 섬뜩함이, 다급함이 그의 내부 깊숙한 곳에 숨어 있던 본능을 깨웠다. 죽이기 위한 본능이 아니었다. 오로지 살기 위한 본능이었다.

'살아야 한다!'

내가 살기 위해서는 상내를 죽일 수밖에 없는 처절한 본능이었다.

콱!

손가락을 벌려 위로 쑤셨다. 손가락 끝에 뭔가 물컹한 감각이 전해졌다.

"으아악!"

비명과 함께 상대가 스스로 그에게서 떨어져 나갔다. 그리고는 엉거주춤 선 채로 두 눈을 감싸 쥐고서 미친 듯이 울부짖었다.

"으아아아악! 내 눈! 내 눈! 이 개자식! 죽인다! 죽여 버린다!"

상대가 양손을 허우적거리며 그를 덮쳐 왔다. 제대로 뜨지도 못한 두 눈에서는 검붉은 액체가 흘러나오고 있었다. 그는 질린 채로 엉금엉금 기어 뒤로 물러섰다. 그 때문에 상대는 빈 바닥을 덮치며 나동그라졌다. 여전히 질린 채였지만, 그는 상대를 덮쳐 눌렀다. 그럴 수밖에 없었다, 상대에게 죽지 않기 위해서는. 지옥 같은 이 상황을 모면하기 위해서는. 양 무릎으로 상대의 어깨 어림을 찍어 누른 채 그는 죽을힘을 다해 주먹을 내리꽂았다.

펙! 펙! 펙! 펙!

아무 생각도 들지 않았다. 그저 미친 듯이 주먹을 휘두르는 것 외에는.

"큭! 크으으으! 그만! 그만해, 이 새끼야!"

상대의 절규를 듣고 나서야 그는 주먹을 멈췄다. 그제야 상대의 얼굴이 눈에 들어왔다. 그 얼굴은 마치 한 덩이의 다져진 고깃덩이처럼 붉게 짓이겨져 있었다. 부르르 치를 떨며 그는 일어섰다.

"그만! 청노(靑奴) 승(勝)!"

뒤늦게 선언이 있었지만 그는 듣지 못했다. 멍한 중에 지독한 자기혐오가 휘몰아쳤다.

옥방에서 나오는 그를 까마귀늙은이는 직접 숙소까지 데려다 주었다.

"죽음의 위협을 받았을 때 그것에 대항하여 무슨 수를 써서라도 살아남아야 하는 것은 인간으로서의 당연한 본연(本然)이다. 또한 인간 이전에 동물로서의 가장 원초적인 본능, 즉 잠재된 능력이다. 다만 그러한 잠능(潛能)은 너무나 깊숙이 잠재되어 있어서 보통의 사람들은 그것을 깨워내기도 전에 지레 포기하고 죽임을 당하고 만다. 그러나 어떤 계기로 잠능을 깨워낼 수 있다면, 이후로는 그야말로 본능으로서 계속 깨어 있게 될 것이다. 오늘 너는 바로 그런 잠능의 일부를 깨워냈다고 할 수 있다."

까마귀늙은이의 말은 그의 귀에 잘 들어오지도 않았다. 다만 늙은이의 목소리가 평소와는 조금 다르게 차가운 중에도 사뭇 차분하였기에 약간의 위안은 되는 듯하였다. 이윽고 숙소 앞에 이르러 돌아서며 늙은이가 말했다.

"이제 다섯 번 남았다."

그는 이를 악물었다. 도저히 가능하지 않은 소리였다. 그 다섯 번을 향해 나아갈수록 싸움의 상대는 그가 도저히 감당할 수 없도록 강해져 갈 것이고, 생각도 하기 싫을 정도로 독한 투지와 살기를 더해갈 것이다. 그러나 그에게 다른 방법은 없었

다. 스스로 쓰러질 간담조차 없으니 차라리 앞으로 나아가보
는 수밖에. 갈 수 있는 데까지.

5

　서른두 명의 철급이 결정되었고, 그는 그중의 하나가 되었
다. 그들은 이제 서로를 보고 웃지 않았다. 다만 눈빛만 교환
하였다. 뜨거운 눈빛도 있었고, 차갑게 가라앉은 눈빛도 있었
다. 그러나 공통적으로는 적의(敵意)가 있었다. 차라리 살기라
고 해야 할, 날카롭게 번뜩이는 적의. 그는 열여섯 명의 동급
(銅級)을 가리는 세 번째 싸움을 앞두고 있었다. 아무리 생각해
봐도 그의 능력으로 더 이상은 도저히 불가능한 싸움이었다.

　이번에 그는 흑의 무복을 입었다. 옥방으로 들어가기를 기
다리며 그가 물었다.
　"어떻게 해야 합니까?"
　암담하고도 절망적인 심정이었지만, 그것은 그가 싸움에 관
해 능동적으로 한 첫 번째의 물음이었다. 까마귀늙은이가 희
미하게 웃었다.
　"어떻게 해야 하느냐고? 싸우는 방법을 묻는 것이라면 이제
와서 무슨 방법이 딱히 있을 리가 있겠느냐? 다만 네가 취할
수 있는 유일한 방법은 지금까지와 같이 끝까지 포기하지 않
는 것뿐이다."

차라리 듣지 않느니만 못한 대답이었다. 그가 답답해하고 막막해하는 중에,

구르릉!

육중한 소리와 함께 옥방의 문이 열렸다. 멈칫거리는 그를 까마귀늙은이는 매정스럽게도 등을 떠밀었다. 도살장에 들어가는 소처럼 들어가지 않으려 그의 몸이 저절로 버티는데, 뒤에서 늙은이가 빠르게 속삭였다.

"숨쉬기다! 숨쉬기에 집중해라! 그리고 끝까지 버텨라!"

그가 황급히 뒤돌아보는 사이에 늙은이는 그의 등을 확 떠밀었다. 그리고,

구르릉!

소리를 내며 문이 닫히더니, 이어,

철컥!

잠겨 버렸다.

'크으!'

가슴속에서 절박한 신음이 절로 생겨난다. 미리 각오, 아니, 체념하고 있지 않았던 건 아니지만, 이건 아예 엄두조차 내지 못할 상대였다. 차라리 모르기라도 하면 좋으련만, 그보다 얼마나 뛰어난지 너무나 잘 알고 있는 상대였다.

이십삼호(二十三號)! 일 할(一割) 안에 드는 우등생들 중의 하나였다.

"시작!"

선언이 울렸다. 동시에 그의 몸은 딱딱하게 굳고 말았다.

역시, 지극히 당연하게 힘과 기술 모두 열세였다. 무엇보다도 상대의 빠르기를 따라잡을 수가 없었다. 상대는 시종 적당한 거리를 두고서 여유있게 치고 빠지고 있었다.

이미 무수히 타격을 허용했지만, 마냥 맞고 있을 수만은 없었기에 그는 어떻게 하든 상대를 붙잡으려고 시도하였다. 상대를 붙잡기라도 해야 속수무책의 지경을 면해볼 수 있을 것이다.

두세 번은 어떻게 상대를 붙잡기도 했다. 그리고 까마귀늙은이가 말한 대로 무슨 수를 써서라도 살아남아야 하는 인간으로서의 당연한 본연(本然)을 발휘하여 눈 찌르기를 시도했고, 고환을 차보려 시도도 했고, 손이든 얼굴이든 걸리는 대로 깨물어보려고 시도도 했다.

그러나 통하지 않았다. 상대는 근접 타격과 유술(柔術)에도 능해 그는 오히려 더 큰 타격을 받고서 사력을 다해 상대와의 거리를 벌여야만 했다.

도저히 역부족이었다. 방법이 없었다. 이미 지칠 대로 지쳐버린 데다 누적된 충격으로 서 있기조차 힘들었다. 이대로 무너지고만 싶었다.

그러나 무서웠다. 이대로 쓰러진다고 싸움이 끝날까? 상대가 그만둘까? 상대에게 돈을 건 전주가 그만두게 할까? 아닐 것이다. 그렇지 않을 것이란 사실을, 그가 이미 몸으로 체득하고 있는 이 지옥의 잔인한 생리가 생생히 말해주고 있었다.

"헉! 헉! 허억!"

숨이 턱까지 차올랐다. 폐가 금방이라도 찢길 것 같은 다급
함을 호소하고 있었다. 그때 문득 떠오르는 말이 있었다.

"숨쉬기다! 숨쉬기에 집중해라! 그리고 끝까지 버텨라!"

픽!

그는 차라리 실소했다. 비록 엉망이 되어버린 얼굴에 정말
로 웃는 표정을 만들어낼 수는 없었지만. 그러나 그는 숨쉬기
를 시작하고 있었다. 죽을힘을 다해 숨을 다스리기 시작했다.

흡… 지! 흡… 지! 흡… 지!

그 와중의 스치는 생각으로도 참으로 어이없는 짓거리였다.
그러나 이 순간 그가 할 수 있는 것이라곤 오직 그 어이없는 짓
거리밖에는 없었다.

픽! 퍼억! 콱! 픽! 퍼억!

명확하지는 않았지만, 무수히 퍼부어지는 충격 속에서 그는
몇 번이고 의식을 놓쳤다가 다시 되찾은 것 같았다. 예전에 까
마귀늙은이의 혹독한 기합을 견디지 못하고 수없이 죽고 또
죽었던 것과 비슷하게. 다만 그런 중에도 숨쉬기를 놓치지는
않았고, 또한 명확하지 않았지만 이느 순간부디인가 차라리
숨쉬기에 빠져들고 있었다.

호… 지! 호… 지! 호… 지!

"헉! 헉! 허억! 허억!"

거칠고 격렬한 숨소리였다. 그러나 그 숨소리는 그의 것이 아니었다. 상대의 것이었다. 상대도 결국에는 지치고 만 것인가? 상대의 주먹은 더 이상 끓어 치는 것이 아니었고, 힘없이 밀리고 있었다. 발차기는 더 이상 시도되지 않고 있었다.

어느 순간에 그는 상대를 붙잡을 수가 있었다. 순간 상대가 치고 꺾고 비틀며 대응했지만, 그는 악착같이 놓치지 않았다. 이윽고 둘은 엉킨 채 바닥으로 넘어졌다. 그 순간 그는 아주 짧게 왠지 모를 안도 같은 것을 느낄 수 있었다.

역전에 대한 당황과 절망 때문일까? 상대는 급격히 지치는 것 같았다. 그리고 그는 마침내 상대를 깔고 앉을 수 있었고, 지쳐 있었지만 마지막 힘을 다해 상대의 얼굴에다 주먹을 내리꽂았다.

퍽! 퍽! 퍽! 퍽!

"그만! 흑노 승!"

선언이 있었지만, 그는 듣지 못하였다. 그의 아래에 깔린 상대는 벌써부터 아무 반응이 없었지만, 까마귀늙은이가 문을 열고 들어와 그를 떼어낼 때까지도 그는 기계적으로 주먹을 내리꽂았다.

퍽! 퍽! 퍽! 퍽!

6

기변(奇變)의 연속이었다. 수련 기간 중 최하위 성적이었던 자가 쟁쟁한 상대들을 물리치고 연전연승을 거듭하고 있었다. 다른 사람들에게, 그리고 그자 자신에게도 그것은 도저히 이해할 수 없는 일이었지만, 그는 싸움을 거듭해 나가며 점점 더 강해지고 있었다.

그가 강해진다는 것은 기술적인 측면보다는 체력적인 측면이었다. 특히 힘과 지구력이라는 측면에서 아주 확연했다. 그의 싸우는 방식 또한 사뭇 특이했다. 보통의 승부가 격렬한 타격전으로 결말을 내는 것이 보통인 데 반해, 그의 싸움은 처음에는 타격전으로 가더라도 마지막에는 항상 상대와 엉기어 바닥을 뒹구는 방식으로 결말을 지었다. 그의 그런 특이한 전략에 대해 상대들도 가급적 초반 타격전으로 승부를 가져가려 했다. 그러나 처음부터 그가 작정하고 엉겨드는 데다 옥방의 공간이 제한되어 있는 탓에 결국 승부는 늘 바닥에서 갈리고 말았다.

은급(銀級)과 금급(金級)을 거쳐 그는 마침내 웅급(雄級)까지 올라 있었다. 그에 대한 전주들의 기대는 급증되어 그의 싸움에 걸리는 은자의 액수는 이제 매번 용사투장의 기록을 갈아 지우고 있는 중이었나. 그는 용사투장의 새로운 진실이 되어가고 있었다.

여섯 번의 승리를 이루어내는 동안 그에 대한 처우는 획기적이라 할 만큼 좋아지고 있었다. 끼니마다 몸에 좋다는 각종의 보양식이 공급되었고, 싸움이 끝난 다음에는 곧바로 의원이 붙어 상처를 치료하였다. 기력 보강용으로 제법 비싸다는 탕제까지 처방이 되었다. 그렇다고 대단한 보약재가 들어갔을 것 같지는 않았다. 그러나 어쨌거나, 먹고 나니 다만 느낌뿐인지는 몰라도 활기도, 힘도 생기는 것 같은 게 효과가 아주 없지는 않은 듯했다.

까마귀늙은이도 남들 눈을 피해 안 하던 친절을 베풀곤 했다. 싸움을 치른 날이면 무슨 어혈을 풀어준다며 온몸을 주무르고 두드려 주는 것이었다. 늙은이답지 않게 손이 맵고 이상하게도 뜨겁기까지 했지만, 끝나고 나면 온몸이 풀리는 것이 시원하기는 하였다.

그러나 그의 연전연승에는 누구도 알지 못하는 전혀 뜻밖의 이유가 있었다. 바로 숨쉬기다. 바로 그 지독한 숨쉬기 말이다. 그것은 이제 더 이상 사람을 숨 막혀 죽게 하는 고약한 것이 아니었다. 이제는 오히려 그가 싸움에 임하여 오로지 의지하고 있는 유일한 구원이었다.

까마귀늙은이는 끊임없이 숨쉬기에 집중하라고 했고, 모든 상황에 숨쉬기를 일치시키라고 했다. 심지어 맞을 때도 호흡의 집중을 흩뜨리지만 않으면 충격을 상당 부분 완화시킬 수 있을 것이라는 식이었다.

물론 그는 아직까지도 까마귀늙은이의 말을 대부분 믿지 못하고 있었다. 그러나 믿지 못한다고 하여 따르지 않는다는 것은 아니었다. 싸움은 언제나 그에게 너무도 힘에 겨웠다. 숨

막히도록 다급한 상황의 연속이었기에 억지로라도 숨쉬기에
의지하지 않았다면, 다시 그러한 절박함에 의지하여 전심전력
을 이끌어내지 못했다면, 그는 결코 지금까지 버텨오지 못했
을 것이다.

까마귀늙은이는 나아가 숨쉬기의 영역을 더욱 늘려보라고
도 했다. 폐로 쉬던 숨을 점차 온몸으로 쉴 수 있도록 확대해
나가보라는, 사뭇 요상한 말이었다.

만약 아직도 싸움이 남아 있지 않았다면, 그리고 그 싸움에
서 숨쉬기만이 그의 유일한 구원이 아니었다면, 이제는 그에
게 함부로 기합 같은 것을 주지 못하게 된 까마귀늙은이의 요
상하고 허황된 말 따위에 아예 관심조차 주지 않았을 것이다.
당연히 말꼬리를 달지도 않았을 것이다.

"온몸으로 어떻게 숨을 쉽니까?"

그 물음에 대해 까마귀늙은이는 미리 외워놓기라도 했다는
듯이 사뭇 건조하게 답했다.

"사람의 잠재력은 무한하여 끌어내기에 따라 그 힘은 자연
과도 같이 될 수 있고, 우주와도 같이 될 수 있는 법이다."

요령부득의 말이었다. 그러나 그는 더 이상은 따지지 않기
로 했다.

"이제 한 번의 승리만 더 거둔다면 너는 옥왕이 된다. 심정
이 어떠하냐?"

"두렵습니다."

까마귀늙은이의 물음에 그가 짧게 대답했다. 까마귀늙은이
가 흐물흐물 웃음을 흘렸다.

"흐흐흐! 사내자식의 간담이 어째 만날 그 모양이냐? 그쯤
했으면 이제 악이라도 치받칠 만하건만."

"지금이라도 그만두고 싶을 뿐입니다."

까마귀늙은이가 잠시 물끄러미 그를 바라보고 있더니 문득
표정을 바꾸며 물었다.

"옥왕이 된다면 네게 보다 구체적인 기회가 생길 것이라고
했던 노부의 말을 기억하고 있느냐?"

대답 대신 그의 눈빛에 담기는 강렬한 열망을 보며 늙은이
는 말을 이었다.

"옥왕이 된다면 원하지 않더라도 너는 이곳을 나가게 될 것
이다."

"아! 그럼……?"

"더 이상 알려고 하지 마라! 일단은 옥왕이 되는 것이 우선
이니까!"

7

또 한 사람의 웅급(雄級)이 결정되었다. 바로 그와 용사옥왕
의 자리를 두고 다투어야 할 자다.

십일호(十一號). 그를 포함해 누구나 짐작하고 있던 바로 그
인물이었다. 백여 명의 수련 노예들 중에서 수련 기간 내내 단

한 번도 일등의 자리를 놓치지 않았던 자. 그리고 그와 함께 마지막까지 까마귀늙은이의 기합을 받았던 다섯 명의 '찍힌' 자 중 하나.

까마귀늙은이는 다시 한 번 힘주어 강조했다. 상대에 비해 그가 잘하는 것이라곤 오로지 숨쉬기밖에 없다고. 그러니 결국은 숨쉬기로밖에는 이길 수가 없는 것이라고.

맞는 얘기였다. 적어도 숨쉬기에 있어서만큼은 그는 십일호에 비해 우월했다. 그는 이미 구십육흡지호지를 크게 고통스럽지는 않게 하는 단계에 들어서 있었지만, 상대는 기껏해야 사십팔흡지 중에서도 겨우 스물한 번의 들숨밖에 쉬지 못했던 자가 아닌가.

물론 그의 유일한 우월이 상대를 이기는 것으로까지 연결될지에 대해서는 결코 기대할 수 없는 것이었다. 그러나 지금까지의 싸움에서는 그것이 어떤 실질적인 효능을 발휘했든, 아니면 절대의 절박함이 만들어낸 무조건적인 의지에 불과했던 간에, 어쨌든 그가 버텨올 수 있었던 유일한 우월이자 의지였던 것만큼은 사실이다.

옥방. 숱한 비명이 스러져 갔던 그 지옥의 방에 두 사람이 마주 서 있었다. 그들은 마시막 상내였다. 시로에게. 적어도 이번 기(期)의 용사투장 싸움으로는.

청의 무복을 입은 십일호의 얼굴에는 잠깐 경이와 호기심의 빛이 떠올랐다. 그러나 잠시의 관찰 후에 그 빛은 이내 싱긋 웃는 웃음으로 바뀌었다. 호의는 아니었고, 다만 차분한 여유가 담긴 웃음이었다. 최면에라도 걸린 듯이 그가 실없이 마주 웃음을 떠올릴 때 십일호의 주먹이 아주 간단하게 그의 명치에 틀어박혔다.

"큭!"

숨이 턱 막히고 눈앞이 노래지는 순간,

[숨을 쉬어라!]

까마귀늙은이의 나지막하고도 급한 목소리가 귓전에서 속살거렸다. 마치 바로 곁에서 귀엣말로 속삭이는 듯이. 의식이 가물거리는 중에도 그는 늙은이의 주문을 따르려고 무진 애를 썼다.

'흡… 지! 흡… 지!'

그러나 그는 깜빡 의식의 끈을 놓치고 말았다. 아주 잠깐이었다, 그가 의식의 끈을 다시 채기까지는. 적어도 그의 느낌으로는 그랬다. 퍼뜩 정신을 차리는데 상대의 주먹이 명치로 꽂혀드는 게 보였다. 그 강렬한 충격과 숨넘어가는 고통이 여전한데 다시 당할 수는 없었다.

그의 의지가 작용하기 전 고통스러웠던 기억에 진저리치며 몸이 먼저 반응을 했다. 죽을힘을 다해 허리가 비틀렸다. 그 덕분에 상대의 주먹은 명치를 살짝 빗겨나 옆구리로 꽂혔다. 충격은 있었지만, 좀 전 명치에 틀어박혔을 때에 비해서는 견딜 만하였다.

[숨을 쉬어라!]

까마귀늙은이가 다시 주문했다. 좀 전과 조금도 다르지 않게, 나지막하고도 급하게 귓전에서 속살거리는 목소리 그대로. 뭔가 조금은 이상하다는 느낌이 스쳤다. 그러나 급박한 위기가 계속되고 있었으므로 그가 그런 생각을 길게 할 수는 없었다.

"크윽!"

이번에는 목이었다. 상대의 단단히 모아 쥔 손끝이 정확하게 그의 목젖을 찔렀다. 다시금 숨이 콱 막혔다. 숨을 들이쉴 수도 내쉴 수도 없었다. 아스라해지는 의식 중에 이번에는 정말로 죽는가 보다 하는 생각이 스쳤다. 그때,

[숨을 쉬어라!]

늙은이의 나지막하고도 급한 목소리가 다시 귓전에서 속살거렸다. 가물거리는 중에도 그의 의식은 저절로 반응했다.

'흡… 지! 흡… 지!'

그러나 이번에도 그는 의식의 끈을 놓치고 말았다. 그리고 역시나 아주 잠깐 만에 의식을 되찾았다. 그가 퍼뜩 정신을 차리는데, 상대의 단단히 모아 쥔 손끝이 목젖으로 꽂혀들고 있었다.

'으헉!'

이번에도 역시 그의 의지에 앞서 진저리치며 몸이 먼저 반응했다. 꺾이기 어려운 각도로 목이 홱 꺾였다. 상대의 손끝은 그의 목에다 벌건 상처를 남기고 빗겨 지나갔다.

'뭐가 어떻게 되고 있는 거지?'

그때 늙은이의 목소리가 다시 귓전에서 속살거렸다.

[숨을 쉬어라!]

얼굴을 노리고 날아오는 상대의 주먹을, 양손을 겹쳐 겨우 막아내며 그는 빠르게 머리를 흔들었다. 무언가 기이한 상황적 반복이 일어나고 있었다. 아니면 연이어지는 급박한 상황을 견디지 못하고 그의 의식이 착각(錯覺) 내지는 당착(撞着)을 만들어내고 있는 것일까?

비슷한 상황적 반복, 또는 그의 착각 내지는 당착은 이후로도 자꾸만 반복되었다. 그러는 중에 그것에 대한 이상하다는 느낌은 금세 희석되어 버렸다.

시간이 흘렀다. 옥방 바깥의 전주들에게는 지루한 시간이, 옥방 안의 두 사람에게는 사투의 시간이.

두 사람은 그들이 지닌 모든 힘을 다 쏟아부었고, 알고 있는 모든 수단을 다 동원하여 공격을 가하였고, 또한 방어했다. 그런 중에 이윽고 두 사람은 지쳤고, 거칠게 숨을 헐떡였다.

"헉! 헉! 허억!"

금방이라도 폐가 터져 버릴 듯이 두 사람의 숨은 급박하고도 격렬한 소리로 한데 뒤섞였다. 와중에도 그는 죽을힘을 다해 숨쉬기에 매달렸다. 그것만이 그가 살 수 있는 유일한 끈이라고, 이 순간만큼은 그렇게 맹신해야만 했다.

흡… 지! 흡… 지! 호… 지! 호… 지!"

치열한 호흡이었다. 어느 순간부터 그는 상대와의 사투가 아니라 스스로의 숨과 사투를 벌이고 있었다. 그리고 또 어느 순간에, 불분명한 의식 중에 그는 자신의 폐가 마침내 한계에

도달하고 말았다는 극한을 느꼈다. 그 순간 그의 숨은 정말로 폐의 한계를 넘어서고 말았다. 그는 더 이상 폐만으로 숨을 쉬고 있지 않았다. 그러나 '폐 이외에 그에게 숨을 쉬도록 허용하고 있는 것이 무엇일까?' 하는 의문 따위를 가져 볼 사치는 감히 부리지 못했다. 어쨌든 그는 끝까지 버텨낼 수 있었다.

결국 먼저 지친 것은 상대였다. 싸움의 양상은 결국 '그의 특이한 방식' 쪽으로 흘러갔다. 마지막에는 항상 상대와 엉기어 바닥을 뒹구는 방식으로. 포기하고 늘어져 버린 상대의 몸 위로 그는 악착같이 기어올랐다. 그리고 야차같이 주먹을 내리꽂았다.

퍽! 퍽! 퍽! 퍽!

"그만! 흑노 승!"

선언이 있는 순간, 그는 그를 버티게 하고 있던 모든 것을 놓아버리고 말았다.

8

"이제 저는 자유의 몸인 겁니까?"

옥방의 최후 승자로서, 용사옥왕으로서 그가 까마귀늙은이에게 가장 먼저 먹자세 물은 밀이있다. 그러나 까마귀늙은이는 기대 밖의 대답을 무심하게도 했다.

"아직까지는 아니다."

"아니라고요? 분명히 옥왕이 되면 이곳을 벗어날 수 있다고 하지 않았습니까?"

"물론이다. 너는 이제 이곳을 벗어날 것이다. 그러나 네게는 또 다른 싸움들이 기다리고 있다."

"싸움을 또 해야 한다고요? 제가 왜? 도대체 왜 그래야만 합니까?"

"흐흐흐! 옥왕이 되었다고 하더라도 너는 여전히 투노이기 때문이다. 너에겐 여전히 선택의 여지가 없다."

그가 분노를 추스르고 현실을 받아들이는 데는 한참의 시간이 걸렸다. 그리고 갈라진 목소리로 그가 다시 물었다.

"자세히 말해주십시오! 이제부터 내가 무엇을 해야만 하는지에 대해."

까마귀늙은이의 눈빛이 잔잔하게 일렁거렸다. 그가 처음으로 보는 눈빛이었다. 그러나 늙은이는 가볍게 한숨을 한 번 내쉬고는 이내 본래의 차갑고도 무심한 모습으로 돌아갔다.

"전국에는 정확한 수를 파악하기 어려울 만큼의 많은 투장이 산재해 있다. 그중 일정 규모 이상의 투장만 해도 백수십여 곳에 이르는데, 이곳 용사투장은 다만 그중의 하나일 뿐이다. 그러니 각 투장들 간의 내기 싸움이 왜 또 없겠느냐?"

"그럼……?"

"그렇다. 전국 주요 투장의 옥왕들이 서로 겨루어 싸움의 왕인 투왕(鬪王)을 가리는 대회가 있다. 투왕지희(鬪王之戲)가 바로 그것이다."

"음!"

그가 지레 질린 얼굴이 되고 마는데, 까마귀늙은이가 덧붙였다.

"노부가 그간 네게 독한 짓을 많이 한 것은 사실이나, 한 번도 거짓을 말한 적은 없다는 것은 너도 잘 알 것이다. 이제 노부가 네게 한 가지를 보장하마! 네가 만약 투왕에 오른다면, 그때에 너는 진정으로 자유의 몸이 될 수 있다. 투왕이 자유를 얻는다는 것은 원래 투노들의 마지막 소망이었을 뿐이나, 나중에는 모든 투장주(鬪場主)들과 전주(錢主)들 사이에서까지도 공인된 약속으로 통하게 되었다. 실제로 최근 십여 년간에 매기마다 투왕의 자리에 오른 자들은 예외없이 자유를 획득했다."

그의 눈빛에 언뜻 열망이 되살아났다.

"이곳은요? 지금까지 용사옥왕이 된 자 중에서도 다시 투왕이 된 자가 있었습니까?"

까마귀늙은이가 무겁게 고개를 가로저었다.

"없다, 아직까지는. 바로 전 기(前期)의 용사옥왕의 경우, 투왕지희에 나가 첫 번째의 싸움에서 목숨을 잃고 말았다. 그는 적어도 지금의 너보다는 강하고 노련한 자였다."

그는 곧바로 절망하고 말았다.

"크으으! 결국은 투왕이 되기란 불가능하다는 말이로군요?"

까마귀늙은이는 잠시간 침묵한 후에 담담한 투로 다시 입을 열었다.

"투왕이 되는 과정은 지금까지 네가 해온 싸움과는 또 다른 차원의 싸움을 거쳐야만 한다. 투왕지희는 그야말로 생사지투

(生死之鬪)다. 모든 무기의 사용이 허용되며, 암중의 경로를 통해 투노가 아닌 자들, 즉 정통의 무공을 수련한 진짜 무인(武人)들이 참여하기도 한다. 그것은 투왕이 된다는 것의 의미가 단순히 노예의 적(籍)에서 벗어난다는 것 외에, 보통의 사람들로서는 일평생 구경도 할 수 없는 거액의 상금이 주어지기 때문이다. 그러나……."

잠시 말을 멈춘 까마귀늙은이가 문득 눈빛을 빛내며 다시 이었다.

"그러나 결코 불가능한 것은 아니다. 아니, 설령 불가능할지라도 네게는 그것이 유일한 기회이다. 그리고 네게는 아직 시간이 있다. 시간이 있음에도, 최선을 다해보지도 않고 지레 포기한다는 것은 참으로 어리석은 짓이다. 또한 참으로 비겁한 짓이다."

"최선을 다하라고요? 어떻게… 어떻게 말입니까?"

"네가 가장 잘할 수 있는 것을 조금이라도 더 잘할 수 있도록 매진하는 것! 지금 네가 할 수 있는 일은, 그리고 해야만 하는 일은 오로지 그것뿐이다."

"후후… 또 그놈의 잘난 숨쉬기요?"

그의 절망 서린 비아냥거림에도 불구하고 까마귀늙은이의 대답은 짧고도 힘이 있었다.

"그렇다!"

第三章

엘리트

1

　용사투장이 아닌 것은 분명했지만, 이곳이 어디인지 알 수가 없었다. 모두 처음으로 보는 것들이었다. 그나마 익숙한 것은 용사투장의 옥방과 비슷한 형태의 옥방과 그곳 주변을 가득 메우고 있는 뜨거운 열기였다. 그리고 그의 곁에는 용사투장의 주인인 화대인(華大人)과 까마귀늙은이가 있었다. 그는 지금 투왕지희의 첫 번째 싸움을 앞두고 있는 중이었다.
　"무기를 선택하라!"
　누군가 명령하는 소리에 그는 미모소 딩횡했다. 빈사적으고 옆을 돌아보는 그에게 까마귀늙은이가 한 자루 커다란 칼을 건넸다. 대충 봐도 길이가 일 미터는 넘고, 시커멓고 넙적한 무쇠 날이 투박하기 짝이 없었다. 나무로 된 자루를 얼떨결에 건

네받고 나서 그는 손목에 전해지는 묵직한 무게감에 새삼 화들짝 놀라며 중얼거렸다.

"이걸 어떻게 하라고……?"

그러나 까마귀늙은이는 무심하기만 한 얼굴로 말을 뱉었다.

"어차피 쓸 줄 아는 병기가 없다면 차라리 중병(重兵)이 무난할 것이고, 그중에서도 대도(大刀)가 나을 것이다."

'그래서 그냥 휘두르라고?'

하소연을 입 밖으로 낼 틈도 없었다.

구르릉!

문이 열리는 순간, 까마귀늙은이의 억센 손이 그의 등을 떠밀었다. 그리고,

쿵! 철컥!

하고 도무지 익숙해지지 않는 소리가 등 뒤에서 울렸다.

사방이 꽉 막힌 방. 검붉은 윤기로 번들거리는 바닥.

그러나 그는 잠시도 주변을 살필 여유를 가지지 못했다. 그의 맞은편에 한 사내가 서 있었다.

그런데 사내의 체격이 큰지 작은지, 얼굴 생김새가 어떤지에 대해 그는 전혀 볼 수가 없었다. 보이지가 않았다. 아무것도. 아니, 단 한 가지만 보였다.

'칼? 아아! 칼이다!'

죽도나 목검이 아닌, 시퍼런 칼날과 섬뜩하도록 날카로운 끝을 가진 진짜 칼이었다. 칼 너머로 사내의 시리도록 차가운 눈빛이 그제야 보였다. 그의 온몸이 그대로 얼어붙고 말았다.

그의 손에 한 자루의 칼이 들려 있다는 사실조차도 그는 느끼지 못하였다.

느릿하게 칼을 품속으로 끌어당긴 사내가 성큼 그에게로 다가섰다. 그러나 그는 조금도 움직일 수가 없었다. 사내의 칼이 곧장 앞으로 찔러 나왔다.

'아아! 피해야 한다.'

그러나 마음만 다급할 뿐, 그의 온몸은 꽁꽁 얼어붙은 채였다.

푸걱!

차가운 이물감이 그의 가슴을 관통했다. 사내의 칼이 그의 심장을 뚫고 지나갔다. 뒤늦게 그의 온몸이 소스라치며 처절한 비명을 터뜨렸다.

"으아아아악!"

2

"으아아아악!"

비명을 지르며 그는 꿈에서 깼다. 깨고서도 죽음의 순간이 생생했다. 생생하다 못해 아주 치가 떨렸다. 징그럽게도 끔찍한 꿈이었다. 온몸은 땀투성이고, 침대 거너까지 흠뻑 젖어 있었다. 얼마나 용을 써댔는지 아주 기진맥진이었다. 특히 왼쪽 가슴 심장 부위는 뻐근하게 결리기까지 했다. 꿈에서 칼에 관통당한 부위다. 꿈속에서 상처를 입었는데, 깨어보니 정말로

멍이 들어 있더라는 얘기를 들은 적이 있는 것 같은데, 문득 정말로 그럴 수도 있겠다 싶어진다.

'이거 병원 가봐야 하는 거 아냐?'

실없는 생각을 떠올렸다가 그는 피식 실소하고 말았다. 병원을 간다면 어느 과로 가야 하나? 외과? 정신과? 또 의사에게는 뭐라고 증상을 설명해야 할까?

악몽은 벌써 몇 달째나 계속되고 있었다. 이제는 차라리 익숙하기도 해져서 어떤 때는 꿈과 현실의 경계가 모호하게 여겨질 때도 있다. 꿈이 진짜인지, 아니면 깨어 있을 때가 진짜인지. 그러나 아무리 해도 결코 익숙해지지 않는 것은 시시때때로 맞이해야만 하는 죽음의 순간이었다.

"제기랄! 아무리 꿈이라도 그렇지, 칼에 찔려 죽는 건 좀 너무하잖아?"

그가 축축하게 식어버린 침대에서 빠져나오며 중얼거렸으나, 괜한 투덜거림이었다. 누구에게 하소연할 것인가? 꿈속의 일을 가지고 말이다. 다만 하도 어이없어 한 번 더 투덜거려보는 것뿐이었다.

"근데 무슨 놈의 꿈이 점점 더 지랄 맞게 변해가나? 이건 뭐 드라마연속극도 아니고, 어떻게 된 게 아주 시리즈로 전개가 되어가니, 원."

그러나 꿈은 꿈일 뿐. 그는 다시 출근하여 치열한 일상의 세계로 들어가야만 했다.

샤워를 끝내고 옷을 챙겨 입고 나서도 시간은 조금 여유가

있었다. 토스트를 구워 먹고 나갈 정도의 여유는 될 것 같았
다. 토스트 굽는 기계에 식빵 두 조각을 넣고 나서 문밖에 있
을 신문을 챙겨 넣을까 하다가 그는 그냥 TV를 켰다. 어차피
신문을 볼 여유까지는 없었으므로.

마침 스포츠 뉴스였고, 더욱이 야구에 관한 것이었기에 그
의 눈은 곧바로 TV 화면으로 고정되었다.

야구는 그의 유일한 취미였다. 취미라고 해도 기껏 저녁에
시간대가 맞으면 TV 중계를 보고, 그것이 여의치 못하면 신문
이나 뉴스를 통해 당일이나 전일의 경기 결과를 챙겨 보는 정
도에 불과하지만.

그러나 거의 전적이다시피 회사와 일 위주로만 치우쳐 있는
생활 패턴에서 그 정도만으로도 상당한 관심과 시간의 투자라
고 할 만하였다.

가끔씩 메이저리그와 일본 야구 소식까지 기웃거리기도 했
지만, 그것은 어디까지나 그쪽에 진출해 있는 우리 선수들에
대한 관심 때문이지, 그의 주 관심은 역시 국내 야구였다. 그중
에서도 그는 D 불스의 팬이었다. D 불스는 바로 그가 다니는
대성그룹 소속의 야구단인데, 요 몇 년간은 성적이 계속해서
아주 죽을 쑤고 있었다.

"소식통에 의하면 기내 이하의 야구단 운영 효과 및 운영 사
금난을 이유로 대성그룹 고위층에서는 금년 말을 기점으로 야
구단을 매각 검토하라는 지시가 있었다고 합니다. 이런 소식
이 전해지자 KBO와 야구계 관계자들은, 현재 8구단 체제인 국

내 프로야구의 기틀이 무너짐에 따를 혼란을 크게 우려하는 분위기입니다."

TV에서 흘러나오는 소리에 그는 괜히 발끈했다.

"제기랄! 너무하는군! 야구단을 수익 기준으로만 따진다면 우리나라 야구단 중에서 적자 안 나는 곳이 어디 있다고."

그의 발끈거림은 물론 대성그룹에 속한 회사원의 입장이 아닌, 순수한 야구팬의 입장에서다. 일단 출근을 하면 그는 그룹에 대해 결코 부정적이지 않을 뿐더러, 불평은 못난 자들이나 하는 것이지 그 같은 엘리트가 하는 것은 아니라는 논리의 열렬한 추종자가 될 것이다.

3

키 180cm에 몸무게 52kg. 고등학교 1학년 이후로 줄기차게 변하지 않고 있는 그의 신체 지수다. 살찌는 사람의 심정이 괴롭다지만, 죽어라 살 안 찌는 사람의 고충도 못지않다. 안 겪어본 사람은 모른다. 아무리 먹어도 안 찌는 고충. 완벽한 일자 몸매. 기타를 치면 진짜로 퉁퉁, 통통 울리는 소리가 나는 앙상한 갈비뼈. 안쓰러운 상체와 안타까운 하체. 작대기, 절대 약골, 마른 명태 따위의 수식어와 별명들.

그것들이 얼마나 사람을 스트레스 받게 만드는지, 얼마나 지긋지긋하게 만드는지. 몸무게는 늘 일관되게 가져온 그의 소원이었다. 근육질 몸매까지는 바라지도 않았다. 똥배라도

좋으니 그저 몸무게가 늘기만 하면 더 이상 바랄 나위가 없겠
다는 생각이었다.

그런데 지난 몇 달간 그에게 정말로 환상적인 일이 일어나
고 있었다. 아니, 일어나고 있는 중이었다. 몸무게가 늘고 있
었다. 여느 때에 비해 몸이 좀 무겁다 싶어 몸무게를 재봤더니
저울의 눈금이 55를 가리키고 있었다. 자그마치 3kg. 대망의
55kg이었다. 아아! 55kg이라니? 몸무게 55kg은 그에게 신천지
였다.

마의 벽이던 55kg을 미처 느끼지도 못하는 사이에 사뿐히
도달해 버리다니. 그의 인생에 신기록이 수립되는 실로 감격
적인 순간이었다. 몸무게가 갑자기 늘면 몸이 이상이 생긴 징
후이기 쉽다던데? 아무려나! 아무 상관 없다. 몸에 이상이 생
기더라도 죽을병만 아니면 되는 것이다. 몸무게여! 계속 늘어
만 다오! 쭈욱~!

이후로도 몸무게는 꾸준히 늘고 있는 중이었다. 한 달에 2
kg이 늘 때도 있었고, 3kg이 늘 때도 있었다. 그래서 지금은 65
kg이다. 아아! 65kg. 꿈같은 수치다. 흑흑! 더욱 눈물겹도록 환
상적인 것은 그 수치가 결코 똥배나 올챙이 몸매 덕분으로 얻
어진 것이 아니라는 점이다. 회사에서 동료나 선배들이 요즘
묻곤 한다.

"어이! 요즘 헬스 다녀?"

옷이 '쬐인다!'는 소리도 듣는다. 하긴 그렇기도 할 것이다.
예전에 입던 옷들이 죄다 작아져 버렸는데, 새 옷 사기가 귀찮

아서 억지로 끼워 입고 다니는 형편이니 말이다. 어쨌거나 온
몸에 활력이 충만해진 것 같고, 한 걸음 한 걸음마다 무게와 뿌
듯함과 자신감마저 느껴지는 요즘이었다.

그렇다고 그가 지금까지 안 하던 무슨 특별한 운동을 하는
것도 아니었다. 요즘 유행하는 일주일에 3회 이상, 회당 30분
이상 운동하면 보약 먹는 것보다 훨씬 낫다는 '7330운동'은
아예 남의 얘기였고, 아침저녁으로 동네 주변을 걷는 운동조
차 하지 않았다. 일과 일이 주는 스트레스에 쫓겨 다니기만도
내내 바쁜 처지인 것이다.

다만 몇 달 전부터는 웬일인지 전에 없이 식욕이 당기기는
했다. 특히나 아침에 잠에서 깨면 미칠 듯한 허기가 밀려와서,
아침을 챙겨 먹을 시간이 안 되면 지하철 역 입구에 파는 김밥
이라도 몇 줄씩 사서 걸신들린 듯이 먹어치우곤 했다. 그 덕에
늘 비어 있던 냉장고도 언제부터인가는 꽉꽉 채워졌다.

왜 아침마다 허기가 지냐고? 짐작이 가는 것이 하나 있기는
했다. 언젠가 TV에선가, 아니면 신문에선가 그런 걸 본 적이
있다. 굳이 힘들게 바벨을 들지 않고도 근육을 키울 수 있다
고. 머릿속으로 바벨 드는 것을 실감나게 상상하는 것만으로
도 상당한 근육 운동의 효과를 거둘 수 있다는 것이다.

바벨을 드는 걸 상상하는 것만으로도 실제로 바벨을 들 때
처럼 해당 근육이 긴장을 한다고 하니, 그때는 '어떻게 그런
일이 가능하랴?' 하면서도 정말로 그럴 수 있다면 그야말로 환
상적이겠다는 생각을 했다.

그런데 혹시 요즘의 그에게 '그런 일'이 적용되고 있는 것은 아닐까? 매일 밤마다 '죽을 용'을 쓰고 있으니, 그처럼 악착같이 몸을 혹사시키고 있으니, 그걸 운동이라고 한다면 그보다 더한 운동이 또 있으랴.

만약 정말로 그런 이유 때문이라면 비록 악몽은 '정말' 소름 끼치도록 싫지만, 거기에서 얻어지는 부가 소득 하나는 '정말' 괜찮다고 해야 하는 것일까?

어느 날짜인가의 일기에다 그는 이렇게 적었다, 꽤 괜찮은 경구(警句)라고 생각하면서.

악몽이 꼭 나쁜 것만은 아니다. 그렇듯이 불행한 인생이라고 해서 그의 모든 것이 불행하지는 않을 것이고, 마찬가지로 행복한 인생이라고 해서 그의 모든 것이 행복하지도 않을 것이다. 불행하거나 행복하거나 일단은 열심히 살고 볼 일이다!

4

'나는 김철민이다!'

그는 어디에서도 당당하게 자신의 이름 석 자를 말할 수 있고, 누구 앞에서도 기죽지 않을 만큼 당당했다. 엘리트임을 자부하는 것이다. 엘리트 중에서도 그는 그냥 엘리트가 아닌 소위 'S급 인재'였다.

S급이 뭐냐고? 간단히 말해 수퍼라는 뜻이다. 슈퍼라고 발음해야 하나? 수퍼든 슈퍼든, 어쨌거나 '겁나게 뛰어난', 뭐 대충 그 정도를 말하는 것이다. 대학 때의 학점으로 말하자면 에이하고도 뿔따구(A+)쯤 될 테고. 회사에서는 계열사를 넘어 그룹 차원의 인재로 주목받는, 그래서 앞으로의 출세 가도가 쭉 뻗어 있는 엘리트 중의 엘리트인 것이다.

그러나 사실 그의 이력을 보자면 그리 화려하지는 못하다. 고등학교 때까지는 그저 그랬다. 물론 품행 방정하고 타의 모범이 되려고 노력한다고 했지만, 머리가 그저 그래서인지 성적도 만날 그저 그랬다. 당연히 대학은 소위 명문과는 거리가 한참 먼, 그래도 서울에 소재해서 '서울대학'이기는 한 그저 그런 대학에 턱걸이로 입학을 했다.

그리고 지방출신이라는 특혜 아닌 특혜로 기숙사에서 생활하며 일학년을 어영부영 보냈다. 그러다가 남들 다 가기에 군대를 갔다.

그런데 군대에 가서 참으로 많은 걸 느꼈다. 꼴찌 인생과 일등 인생이 사는 방식이 어떻게 다른지, 그리고 어떻게 달라지는지를.

제대 후 복학을 하면서부터 그는 열심히, 그냥 열심히 정도가 아니라 정말 목숨 걸고 열심히 공부했다. 인문 계열이라 수학이나 과학 쪽 과목이 없는 건 참 다행이었다. 일단은 죽어라 외우고 또 외우다 보면 어느 순간에는 이해가 되기도 했으니까.

물론 과제와 퀴즈, 조별 활동과 발표 등등에도 치열하게 목숨을 걸었다. 복학 후 첫 학기에서 그는 불가능을 이루었다. 아아! ALL A+! 당연히 과 탑! 불가능이었지만, 한번 해본 이상 그다음부터는 불가능일 수 없었다. 그때부터 그의 엘리트 인생은 시작된 것이었다.

졸업을 앞두고 재계 서열 일위인 대한그룹과 서열 오위의 대성그룹에 원서를 넣어 동시에 합격을 하였다. 그러나 그는 과감히 대성그룹을 택하였다. 그의 이력 정도를 가지고 대한그룹에 들어가 봐야 기껏 용 꼬리나 되기 쉬우니 차라리 뱀의 머리가 되어보리라는 나름의 야망이었다.

그 후로 그는 소위 말하는 엘리트 인생을 달려왔다. 지금의 그는 대성그룹 산하 주력 기업에서 남들이 오 년 만에도 겨우 달까 말까 한 대리 직급을 두 번의 특진을 거쳐서 입사 삼 년 차 만에 당당히 달았다.

'평범' 하다는 것보다는 '엘리트' 가 되는 것이 훨씬 더 좋고, 폼 나고, 살맛나는 건 분명하다. 그러나 엘리트로서 감당해야만 하는 부분이 있는 것 또한 분명하다. 'S급 인재' 로 분류받고 나서부터 그는 이전보다 몇 배의 스트레스를 더 감수해야만 했다.

"조직이라는 곳은 한번 잘나간 이상 계속 잘나가지 않으면 안 되는 곳이다."

술자리에서 어느 선배가 그에게 해준 말이다. 한때 잘나갔었다는 말을 믿기 어려울 만큼 그저 그런 평범한 선배였기에 그때는 그냥 흘려들었다. 그런데 요즘에야 그 말을 어느 정도는 이해할 수 있을 것 같았다.

얼마 전 그는 파견 근무 명령을 받았다. 그룹혁신추진본부로 육개월간의 파견이었다. 그룹혁신추진본부는 이번에 그룹 차원으로 신설된 조직으로, 그룹 산하의 전 계열사에 대해 사업 부문별로 최근 몇 년간의 실적과 향후 비전에 대한 평가 분석을 실시하기 위한 특별 조직이었다.

사실은 그룹의 대대적인 구조조정을 추진하기 위한 사전 정지 작업을 하게 될 것이라는 관측이 지배적이었다.

즉, 사업 부분 별로 생사부를 작성하고, 나아가 직접 칼을 휘두르는 일까지 담당하게 될 것이라는 추측이었으니, 그런 강력한 파워 집단에 발탁되었다는 것만으로도 그가 범 그룹적인 S급 인재임이 다시 한 번 확인된 것이라고 할 수 있었다.

부서의 모두가 그를 부러워하며 축하 인사를 건넸다. 부서장까지도 커피를 빼주며 농 반 진 반으로 잘 부탁한다는 말을 했다. 그 또한 크게 인정받고 있다는 사실이 뿌듯했고, 또 새롭게 주어질 업무와 권한에 대해 마음이 설레었다.

그러나 한편으로는 지금까지와는 전혀 다른 환경에서, 더욱이 그처럼 막중한 업무를 맡아서 과연 잘해낼 수 있을까 하는 막연한 두려움도 있는 게 사실이었다. 막중한 업무일수록 성과의 대가는 크겠지만, 반대로 성과를 내지 못했을 때의 대가 또한 크다는 것은 조직의 철칙일 것이다.

만약에 제대로 된 성과를 내지 못한다면? 한순간에 평범, 또는 그 이하의 위치로 미끄러져 내려올 것을 각오해야만 할 것이다. '한때 잘나갔었다는 말을 믿기 어려울 만큼 그저 그런 평범한' 그 선배처럼.

목이 칼칼해져 왔다.

'간만에 술이나 한잔해야겠다!'

第四章
일탈

몽상가

1

철민의 '술 한잔 생각'을 알아채기라도 한 듯이 금요일임에도 불구하고 갑작스러운 회식이 잡혔다. 하긴 다음달 1일부터 바로 파견 근무인데 벌써 월말로 접어들었으니 환송 회식을 해야 할 때가 되기도 했다.

"참석하실 분은 참석하시고, 참석 못할 새끼는 참석하지 말고!"

퇴근 시간을 앞두고 부장이 노래 부르듯이 흥얼거렸다. 카리스마를 냉함처럼 내세우는 부장이 직접 나서서 챙기고 있으니, 부서원 중 누구도 오늘 회식에서 빠질 엄두를 내기는 어려울 것 같았다.

술잔이 돌고 있었다. 단연 구시대적이다. 요즘에는 친한 친구끼리도 술잔 돌리는 일은 드물다. 특히 횟집 같은 데서 초고추장에다 정체 모를 이물질까지 정겹게 묻힌 잔을 받으면 웬만큼 비위가 좋더라도 기분이 아주 더러워지지 않을 수 없다. 그러나 철민의 부서에서는 아직도 구시대적 주법(酒法)이 대세다.

보통 위 서열에게는 가서 술을 따르고, 아래 서열에게는 앉아서 술잔을 받는다. 그런데 철민의 경우에는 술이 한 잔 두 잔 들어가면서부터 애매한 상황에 봉착하게 된다. 나이 많은 아래 서열들 때문이다. 사무실에서는 좋으나 싫으나 '김 대리님!' 이었으나, 술이 몇 잔 들어가면서부터는 은근히 나이를 따지기 시작하는 것이다. 호칭에서부터 '김 대리!' 하고 슬며시 님 자를 뗀다. 어쩌랴? 밖인데.

위 서열들에게 가서 한잔씩 따르고 난 다음에 철민은 줄곧 한자리에 엉덩이를 붙이고 앉아 있었다. 무던한 치들이야 속마음으로야 내키든 말든 웃으며 와서 술 한잔씩 따르고 갔고, 술 한 잔 들어간 기분에 충실한 치들은 버티고 있는 중이었다. '기분에 충실한' 치들이나 철민이나 불편하기는 마찬가지니 서로 눈길을 피하면서 애꿎게 술잔만 비워낸다.

그렇거나 저렇거나 모두들 얼큰해 있는 걸 보니 돌아야 할 술잔은 대충 다 돈 것 같았다. 부장이 앉은 주위에서는 이차를 가자는 말이 슬슬 나오고 있었다. 물론 이차는 의무가 아니다. 그것까지 강요한다면, 특히 젊은층의 반발을 감당하기 어려울 것이다.

사실은 무엇을 위한 회식이든 간에 이차는 대개 간부들을 위한 자리이다. 주로 부장과 또 비슷한 나이대로 서로 기분이 통하는 차장 급들이 어울리는 자리인 것이다.

"김 대리, 오늘의 주인공인데 이차 같이 가야지?"

하는 소리가 두어 번쯤 있었지만 철민이,

"아이고! 전 다운 직전입니다."

하고 또한 두어 번쯤 사양을 하자 더는 권하는 사람이 없었다. 아무리 잘나간다고 해도 대리는 대리라서 간부급으로 어울리지는 못하는 직급인 것이다. 게다가 일단 술이 한잔 되었으니 무엇보다도 같은 중년으로서의 공감대가 우선되는 것이리라.

과장 급 이하의 젊은층들은 눈치껏 벌써 사라진 다음이었다. 그러나 철민은 어쨌거나 자신을 위한 회식 자리였기에 마지막까지 자리를 지키고 있다가, 주머니에 두 손을 찔러 넣고 짐짓 갈지자걸음으로 식당을 나서는 부장과 두 차장의 등 뒤에다 대고 인사치례를 했다.

"오늘 감사했습니다, 부장님!"

부장이 돌아보지도 않은 채 공중에다 대고 손으로 두어 바퀴 동그라미를 만들어 보였다. 철민은 반대쪽으로 방향을 잡았다. 그리고 한 번도 돌아보지 않고 곧장 보도블록을 따라 걸었다. 바로 앞쪽의 길모퉁이를 돌아서다가 멈춰 서며 철민은 문득 피식거리며 혼잣말로 뱉었다.

"제기랄! 소주에다 물 탔나?"

오늘은 이상하게도 술이 좀 받는 것 같았다. 아니, '좀'이 아니라 상당히 과도하게(?) 잘 받는 것 같았다. 술을 좋아하지 않아서 정말 피치 못할 자리가 아니라면 잘 마시지 않는 편인데, 오늘 마신 양은 벌써 평소의 한계 주량쯤 되는 것 같다. 그러니 지금쯤 속이 매슥거리기 시작할 때가 되었고, 걸음도 조금씩 비틀거려야 정상이다.

그런데 그저 기분이 좋을 정도였다. 괜히 기분이 들떴고, 문득 스쳐 지나가는 누구와도 기분을 나눌 수 있는 센티멘털리스트가 된 것 같기도 했다. 그러나 주위는 사람들로 혼잡한데 모두가 제 갈 길들을 가고 있을 뿐, 그에게 신경을 쓰는 사람은 아무도 없었다.

픽 웃음이 샜다. 별 이유도 없이 새어 나오는 그저 실소(失笑)였다. 걷다가 멈춰 서서 지나가는 사람 구경하다가 픽 웃고, 또 걷다가 멈춰 서서 사람 구경하고 픽 웃고, 얼마나 그러고 다녔을까? 철민은 문득 솟아나는 묘한 충동에 오가는 사람들을 향해 작게 중얼거려 보았다.

"당신들도 사는 게 힘드시오? 아니면 나만 힘들게 사는 거요?"

마주 오던 짧은 치마의 아가씨 하나가 힐끗 그를 흘겨보았으나 그냥 스쳐 지나갔고, 다른 사람들은 아예 눈길조차도 주

지 않았다. 철민이 피식거리며 이번에는 좀 더 큰 소리를 내보
았다.

"나만 힘들게 사는 거냐고!"

그러자 그의 뒤쪽에서 누군가 툭 어깨를 쳤다.

"어이! 여기서 뭐 하나?"

움찔 놀라서 돌아보니 부장이었다. 두 명의 차장과 함께였
다.

"예?"

놀라고 당황스러운 마음에 술이 확 깨는 것 같았다. 그러고
보니 철민이 한참을 걷는다고 걸었는데, 사실 일차를 먹었던
곳 주변에서 멀리 벗어나지는 못하고 있었던 모양이다.

"혼자서 뭘 그렇게 중얼거리고 있냐고. 취했어?"

묻는 부장이 오히려 얼큰한 얼굴이었다.

"야! 근데 다들 어디 가고 요렇게밖에 안 남은 거야? 좋아!
니네들, 내가 사진 콱 찍어놓았다? 가자! 오늘 우리 네 명이서
함 뭉치자! 지금부터 한 명의 배신자도 없이 삼십팔 차까지만
가는 거다?"

괜히 분위기를 잡으려는 건지 부장의 혀는 제법 꼬여 있었
다. 곁에 있던 최 차장이 슬쩍 철민의 팔을 낚아채며 귀띔했
다.

"나이트."

3

쿵! 쿵! 쿵! 쿵!

고막이 떨어질 듯한 육중한 소음이 밀폐된 실내를 마구 울려대고 있었고, 멀리 앞쪽의 넓은 무대에는 휘황한 '사이키 조명' 속에서 남녀들이 어지럽게 몸을 흔들어대고 있었다.

차장들이 룸으로 모시겠다는데도 부장은 굳이 바깥이 좋다며 무대를 정면으로 둔 가운데쯤의 테이블에 자리를 잡고 앉았다. 경력이 좀 되어 보이는 테이블 담당 웨이터의 얼굴이 별로 반기는 기색이 아닌 것 같았기에 철민은 덩달아서 괜히 기분이 처졌다.

사실 직장인들 주머니 사정이야 뻔한데, 회사에서 돈 타낼 수 있는 접대나 공식 회식 자리 외에 자기 주머니 털어 마음껏 술 마실 만큼은 안 되는 게 아닌가? 그런 차원에서 소주로 술 한잔 알딸딸하게 된 상태에서 가장 값싸고도 효과적으로 기분 낼 곳으로 직장인들이 즐겨 애용하는 곳이 바로 나이트클럽이다. 달랑 삼사만 원만 가지고도 떳떳하게 한 테이블 차지하고 앉을 수 있는 데다, 음악 좋지, 조명 좋지, 물 좋기로야 젊은 애들 가는 무슨 클럽 같은 데와 비길 수는 없지만 그래도 운 좋으면 꽤 괜찮은 파트너를 만날 수도 있지, 어쨌든 단돈 몇만 원으로 이만한 별천지가 어디 또 있겠는가? 다만 오래 죽치고 있기에는 웨이터들 눈총이 많이 따갑기는 하지만.

"야! 여기 양주 한 병에 얼마나 하냐?"

부장의 한마디에 웨이터의 얼굴에는 금방 그려놓은 듯한 웃음기가 그려졌다. 웨이터가 얼른 부장 앞에 한쪽 무릎을 꿇은 자세로 다가 붙으며 적극적으로 호응했다.

"일차는 하고 오신 것 같은 데, 부담없이 한 십만 원 대로 하시지요, 사장님!"

천연덕스러운 사장님 소리 때문인지 부장이 슬쩍 웨이터의 머리를 쓰다듬으며 느물거렸다.

"그래? 그럼 적당한 걸로 한 병하고, 안주는… 뭐 간단히 과일로 하지!"

"예, 사장님! 양주 한 병에 과일 안주, 즉시 대령하겠습니다!"

주변이 다 알아야 한다는 듯이 큰 소리로 외치며 구십 도로 허리를 꺾어 보인 웨이터는 날렵함을 뽐내며 테이블 사이의 좁은 통로를 요리조리 헤치며 빠르게 미끄러져 나갔다.

각자 한 잔씩 따른 뒤로는 통 진도가 나가지 않아서 양주는 반병이 그대로 남아 있었다. 부장과 두 차장은 무대의 한쪽 구석을 차지하고서 몸을 흔들어대며, 또 옆의 여자들을 집적거리기도 하면서 숨겨놓았던 숫기들을 맘껏 발산해 내고 있는 중이었다. 그러나 감히 무대의 가운데 쪽으로 나갈 용기까지는 내지 못하는 걸 보면 그들은 또 어쩔 수 없는 '노털' 들이었다.

처음에 두어 번을 끌려 나갔다가 들어온 뒤로 철민은 내내 테이블을 지키고 앉아 있었다. '노털' 들이 노는 꼴을 계속 보고 있는 것도 쉽지는 않은 일이라, 그는 이리저리 시선을 옮겨 다녔다.

밤이 깊어갈수록 클럽 안은 혼잡해져서 이제는 아주 사람들로 넘쳐 나는 듯했다. 밤에 술 마시고 춤추며 노는 인간들이 이렇게도 많았던가 새삼 놀라울 정도였다.

눈팅에 불과하지만 그래도 기왕이면 다홍치마라고, 철민의 눈은 자연히 젊고 보기 좋고 잘 노는 애들을 찾아 기웃거렸다. 현란한 불빛 때문인지 꽤 괜찮아 보이는 실루엣들이 제법 있었다.

그중에서도 무대의 한 가운데쯤, 한눈에 '잘빠졌다!'는 느낌을 팍팍 풍기는 아가씨 하나가 지금 한창 무대를 휘젓고 있는 중이었다. 아쉽게도, 참으로 아쉽게도 이십대 초반은 넘겨 보이는 분위기라, '최상'이라고 한다면 시비를 걸 사람도 있겠으나, 그래도 그녀가 오늘 밤 이 나이트클럽의 '퀸카'라는 데 대해서 이의를 제기할 사람은 없을 듯하였다.

퀸카는 혼자 온 것 같았다. 그런데 잠시 살펴보고 있노라면, 흥을 내도 너무 내고 있다는 느낌을 받지 않을 수가 없었다. 맛이 살짝 간 것 같다고 할까?

'젊은 애가 너무 겁없이 노는군!'

무슨 상관이라고 철민이 쓸데없는 걱정까지 해주는데, 아닌 게 아니라 그녀의 주변으로는 벌써부터 파리 떼가 제법 꼬여 있었다. 넥타이를 풀어 헤친 '아저씨'들로부터 '쪽쪽 탄탄'의 싱싱함을 뽐내는 젊은 치들. 개중에는 아주 번듯하게 정장으로 잘 차려입은 멋쟁이도 두셋이 있었다. 하긴 '연예인 급'의 아가씨가, 더욱이 아주 '날 잡아 잡수!' 하는 모양새로 풀어져 놀고 있으니, 늙으나 젊으나 명색이 사내인 자들이 왜 아니 침을 흘릴 것인가?

피식! 철민은 괜히 혼자웃음을 웃고 말았다. 제 기분에 취해 겁도 없이 함부로 몸을 흔들어대고 있는 여자애와 그 주위에 파리 떼처럼 꼬여들어 어떻게 한번 '간택(揀擇)'을 받아보려고 어설픈 몸짓들을 해대고 있는 수컷들에게 동시에 보내는 조소(嘲笑)였다.

만약 맨 정신이었다면, 그리고 이 폐쇄된 공간이 아닌 바깥이었다면, 감히 하지 못할 방종일 것이다. 감히 내보지 못할 욕심들일 것이다. 체면 때문에라도 감히 하지 못할 민망한 몸짓들일 것이다.

철민의 조소는 게슴츠레한 눈빛들에 대한 조롱과 경멸의 웃음이었다. 그리고 속물들 속에 어울리지 않고 다만 구경꾼으로서 관조하고 있는 자신에 대한 자부와 만족감이었다.

'나는 너희들과는 달라!'

무대에서 내려와서는 호기롭게 양주 한잔을 입에 털어 넣더니 부장은 얼마 못 가 비스듬히 소파에 기대어서 고개를 떨어뜨리고 말았나.

"부장님 모셔다 드릴 테니까 뒤처리는 자네가 좀 해."

부장을 부축해 일어서며 하는 최 차장의 말에 철민이 대뜸,

'닝기리!'

하고 설핏 인상을 그렸지만, 어디까지나 속으로만 해보는 소리지 감히 드러내 놓고 내색을 할 수는 없는 노릇이었다. 뒤 처리란 카드를 그으란 얘기였다. 그리고 부장의 카드로 긋지 않는다는 것은 나중에 'N분의 1'로 하자는 얘기였다. 그런데 이제 일주일 뒤면 파견 근무를 나가는 사람의 카드로 그으라 니, 혼자서 '독박'을 쓰라는 소리가 아닌가?

부축하고 부축을 받은 채 세 '노털'이 출구를 향해 제법 멀 어진 다음에야 철민은 나직이 가슴속의 화를 뱉었다.

"치사한 색히들!"

그런데 마침 그때 최 차장이 힐끗 고개를 돌려 뒤를 돌아보 는 통에 철민은 움찔 놀라고 말았다. 그런 그를 향해 최 차장 은 한 손을 들어 보이고는 출구로 사라졌다.

당장에 계산할 마음은 생기지 않았다. 반이나 남은 양주, 그 리고 과일안주. 좀 전까지는 먹어도 그만, 안 먹어도 그만이어 서 별 눈길도 가지 않더니 갑자기 그것들이 아까워졌다. 다 마 시고 가기로 했다. 하긴 이런 기회 아니면 언제 또 양주로 폼 을 한번 잡아보랴.

양주잔을 홀짝 털어 넣으면서 철민은 오늘 자신의 컨디션이 좋아도 너무 좋다는 생각을 다시 한 번 해보지 않을 수 없었 다. 이미 마신 술이 얼마인가? 평소 같았으면 이미 뱃속의 내 용물을 반납하고 흐느적거리고 있어야 할 터인데, 지금은 반 병이나 남은 독한 양주를 아깝다고 다 마셔 버릴 오기를 부리 고 있으니 말이다.

일찍 집에 들어가 봐야 기다렸다가 반가이 맞아줄 사람이 있는 것도 아니니 철민은 느긋하게 잔을 기울였다. 그런 중에 시선은 저절로 무대로 향했다. '퀸카' 에게로.

퀸카는 여전히 잘 놀고 있었다. 지치지도 않고 격렬하게 몸을 흔들어대는 모습이 마치 무언가 잔뜩 쌓여서 작정하고 털어내고 있는 듯이도 보였다. 날 잡아서 '푸닥거리' 라도 하는지.

댄스 타임이 끝나고 분위기 착 깔리는 블루스 음악이 나왔다. 그러자 '퀸카' 는 언제 그랬느냐는 듯 '또각' 거리는 걸음으로 무대를 내려왔다. 비록 가볍게 비틀거리는 걸음걸이임에도 도도하기 짝이 없는 모습이었다. 하긴 그런 도도함이 있었기에 곁에 꼬여든 사내들이 억지로 손을 잡아끄는 추태 따위는 감히 범하지 못하고서 각자의 사내다움과 신사다움을 광고하며 그녀가 간택해 주기만 '앙망(仰望)' 하고 있는 것일 터였다.

블루스 음악은 끈적거리며 무대를 휘감고 도는데, '닭 쫓던 개' 처럼 되어버린 수컷들의 시선이 퀸카가 홀로 차지하고 앉은 테이블 쪽으로 목마르게 몰려 있었다.

'쩝!'

퀸카의 테이블에 놓인 양주병을 보고 철민은 저도 모르게 입맛을 다셨다. 그리고는 그것이 쑥스러워서 다시 쓴웃음을 짓고 말았다.

'나가요 걸?'

철민의 상상력이 저 홀로 한 발짝을 더 내디딜 때 음악이 다시 미친 듯이 쿵쾅거리며 사나운 리듬을 탔다.

쿵! 쿵! 쿵! 쿵!

퀸카는 우아하게 양주 한잔을 털어 넣고는 다시 무대로 나갔다. 마침 터지는 사이키 조명에서 철민은 땀이 미처 마르지 않은 그녀의 이마에 달라붙은 몇 가닥의 머리카락을 볼 수 있었다. 그리고 기껏 머리카락 몇 가닥에서 또다시 제멋대로 몇 발짝을 더 내딛고 마는 상상력이라니 그 묘한 충동이 주는 사뭇 불온한 쾌락을 철민은 못 이기는 체 즐겼다.

쿵! 쿵! 쿵! 쿵!

마지막 발악을 하듯이 마구 울려대는 육중한 리듬. 그 속에서 그녀의 몸이 마치 불길 속에 갇힌 마녀처럼 치열하게 허우적대고 있었다.

4

홀짝홀짝 마시다 보니 양주 병은 기어이 바닥을 드러내고 있었다. 그야말로 알딸딸한 기분인데도 속은 전혀 거북해질 낌새를 보이지 않았다. 흔히 주당들이 말하곤 하는 '세상이 다 내 것 같다!'는 기분이 바로 이런 것이 아닌가 싶다.

쿵쾅대는 음악도 오로지 그를 위해서 울리는 풍악 같았고, 무대 위에서 흥청거리며 춤추는 사람들도 그를 위해 춤추는 것 같았다. 어두운 홀 안을 가득 채운 사람들 모두가 다 그를 위해 존재하는 것만 같았다.

눈매를 지긋하게 만든 채로 짐짓 느긋하게 사방을 둘러보던 철민은 문득 못마땅한 광경 하나를 보았다.

'세상이 다 내 것'인 그가 아무래도 좋게 보아주기는 어려운 광경이었다. 이십대 후반이나, 삼십대 초반? 짧은 스포츠머리, 아래위 검은색 정장에 두세 개쯤 위 단추를 풀어 젖힌 흰색 와이셔츠. 하나는 늘씬하고 다른 하나는 두꺼웠지만, 어쨌든 둘 다 '쭉쭉 탄탄'한 몸매였다. 그리고 은연중에 힘이 들어간 어깨.

철민이 한눈에 훑어본 두 사내의 특징은 대충 그러했다. 그리고 그들 곁에서 잔뜩 허리를 구부린 자세로 사내들이 뭐라고 하는 말 한마디마다에 굽실거리고 있는 웨이터의 모습에서 사내들이 어떤 부류인지 대강 감을 잡을 수 있었다. 보통 사람들과는 확연히 다른 부류, 그래서 이런 곳이 아닌 바깥에서라면 마치 전혀 다른 세상의 사람들처럼 서로 부딪칠 일이 없을 그런 부류들인 것이다.

"가소로운 양아치 새끼들!"

철민은 그렇게 중얼거렸다. 그가 아니라 그의 취기가 감히 그렇게 중얼거렸다. 그리고 그는 이내 고개를 흔들었다. 아무래도 취했나는 경세심이 드는 짓이있다. 스포츠머리 사내들 중 늘씬한 녀석이 웨이터에게 몇 번인가 퀸카가 있는 쪽을 손짓했다고 해서, 그럼으로써 이제 곧 녀석들과 퀸카 사이에 무슨 일이 일어난다고 해도 그것이 그와 무슨 상관일 것인가?

다만 그와는 '다른 세상에서 사는 것이 분명해 보이는' 그들의 일일 뿐이다. 그들에게 어떤 일이 벌어진다고 해도 그는 구경을 하는 입장에만 서 있을 것이고, 당연히 그래야만 하는 일이었다. 이 폐쇄된 공간만 벗어나면 그 즉시로 그는 아주 보통의 사람으로 돌아갈 것이고, 저들, 여러모로 특별해 보이는 인간들과는 전혀 상관이 없는 다른 세상에서 살아가게 될 것이니 말이다.

무대에는 다시 흐느적거리는 리듬이 깔렸고, 퀸카는 자신의 테이블로 돌아갔다. 웨이터가 그녀의 테이블로 다가가서 뭐라고 말을 건네는데, 그 손짓이 향하는 곳이 바로 그가 '가소로운 양아치 새끼들'이라고 정의한 스포츠머리사내들 쪽이란 점에서 철민은 웨이터가 하고 있는 말이 어떤 종류의 것인지 충분히 짐작할 만했다.

"아서라! 다친다!"

철민은 짐짓 중얼거려 보았다, 마치 이 모든 상황의 주재자라도 된 듯이. 물론 혼잣말로 기분이나 내보는 것이었다. 그리고 큰 기대를 가지지도 않았다. 지금까지 퀸카가 보여준 맹랑하고도 한참 풀어진 짓거리로 보아서는 웨이터의 부킹을 받아들일 공산이 거의 백 프로였다.

더욱이 그 나이의 여자애들에게 스포츠머리들의 허우대는 꽤나 그럴듯하게 보일 테고, 또 소위 '나쁜 남자' 취향일 수도 있는 일이고. 그러다 철민은 또 중얼거렸다.

"내가 뭔 상관이래?"

‘어라?’

뜻밖이었다. 퀸카는 멀리서 그 몸짓만으로도 알 수 있을 정도로 단호하게 웨이터를 물리치고 있었다. 사뭇 오만하게, 그리고 짜증스럽게. 두어 번 더 작업을 거는 듯하던 웨이터가 이윽고는 안 되겠던지 스포츠머리녀석들이 앉아 있는 테이블 쪽을 향해 고개를 흔들어 보였다. 스포츠머리들이 마주 보며 웃었다. 실실거리는 웃음이었다. 그러나 철민이 보기에는 사뭇 위험스러워 보이는 웃음이었다.

쿵! 쿵! 쿵! 쿵!

다시 육중하고도 사납게 리듬이 시작되었고, 퀸카는 이번에도 예외없이 무대로 나갔다.

“그쯤 놀았으면 그만 나가라!”

중얼거리며 철민은 이제부터 일어날 대강의 걱정스러운 시나리오를 짐작해 보았다. 아니나 다를까, ‘늘씬한 스포츠머리’가 테이블에서 일어나 무대로 걸어나갔다. 새삼 늘씬해 보이는 것이 정말이지 몸 하나는 보는 사람 주눅 들게 만들 정도로 잘 가꾼 녀석이었다. 녀석이 퀸카 근처에서 천천히 몸을 흔들며 스텝을 밟자, 주변에 꼬여 있던 퀸카 추종꾼들이 슬그머니 흩어졌다. 녀석이 은연중에 풍겨내는 포스가 가뿐히 다른 이들의 욕심과 쉬기를 눌러 버린 모양이었다.

그러나 주변의 기류변화에 상관없이 퀸카는 오로지 자신의 격정을 풀어내는 데만 열중하는 모습이었다. 다시 블루스 타임이 시작되었고, 무대를 내려오려는 퀸카의 손을 녀석이 재빨리 잡아챘다.

그러자,

"야! 이 거 못 놔?"

퀸카의 소프라노성 고함이 흐느적거리는 음률을 뚫고 홀을 짜랑하게 울렸다. 블루스의 음률은 계속 흐르고 있었지만, 홀의 모든 움직임이 일시에 얼어붙는 듯했다. '늘씬한 스포츠머리'가 얼떨결이다시피 손을 놓았고, 퀸카는 두 손을 허리에다 걸치고 잠시 녀석을 매섭게 노려본 후에 예의 그 또각거리는 걸음걸이로 자신의 테이블로 향했다. 그야말로 세상에 두려울 것이 없다는 안하무인의 도도함이었다. 뒤에 남아 멀뚱하니 서 있던 '늘씬한 스포츠머리' 녀석이 문득 씩 웃으며 사방을 한번 돌아보았다. 그런 녀석의 눈길 한 번에 주위의 분위기가 움찔하는 듯하며 무대는 다시 블루스의 흐느적거리는 스텝으로 돌아갔다.

철민은 스포츠머리들이 앉은 테이블과 퀸카의 테이블을 번갈아 보며 이제부터의 시나리오를 새로 그려보고 있었다. 그런 그는 지금 철저한 방관자였고 구경꾼이었다.

퀸카는 주섬주섬 밤색 핸드백과 같은 색의 가죽 재킷을 챙기고 있었다.

"그래, 생각 잘했다. 일 초라도 빨리 뜨는 게 상수다. 그리고 앞으로는 아무 데서나 함부로 나대지 말고."

철민이 그렇게 혼자서 훈수를 했다. 그러다가 저쪽의 스포츠머리들이 일어서서 입구 쪽을 향해 가는 것을 보고는 그와는 조금도 상관없을 뿐더러 어쭙잖기까지 한 걱정을 하였다.

"저 자식들, 열 꽤나 받은 모양인데? 아무래도 그냥 곱게 보내줄 분위기는 아니야."

그러나 철민은 자신의 부담없는 관심과 어쭙잖은 걱정이 다만 거기까지가 끝이라는 사실을 그 순간까지만 해도 감히 상상조차 하지 못하였다. 하필이면 옆을 지나가던 퀸카와 눈빛이 딱 마주치는 그 순간까지만 해도.

5

"아저씨!"

부르는 목소리에 철민은 설마 하면서도, 설마 자신을 부르는 것이기야 할까 하면서도, 저절로 돌아가는 고개를 어쩔 수가 없었다. 그러나,

"혼자인 것 같은데, 합석 OK?"

혀가 좀 꼬인 목소리의 주인공, 퀸카의 두 눈은 정확하게 그를 향하고 있었다. 당연히 기겁을 하고 'NO!'를 해야 할 상황이다. 그러나 그때 그의 입은 전혀 그의 통제하에 있지 않았으므로 철민은 'YES!'도 'NO!'도 하지 못하고 그저 입술만 달싹였다. 퀸카가 피시시 웃는 걸 보고서야 철민은 스스로가 생각하기에도 참으로 엉뚱하다 싶은 말을 툭 뱉어내고 말았다.

"나 아저씨 아닌데?"

퀸카는 짐짓 눈을 동그랗게 만들었다. 그리고는 곧 짤랑거

리는 웃음소리를 내어놓았다.

"호호호!"

잘하면 아주 허리까지 잡을 태세였다.

"재밌는 아저씨네?"

하며 테이블로 온 퀸카가 대뜸 철민의 옆자리를 차지하고 앉았다. 철민은 그제야 퍼뜩 상황을 수습할 생각이 되었다. 그러나 마음과는 달리 그는 여전히 제대로 된 의사 표시를 하지 못했다, 당신 때문에 곤란한 사태에 휘말리긴 싫으니 자리에서 일어나 달라고 하는. 가까이서 본 퀸카의 얼굴은 예뻐도 너무 예뻤다.

'닝기리! 이거 영 안 좋은데……'

하는 생각이 어지럽게 머릿속을 맴돌았지만 불가항력이었다. 빤히 그를 바라보고 있는 퀸카의 앞에서 그가 할 수 있는 다른 행동은 아무것도 없었다. 다만 괜찮은 척, 아무렇지도 않은 척, 무덤덤한 척하고 있는 것 외에는.

'술 때문이다. 술에 취한 때문이다.'

철민이 자신의 생각과 행동의 불일치에 대해 술 탓을 해대고 있는 틈에 일은 점점 더 그가 수습하기 어려운 상황으로 번져 가고 있었다. 테이블 위의 빈 양주 병을 흔들어보더니 퀸카는 경광등을 머리 위로 들어 흔들었다. 웨이터가 오자 퀸카는 자신이 앉았던 테이블을 가리키며 부탁했다.

"저쪽에 남은 술, 여기로 좀 가져다줘요!"

"예!"

웨이터가 퀸카에게 대답하는 한편으로 철민에게는 슬쩍 눈짓을 했다. 그 눈짓이 의미하는 바를 철민도 모르지 않았다.

'당신 조심해! 괜히 잘못 얽혔다간 큰일 나!'

하는 경고의 눈빛임을. 또한 퀸카 역시도 스포츠머리녀석들의 위협에 대처하기 위한 임시의 방편으로 철민을 선택했을 수도 있는 일이었다. 척 보아도 평범한 회사원 정도로 보였을 그가 아무래도 만만했을 것이기에.

웨이터가 양주 병과 안주 접시를 들고 와 테이블에 내려놓는데, 양주 병이 예사롭지 않았다. 그 이름도 거창한 씨바~스! 철민이 굳이 병을 돌려 몇 년 산(産)인지를 확인하는 좀스러움까지 보이고 싶지는 않았지만 퍼뜩 떠오르는 단상은 있었다.

'가짜!'

진짜라면 잘은 모르지만 최소한 몇십만 원은 될 것이다. 그리고 뒤이어 따라붙는 또 하나의 막막한 불길함.

'시파! 이러다 피박에 광박에 멍박까지 뒤집어쓰는 거 아녀?'

나이트에서 일단 옆자리에 여자가 앉은 것을 허용했다는 사실은 그 여자의 테이블 피를 대신 내주겠다는 점을 암묵적으로 용인한다는 의미에 다름 아닌 것이다. 그러나 그때 그의 양 콧구멍을 가득 채워드는 향기로운 냄새. 그에게로 바싹 다가앉은 퀸카의 머리 냄새였다. 정말 오랜만이었다. 대학 졸업 이후 정신없이 앞만 보고 달려온 탓에 정말로 오랜만에 느껴보는 풋풋한 향기. 사내의 본능을 자극하는 젊은 여자의 냄새.

더구나 그것이 그의 평생 처음으로 접해보는 퀸카 급 여인과의 밀착이었으니.

'까짓것!'

철민의 마음속으로 불끈 호기가 일어났다. 지금의 이 '돌발 상황'이 지나가고 나면 그가 언제 또 이런 기막힌 우연을, 기회를 맞아볼 것인가? '무조건 고!'를 외칠 패가 늘 오는 것은 아니다. 그렇다면 피박에다 광박에다 멍박까지 제대로 뒤집어쓰는 한이 있더라도 일단은 '고!'를 외치고 봐야 할 순간도 있어야 하지 않겠는가? 일생에 꼭 한 번쯤은 말이다. 물론 술김이란 건 분명했다. 그러나 우선은 지금 이 순간의 분위기를 만끽하고 보자는 충동과 오기가 확 서는 것이었다.

'신발끈! 대한민국은 엄연히 법치국가잖아? 뭔 일이야 생기겠어? 정 분위기 험악해지면 경찰 부르면 되고, 그래도 안 되면 몇 대 맞아주면 될 거 아냐? 지들이 이만한 일로 사람을 죽일 거야, 어쩔 거야?'

6

퀸카는 생각 외로 수다스러웠다, 좀 많이. 철민이 듣거나 말거나 줄기차게 말을 쏟아내고 있었다. 밑도 끝도 없는 알아듣지 못할 얘기들이었고, 더욱이 쿵쾅대며 고막을 울려대는 음악소리 탓에 그녀의 말은 들렸다 끊어졌다 하기를 반복하고 있었다.

"…결혼이나 하라고…… 요즘 세상에…… 아, 아버지야 원
래 좀…… 오빠까지…… 더러워서…… 사실 더 이상 해볼 짓
도…… 사는 게 지겨워지고…… 그냥 즐겁게…… 호호호! 어
때요?"

길게 주절거린 끝에 불쑥 물어오는 그녀에 대해 철민이,

"예?"

하고 큰 소리로 반문하자, 그녀는 아예 그의 귀에다 대고 소
리를 질렀다.

"내 말이 맞죠?"

뚱딴지같이 도대체 뭐가 맞는다는 건지 알 까닭이야 없었지
만, 간지럽기도 하고 짜릿하기도 한 그녀의 따뜻한 숨결은 철
민의 고개를 저절로 끄덕이게 만들었다.

"아… 그러네요. 맞네요!"

그녀가 다시 철민의 귀에다 대고 소리쳤다.

"우린 말이 좀 통하는 것 같네요! 안 그래요?"

철민이 짐짓 크게 고개를 끄덕여 주었다. 스포츠머리녀석
둘이 바로 옆 테이블에 자리를 잡은 것은 바로 그때였다. 얼큰
한 술김에도 철민은 당장에 온몸이 굳어들었다. 가까이에서
보니 더더욱 예사 놈들이 아니었다. 매섭게 쏘아보는 놈들의
눈빛에 철민은 저도 모르게 흠칫 몸을 떨고 말았다. 그러나 이
내 억지로 어깨를 폈다.

퀸카는 태연하기만 했다. 스포츠머리들의 시선을 차갑게 맞
받아치는 그녀의 대찬 기세에 오히려 철민의 오금이 저려오는

듯했다. 그때였다. 잔잔하게 흐르던 음악이 다시,

　쿵! 쿵! 쿵! 쿵!

하며 급한 템포로 바뀌었다. 그리고 뜨거운 가슴을 식히지 못하는 남녀들이 우르르 무대로 몰려 나갔다. 음악은 이내 격렬하다 못해 아예 찢어지고 있었고, 무대 곳곳에서는 주체 못할 흥겨움이 차라리 발광으로 번지고 있었다. 숫제 광란의 시간이었다. 퀸카가 의자에서 일어서더니 재킷을 벗었다.

　'이 살벌한 분위기에서 춤을 추러 나가겠다고?'

　철민이 그런 심정으로 되는데, 그녀는 덥석 재킷과 핸드백을 그의 품에 안겼다.

　"아저씨! 잠깐만요! 나 화장실……."

　퀸카가 또각거리며 걸어가자 스포츠머리 중 '두꺼운' 녀석이 의자에서 반쯤 일어서다가는 도로 앉았다.

　오 분이 지나도록 그녀는 돌아오지 않았다. 초조한 기다림 속에 십 분이 지났다. 철민이 하루에 두세 개비나 피울 뿐인 담배인데, 그 십 분 사이 만에 줄담배로 세 개비나 태웠다. 그리고 다시 십 분이 지났을 때 철민은 마침내 인정할 수밖에 없었다.

　'똥 밟았다!'

　당하고 만 것이다. 그녀가 이런 영악한 술수를 부릴 줄이야. 당했다는 느낌은 스포츠머리들에게도 마찬가지인 듯했다. 녀석들이 철민의 테이블 앞으로 와서 살기등등하게 버티고 섰다. 철민은 겨우 몸을 일으켜 세웠다. 그러나 취기와 긴장과 공포 따위의 혼잡으로 머리는 차라리 멍해져 있었다.

'이것도 꿈인 것은 아닐까?

와중에 문득 그런 생각이 들었다. 그리고 뒤이어 따라붙는 생각에, 아니, 낯선 단어들의 짧은 조합에 그는 무언가 이질적인 것이 스멀거리며 등줄기로 기어오르는 듯한 기묘한 느낌에 덜컥 빠져들어야만 했다.

'선빵 후 튀어?

갑자기 심장이 터질 듯이 뛰기 시작했다.

'그러나… 그러나 선빵이라니……?

철민의 머릿속에서는 불현듯 태풍이 불고 해일이 일어나고 있었다. 그는 원래가 새가슴이었다. 군대 가기 직전에 학교 인근 골목길에서 불량배를 만난 일이 있는데, '야! 너 이리 와 봐!' 하는 한마디에 그대로 얼어붙어서 도망도 못치고 이름없는 '뒷골목 양아치님'에게 지갑 안에 고이 모셔두었던 빳빳한 배추 이파리 두 장을 고스란히 헌납한 일도 있는 것이다.

그런데, 그랬던 그가 지금 '선빵'을 치고 튈 생각을 하고 있는 것이다. 터질 듯한 긴장과 불안 속에서도 그의 머리 어느 구석에서는 지금 얌전히 있는다고 득 볼 게 조금도 없다는 사실과 피할 수 없는 상황이라면 '선빵'이 최선의 수단이라는 것과 그래야 '튈' 기회를 잡을 수 있으며 집히서 쥐이 디지는 한이 있더라도 그래도 한 대는 제대로 쳤다는 자기 위안이라도 될 것이며, 한편 왁자하니 소란이라도 벌여야 주위의 누군가가 경찰에 신고라도 해줄 것이라는 등등의 지극히 현실적이며 합리적이며 복합적이며 냉철한 판단을 내리고 있었다. 그리고 어느 한순간 모든 생각이 강력하게, 그리고 치열하게 위축이 아닌 용기를 요구하고 있는 중에 철민의 머릿속으로는 다시금 일련의 장면들이 휙휙 스쳐 지나갔다.

'미치겠네!'

떠올리고 싶지 않은 장면들이었다. 지랄 맞은 악몽 속의 장면들. 사방과 상하 어디 한 군데도 도망갈 구멍이 없는 꽉 막힌 공간. 치열한 살기로 번들거리는 눈빛, 부수지 않으면 부서져야만 하는 격렬하고도 절박한 싸움, 그리고 또 싸움들. 순간 철민은 저도 모르게 확 어깨를 비틀었다.

그 난데없는 짓에 가까운 쪽에 서 있던 '두꺼운 스포츠머리' 녀석이 괜히 움찔하며 뒤로 물러섰다. 그리고 그 바람에 철민은 그만 그토록 치열하게 결론을 지었던 '선빵'의 기회를 놓치고 말았다. 그때 '두꺼운 스포츠머리' 녀석이 철민의 꽉 움켜쥔 주먹을 본 모양으로 짐짓 싱글거리면서 천천히 한 발을 앞으로 다가들었다.

"뭐야, 새꺄! 너 지금 주먹씩이나 꼬나 쥐고 있는 거냐?"

그러더니 녀석은 커다란 얼굴을 철민의 눈앞으로 불쑥 들이댔다.

"어쩌려고? 치게? 그래, 쳐라! 어디 그 고사리주먹 맛 좀 보자, 새꺄! 쳐! 쳐보라고!"

놈은 아예 철민의 턱 아래로 머리를 박았다. 그리고 밀어젖히는 통에 철민은 주춤주춤 뒤로 물러서는 수밖에 없었다. 철

민이 와중에도 일단 소리는 지르고 보자는 생각이 퍼뜩 들기에,

"이거 왜 이래? 당신들 깡패야?"

하고 나오는 대로 목청을 돋워 고함을 쳤다. 그러자 테이블 담당 웨이터가 금세 달려와서는 '두꺼운 스포츠머리'를 철민에게서 일단 떼어내려 했다.

"형님들! 이러시면 안 됩니다!"

"뭐야, 새꺄! 너, 이거 안 놔?"

'두꺼운 스포츠머리'가 곧바로 웨이터의 팔목을 꺾어서 떨쳐 버리고는 다시 철민의 멱살이라도 틀어잡을 듯이 거칠게 몰아세웠다. 그때 저쪽에서 또 다른 웨이터 하나가 빠른 걸음으로 다가오더니,

"어이, 남의 영업장에서 왜들 이래?"

하고 굵은 목소리를 뱉어냈다. 사십대쯤의 아주 노숙해 보이는 웨이터였고, 당황해하거나 서두르는 기색 없이 점잖게 나무라는 투였다. 게다가 주위로는 금세 십여 명의 웨이터가 모여들었고 저쪽에서 다시 건장한 체구를 자랑하는 정장 차림의 사내들―그럼으로써 한눈에도 기도로 보이는 자들―서넛이 다가오고 있었기에 스포츠머리들은 이내 기가 꺾이는 모습들이었다.

"우리 입장도 좀 생각해 줘야지, 한창 피크 시간대에 영업장 분위기 개판 만들어 버리면 곤란하잖아?"

'노숙 웨이터'가 다시 타이르듯이 하는 한마디에 스포츠머

리들은 완전히 압도당하고 만 듯이 고개를 까딱 숙여 보이고
는 곧장 통로로 나섰다. 그러나 와중에도 철민에게,

　"야! 너 바로 따라 나와라? 일 분이라도 기다리게 하면 죽는
다?"

　하고 눈을 부라리고 나서야 어깨를 잔뜩 세운 채 출구를 향
해 걸어나갔다.

　"후우～!"

　철민이 저도 모르게 안도의 한숨을 불어 내쉬는데 '노숙 웨
이터' 가 빙그레 웃으며 말을 건넸다.

　"이런 데서 괜한 숫기 부리다가 크게 경치는 수가 있으니까
앞으론 조심하소!"

　철민이 뭐라고 대꾸할 말이 없어 눈길을 떨어뜨리는 중에
웨이터의 가슴에 달린 이름표가 보였다.

이대근

　다른 때 같았으면 피식 웃고 말 이름이었지만, 지금으로서
는 기대지 않을 수 없는 이름이었다.

　"저… 이대근 웨이터님! 어떻게 하면 되겠습니까?"

　웨이터 이대근이 피식 웃으며 짐짓 되물었다.

　"뭘 말이오?"

　"아까 그 사람들이 저보고 따라 나오라고……."

　이대근이 다시 픽 웃고는 몸을 돌리며 말했다.

“일단 날 따라오소!”

“예?”

“어쨌든 계산부터 해야 할 거 아뇨?”

“아… 예!”

철민이 와중에도 주섬주섬 퀸카의 재킷과 핸드백을 챙겨 들고는 힘없이 이대근의 뒤를 따라갔다. 카운터는 주방 쪽으로 꼬불꼬불한 통로를 한참이나 따라 들어간 외진 곳에 있었다. 보통은 웨이터들이 카드를 받아서 계산을 해오니 손님들의 출입은 거의 없는 곳이다. 이대근이 카운터를 지키고 있는 억세 보이는 인상의 아줌마에게서 계산서를 받아 철민에게 건네주었다. 계산서는 두 장이었다. 두 테이블 합계 사십오만 원. 눈알이 확 뒤집히는 금액이었다. 그러나 어찌하랴? 상황이 상황인 것을. 철민은 군말없이 지갑을 꺼냈다. 지갑에는 만 원짜리 세 장과 카드 한 장이 들어 있었다. 카드를 내밀자 계산대의 아줌마가 묘한 웃음을 지었다. 여전히 억세 보이는 인상이었으되, 마치 철민의 사정과 심정을 훤히 안다는 듯한 얼굴이었다. 카드 영수증에 서명을 하고 나자 이대근이 넌지시 일러주었다.

“아까 걔들하고 다시 마주쳤다간 정말로 피 보는 수가 있으니까 여기서 담배 한 대 피면서 느긋하게 시간 좀 죽인 후에 나가소.”

“언제까지……?”

“내가 밖에 있는 우리 애들한테 얘기해 놓을 테니까 기다리고 있으면 누가 와서 말을 해줄 거요."

"예! 고맙습니다. 정말 고맙습니다."

허리까지 숙여가며 감사를 표하는 철민에게 이대근은 싱긋이 한번 웃어주고는 가버렸다. 철민은 주방 출입구 쪽 통로의 구석진 곳으로 물러나서 담배를 뽑아 물었다. 깊게 한 모금을 빨고 나자 조금 마음이 조금 안정되었다. 그리고 그제야 그가 퀸카—이 마당에 퀸카는 무슨?—그 영악한 계집애의 재킷과 핸드백을 무슨 보물이라도 되는 양 품에다 꼭 안고 있다는 사실을 새삼 깨달았다. 앞뒤로 뒤집어보니 재킷도 그렇고 핸드백도 꽤나 '있어' 보이는 디자인이었다. 그러나 필시 동대문이나 남대문 표일 것이 분명했다. 혹시나 해서 핸드백을 열어보니 안에 작은 지갑이 들어 있었다.

'닝기리!'

역시나 지갑 안은 텅 비어 있었다. 천 원짜리 지폐 한 장도 없이 달랑 카드 몇 장이 전부였다. 계집애의 카드로 계산을 해버릴 걸 그랬나 하는 생각이 들기도 했지만, 그럴 정도로 비열해질 수는 없는 일이었다. 더욱이 계집애의 행실로 보아서는 폼으로 들고 다니는 '정지 카드' 일 확률이 아주 다분했다.

'나쁜 계집애! 이 싸구려 물건들 그냥 쓰레기통에다 확 쑤셔 넣어버릴까 보다!'

그러나 철민이 막상 그러지는 못하고서 연신 혼잣말로 욕하고 투덜거리고 후회하고 하는 동안에 시간이 한 삼십 분은 족히 지난 것 같았다. 시간은 벌써 자정을 넘기고 있었으니 언제

까지 기다려야 할지 답답해져 왔다. 아무에게나 물어보기도
그렇고, 그렇다고 다시 이대근을 찾아 나서기도 그랬다.

처량하기도 하고 스스로의 못난 꼬락서니에 새삼 화가 치밀
었다. 다시 애꿎은 담배 한 개비를 꺼내 질근 씹어 무는데, 핸
드폰 벨 소리가 들렸다. 그런데 그의 바로 주변 어디에서 소리
가 나기는 하는데 그의 것은 아니었다. 재킷 주머니에서 울리
고 있었다. 계집애의 것이었다.

―지금 어디예요?

방귀 뀐 놈, 아니, 년이 화낸다고 저쪽에서는 대뜸 화부터 냈
다.

"야! 너?"

철민의 거친 반응에 놀란 것인지 저쪽의 멈칫하는 기색이
핸드폰을 통해 그대로 전해져 왔다. 그리고 저쪽은 이내 수그
러들었다.

―아저씨, 나 통화 오래 못해요. 지금 완전히 맨몸이어서 지
나가는 사람한테 겨우 백 원짜리 동전 하나 빌려 가지고 공중
전화 하는 거란 말예요.

적어도 미안하다는 말부터 들어야겠다는 작정이었는데, 그
렇게 도도하던 여자가 갑자기 불쌍한 체를 하자 철민은 금방
또 누그러지고 밀었다.

"거기가 어딘데?"

―나이트클럽 나와서 길 건너편이에요. 아까 그놈들이 계속
주변에서 얼쩡거리는 바람에… 아유! 추워 죽겠어요.

"그 자식들 지금도 근처에 있어?"

—지금은 잠시 다른 쪽으로 갔는지 안 보여요. 그렇지만 금방 다시 돌아올지 모르니까 얼른 나와요.

"넌 어떻게 할 건데?"

—아저씨 나오는 거 보고 있다가 곧장 뒤따라갈 테니까 클럽 뒤쪽으로 돌아가서 길가에서 기다리세요.

나이트클럽 앞 도로에는 택시들이 십여 대나 줄을 지어 서 있었다. 철민이 그냥 아무거나 잡아타고 가버릴까 하는 생각도 들었으나, 차마 그러지는 못하고 조심스레 주위를 살피며 건물을 돌아서 뒷길 쪽으로 빠져나갔다. 그리고 어느 정도 위험 지역은 벗어났다 싶어서 계집애—괘씸한 생각은 어느 정도 가셨으므로 이쯤에서 다시 퀸카라고 불러줄까?—가 오기를 기다리는데 한참이나 지나도록 나타나지를 않았다.

'양아치들이 다시 나타날까 조심하느라 늦는 걸까?

철민은 보도블록 경계에 걸터앉아 담배 한 개비를 빼 물었다. 담배가 다 탈 무렵, 손도 안 들었는데 택시 한 대가 발 앞에 와서 섰다. 더구나 빈 차도 아니었다. 철민이 손짓으로 그냥 보내려는데, 택시의 뒷뒤쪽 창문이 열리며 안에서 누군가 작은 소리로 외쳤다.

"아저씨! 빨리 타요!"

바로 퀸카였다. 퀸카의 목소리에 급히 서두르는 기색이 있었기에 철민은 생각할 여지도 없이 곧바로 뒷문을 열고 일단 안으로 몸을 밀어 넣었다.

"기사아저씨! 가요!"

하며 퀸카는 철민의 손에서 자신의 핸드백과 재킷부터 받아 들었다. 철민이 퀸카의 얼굴을 보자마자 몇 마디 쏘아붙여 주고 말리라는 작정이었지만, 막상 코끝에 와 닿는 종류를 알 수 없는 향기로운 채취—어쩌면 택시의 방향제 냄새일까?—그리고 그녀의 늘씬한 측면 실루엣과 그를 바라보는 하얀 얼굴의 발갛게 달아오른 두 뺨, 취기가 녹아든 듯이 아련해 보이는 두 눈동자를 보고는 차마 화를 낼 심정이 되지를 않았다.

"어디로 모실까요?"

택시 기사의 물음에 철민이,

"어느 쪽이야?"

하고 물었더니 퀸카가 피식 웃고 나서 사뭇 날 선 목소리를 냈다.

"그런데 아까부터 왜 계속 반말이세요?"

철민이 내심 움찔하였으나 기왕에 내친걸음이었다.

"그거야… 그쪽에서 반말 듣고도 남을 짓을 했잖아?"

퀸카는 의외로 순순하게 고개를 끄덕였다.

"내가 누구한테 반말 들을 사람은 절대로 아니지만, 좋아요. 그렇지만 오늘만이에요? 만약 다음에 다시 그랬다간 큰코다칠 줄 알아요?"

철민이 문득 가소롭다는 생각이 들기에 짐짓 느물거리며 받아주었다.

"호호호! 다음에 다시 만날 일은 절대로 없으니 큰 코를 다

치게 하든 큰 입을 다치게 하든 마음대로 하서!"

그때 택시기사가 '룸미러'로 뒤를 보며 느긋한 투로 끼어들 었다.

"메타기를 켜놓았으니 저야 뭐 크게 손해 볼 일은 없지만, 심야 요금이라 제법 나올 텐데요?"

퀸카가 방싯 웃으며 철민에게 말했다.

"아저씨 가는 쪽으로 일단 가요!"

"왜?"

"중간에 내려 드리고 가려고요."

그러는 데야 철민으로서도 굳이 마다할 일은 아니었다.

"기사아저씨, 일단 역삼동 쪽으로 가주세요!"

택시는 심야의 대로를 시원스레 미끄러져 나가고 있었다.

"이봐요, 아저씨! 아저씨 혹시 돌부처 과예요?"

잠시 조용하여 잠이 들었나 싶더니 퀸카가 불쑥 물었다. 그런데 이건 또 무슨 주정인지? 퀸카이거나 말거나 철민이 이젠 귀찮고 성가시다는 생각만 들었다.

"나 아저씨 아니라니까?"

퉁명스러운 면박에도 퀸카는 피식 웃었다. 그런데 그 모습에서 '퀸카이거나 말거나' 하던 생각이 돌연 흐려지며 다시 예뻐 보이니 역시 미인은 미인인 모양이다.

"돌부처 과가 아니라면 아저씨도 무슨 얘기 좀 해봐요. 지금까지 한 말 다 합쳐도 열 마디도 안 될걸요?"

"처음 보는 사이에 무슨 할 말이 있다고……?"

짐짓 투덜대긴 했으나 철민은 이내 술술 말을 꺼내놓기 시작했다. 그도 취해 있었고, 술이 취하면 누구나 얘깃거리가 생기게 되는 모양인가? 그런데 철민이 끄집어낸 '얘깃거리'는 스스로 생각하기에도 엉뚱하다 싶게 바로 야구 얘기였다. 주로는 D 불스에 관한 얘기들이었다.

이를테면, 야구단이란 것은 단순히 경제적 논리로 적자, 흑자를 따질 수는 없는 거대한 무형의 가치를 지닌다. 그런 차원에서 이번에 대성그룹에서 적자 누적으로 인한 경영상의 이유로 헌신짝 버리듯이 D 불스를 버리려는 것은, 참으로 좁고 단순한 손익 논리에서 나오는 근시안적인 단견이요, 더 나아가 경영 철학의 부재에서 나오는 참으로 치졸하기까지 한 처사라고 아니할 수가 없다. 대성에서 결국 야구단 매각을 단행한다면 그 결과로 금전적 가치로는 따질 수 없는 막대한 손해를 보게 될 것이다. 뭐, 그런 저런 따위의, 앞뒤 가누기 어려운 얘기들이었다.

철민이 한참 혼자서 떠들다가 문득 옆을 돌아보니 어느 틈엔지 퀸카는 조용해져 있었다. 가만히 들여다보니 두 눈이 살포시 감긴 것이 곯아떨어진 것 같았다. 실컷 얘기를 하라고 할 때는 언제고? 그러니 상주 힌 병을 기의 디 비있으니 취히지 않고 제가 어떻게 배기랴.

택시가 가볍게 덜컹거릴 때마다 퀸카의 얼굴이 점점 그의 어깨로 기대어왔고, 새근새근 뿜어내는 숨결이 목을 간질였다. 한순간 철민은 혼란스러웠다.

'이거 또 꿈일까?

꿈이라도 좋았다. 이런 꿈이라면, 어쨌든 싫지는 않으니까.

긴장이 풀린 데다 택시 안의 훈기 때문인지 문득 취기가 치밀고 올라왔다. 귀가 먹먹하니 온몸의 맥이 쭉 풀리는 것 같았고, 소주에다 양주를 그렇게 부어 넣었어도 신기할 정도로 멀쩡하던 속이 갑자기 메슥거리기 시작하고 있었다.

'시파! 역시 가짜 양주였나?

7

"손님, 역삼동으로 들어왔습니다."

택시기사의 목소리에 철민은 퍼뜩 정신을 수습했다. 깜빡 잠이 들었던 모양이다. 퀸카는 아예 무게중심을 그에게로 완전히 넘긴 채 기대어 있었다. 그런 그녀의 발치로 재킷과 핸드백이 뒹굴고 있었다.

"저기 앞쪽 지하철 출구 쪽에 좀 세워주세요."

택시기사에게 차 세울 곳을 말하며 철민은 퀸카의 고개를 바로 세워 주고 재킷과 핸드백을 챙겨 무릎 위에 올려주었다. 미터계는 만구천 원을 찍고 있었다. 조금 의심쩍기는 했지만, 오늘 밤 기왕에 쓴 바가지에 비하면 기껏 이만 원도 안 되는 택시비에 다시 마음을 쓰랴.

"손님, 짐 잘 챙겨서 내리셔야지?"

철민이 택시에서 내리고 나서 문을 닫으려 하자 택시기사가 불퉁한 목소리로 말했다. 그런데 짐이라니? 무슨 짐?

"예?"

하고 철민이 반문하자 택시기사는 슬쩍 퀸카를 눈짓했다. 철민이 대번에 인상을 그리면서 강하게 고개를 흔들었다.

'쟤, 제 거 아닌데요?'

하고 대답해 주고 싶었지만, 그렇게는 또 할 수 없는 노릇이어서,

"저 아가씨는 아직 더 가야 되거든요?"

하고 말하자 택시기사가 픽 웃으며 되물었다.

"그래, 아가씨는 어디까지 갈 거요?"

철민이 그것까지 알 리는 없는 노릇이었다.

"그건 저도 잘……."

하는 대답에 택시기사가 어이없다는 듯이 '허허!' 실소하더니 이내 능글맞은 얼굴이 되었다. 그제야 자세히 보게 된 것이지만, 택시기사의 굵직굵직한 오관이 뿜어내는 포스가 제법 만만치 않았다. 그리고 목소리도 더욱 굵어졌다.

"이보쇼, 젊은 양반. 내가 좀 겉늙어 보여도 아직 오십 전이오."

"예?"

"아! 마누라한테는 고개를 숙인 지 꽤 되었지만, 혹시 아오? 젊은 아가씨가 무방비로 퍼져 있는 걸 보면? 그러니까 괜히 불쌍한 택시기사 시험에 들게 하지 말고 기왕에 서로 인연을 튼

사이라면 구워 먹든 삶아 먹든 찜을 쪄 먹든, 정 입맛에 안 맞다 싶으면 길거리에다 버리든 젊은 양반이 알아서 하란 말이지.”

그런 말까지 듣고 보니 철민이 일단은 퀸카를 택시에서 내리게 하지 않을 수는 없었다. 철민이 우거지상이 되어 진짜로 ‘짐짝’이나 되는 양 대충 퀸카를 끌어내리는데, 바깥 찬바람 때문인지 퀸카가 부스스 눈을 뜨고는 추운 듯이 양손으로 가슴을 감싸며 중얼거렸다.

“우웅! 다 왔나 보네?”

이어 와중에도 주섬주섬 재킷과 핸드백을 챙긴 퀸카가 비칠비칠 제 발로 택시를 빠져나왔다. 철민이 황당한 중에도 언뜻 생각이 나기에 물었다.

“택시비는?”

퀸카가 핸드백에서 지갑을 꺼내 열어보더니 기사에게 물었다.

“카드 안 되죠?”

“안 되지!”

기사의 간단명료한 대답을 듣고 나서 퀸카는 중계하듯이 철민에게 말했다.

“저기… 카드는 안 된다는데요?”

그녀의 지갑에 현금이 없다는 사실은 철민도 이미 알고 있는 바이니 또 어찌하랴? 하긴 그런 줄을 알면서도 모르겠다 하고 내리려던 놈이 나쁜 놈이지. 철민이 택시기사에게 이만 원을 주고도 거스름돈을 달라는 소리는 차마 하지 못했다.

빵! 빠방! 빵! 빵!

괜한 클랙슨 소리를 남기고 택시는 사라졌다. 시파! 누구 '염장' 지를 일 있나?

'시파! 제길! 제기랄! 쓰벌! 씨부럴! 닝기리! 신발끈!'

있는 대로 구시렁거리며 철민이 뒤도 돌아보지 않고 휘적휘적 걸어가는데, 또각거리며 바쁘게 따라붙은 퀸카가 숨차게 물었다.

"저기… 집이 어디예요?"

"그건 왜 물어?"

"홍! 가르쳐 주기 싫으면 말고요."

그리고 한참 동안 그들은 휘적휘적, 또각또각 걷기만 했다. 철민은 이제 퀸카가 뭐라고 말을 걸어도 아예 모른 체할 작정이었다. 그러나 이내 반도오피스텔 앞에 도착했기에 그는 말을 하지 않을 수 없었다.

"이제 너 갈 길로 가."

"여기예요, 집이?"

"그건 알 것 없고."

"호호호! 이 아저씨, 진짜로 사람 이상하게 보나 보네? 나 그런 사람 아니에요."

"글쎄, 그쪽이 이런 사람이든 저런 사람이든 내가 상관할 바는 아니지."

"그래요? 뭐 그건 또 그러네요. 그럼 우리 이렇게 하죠?"

"아, 글쎄 이렇게고 저렇게고 간에 난 전혀 생각 없으니까 그냥 그쪽 갈 길이나 가라니까."

"참나! 이 아저씨, 진짜로 되게 팅기네? 근데 이거 알아요? 나 정말로 이런 개 같은 경우는 태어나서 처음으로 당해본다는 거?"

그러나 철민은 휙 매몰차게 몸을 돌려서 오피스텔 현관으로 향했다. 그러자 퀸카가 급하게 뛰어오더니 그의 옷자락을 붙잡으며 말했다.

"아아! 좋아요, 좋아! 내가 오늘 아저씨한테 민폐를 많이 끼쳤다는 거 인정해요. 사과해요. 그리고 진심으로 고마워요. 근데 이렇게 가버리면 내 입장이 뭐가 돼요? 그러지 말고 우리 어디 가서 오늘 하루의 인연을 마무리하는 의미로 딱 한잔만 더 해요. 내가 낼게요. 그래요. 멀리 갈 것 없이 저기… 저기 어때요?"

그녀가 가리키는 곳은 길 건너편에 있는 실내 포장마차였다. 몇 달 전엔가 고등학교 동창 녀석이 갑자기 놀러 왔을 때 딱 한 번 들어가 본 적이 있는, 닭똥집 요리가 제법 맛깔스럽던 곳이었다. 그러나 정말로 생각이 없었기에, 그리고 그녀의 지갑에 있는 카드가 '정지 카드'라는 데 대해 조금의 의심도 하지 않았기에 그가 말했다.

"저기 보기보다 꽤 비싸게 받는 데야. 그리고 카드도 받아."

그랬더니 퀸카는 오히려 반색이었다.

"그래요? 잘됐네요. 가요, 우리!"

"나 돈 없어."

"아, 참! 이 아저씨가 정말 끝까지? 사람을 어떻게 보고. 잔
말 말고 따라와요!"

8

술이 술을 마신다고 하더니 '딱 한 잔'이 '딱 두 잔'이 되더
니, 다시 어쩌다 보니 '딱 한 병'이 되고, 또 '딱 두 병'이 되었
다. 철민은 진짜로 취하고 말았다. 좀 전까지만 해도 내일, 아
니, 오늘 출근에 대한 걱정이 있었는데, 어느 순간부터는 아무
생각이 없어졌다.

'케 세라 세라!'

어떻게 포장마차를 나왔는지, 결국에 누가 계산을 했는지도
명확치가 않았다. 철민이 취해도 너무 취했다 하는 생각은 드
는데 몸과 머리는 자꾸만 따로 놀았다. 꼬이고 또 꼬이는 다리
를 애써 바로 하고 한 걸음 두 걸음 걷고 있는데, 문득 뒤쪽 어
디쯤에서 또각거리는 소리가 들리는 것 같기에 돌아보니 한참
뒤에 늘씬한 실루엣 하나가 이리 휘청거리고 저리 비틀대며
보도의 폭이 모자란 듯이 도로까지 내려섰다 올라섰다 하며
사뭇 '죽자 사자' 따라오고 있는 중이었다.

"야! 가라! 가라니까!"

철민이 소리를 쳐도 '실루엣'은 차라리 맹목적으로 길바닥
을 주름잡으며 쓸어 오고 있었다. 그 모양이 자못 웃기기도 해

서 철민이,

"허허… 흐흐… 흐흐흐흐!"

하고 실실 웃음소리를 흘리고 있는 사이에 가까스로 왔다는 듯이 '실루엣' 이 와락 온몸으로 그에게 기대어왔다.

"얘가, 진짜로?"

철민이 애써 피하자 기댈 곳이 없어진 '실루엣' 이 서너 걸음을 와르르 쏠려 가더니 '콰당!' 길바닥에 엉덩방아를 찧고 말았다. 철민이 '아이고, 저거 멍들었겠다!' 싶은데, 정작 '실루엣' 은 뾰족하게 소리를 질러 냈다.

"아, 씨! 또 뭐라는 거야?"

"아, 씨? 이게 정말?"

철민이 확 노려보며 따지려다가는 고개를 흔들고 말았다. 혀가 꼬부라지고 있었다. 아! 취했다. 너무 취했다.

퀸카는 겨우 몸을 일으키더니 길옆의 가로등에 기대섰다. 철민이 그래도 택시는 태워 보내야겠다고 생각을 고쳐먹고서 지갑에 남은 만 원짜리 한 장을 꺼내 들었다.

"야! 집이 어디야?"

그랬더니 퀸카가,

"서울!"

하고 혀 꼬인 대답을 하고는 배시시 웃는다. 철민이 다시금 화가 솟구쳤다.

"장난질할 정신이 되는 거 보니까 집에는 찾아가겠다. 자! 이거 택시비 해서 가라!"

만 원을 퀸카의 손에 쥐어주고 철민은 몸을 돌려서 최대한 빠르게 걸었다. 그런데 오피스텔의 현관으로 들어서서 엘리베이터를 기다리는데, 뒤에서 다분히 위태로운 '또각!' 소리가 들렸다. 뒤를 돌아보니 아니나 다를까, 퀸카였다.
"야! 너 왜 또 따라와?"
철민이 혀 꼬인 소리를 치자 혀 꼬인 대답이 돌아왔다.
"아, 씨! 나보고 자꾸 어쩌라고?"
"아, 신발끈! 참말로 미치겠네!"
철민이 그저 기막혀하고 있는데 마침 엘리베이터 문이 열렸기에 철민이 얼른 타고는 재빨리 '닫힘' 버튼을 눌렀다. 그런데 막 닫히던 문이 덜컥 소리를 내며 다시 열리더니 퀸카의 몸이 와락 밀려들어 왔다.
"야! 너 정말 사람 귀찮게 할 거야?"
그랬더니 퀸카가 벽에 기대어 겨우 몸을 세우면서도 인상만큼은 도도하게 바꾸며 코웃음을 쳤다.
"흥이다! 착각하지 마셔! 나도 여기에 볼일이 있는 사람이라고. 그래서 엘리베이터 좀 타겠다는데, 왜? 이 엘리베이터 아저씨가 전세 냈어?"

9

아! 취했다! 취했다! 취해도 너무 취했다!
퀸카는 결국 철민의 룸 안에까지 꾸역꾸역 따라 들어오고야 말았다. 그리고 그때쯤에는 철민도 굳이 말리지 않았다. 맹세코 무슨 욕심이 있어서는 아니었다. 다만 이제는 더 이상 참기 어려워진 위장으로부터의 반납 욕구를 해소하는 것이 급선무였기 때문이다. 키로 문을 열고 들어서자 확 끼쳐 오는 익숙한 훈기 때문이든지, 혹은 마침내 집에 도착했다는 안도감 때문이든지 철민은 도저히 더 이상은 뱃속에서 치밀고 올라오는 뜨거운 것들을 참아낼 수가 없었다. 쑤셔 박히듯이 화장실로 뛰어들어 가서는,

"왝! 우웩!"

변기를 부여잡고 반납하고 또 반납하고, 그러다 잠시 쉬다가 또 반납하고. 언제 그리도 많이 집어넣었던지 뱃속은 끝없이 무언가를 토해냈다. 그렇게 하기를 얼마나 했을까? 변기를 쥐어짜고 비틀며 노란 물까지 게워낸 다음에야 뱃속은 조금 진정되었다. 이제는 더 토해낼 힘조차 없었다. 양치고 세수고 할 것도 없이 쓰고 시금털털한 입맛 그대로 기다시피 화장실을 나와서 혼미한 중에도 겨우 현관문을 잠그고, 비몽사몽 중에 침대를 찾아가 쓰러져서는 곧바로 뻗고 말았다. 그리고 일분도 지나지 않아,

"어헉?"

다급한 헛바람을 토해내더니 곧이어,

"안 돼!"

외마디 비명 같은 잠꼬대를 한 번 더 내지른 뒤에야 죽은 듯이 잠잠해졌다.

“어헉?”

비명을 지를 틈도 없이 다급하게 토해내는 헛바람이었다. 한 자루 시퍼런 칼이 곧장 심장으로 박혀 들고 있었다.

‘이건 꿈이다!’

터지지 않는 목청으로, 온몸으로 부르짖었지만 그러나 꿈이 아니었다. 그는 바로 이 상황에서 바로 이 칼에 찔려 죽은 적이 있었고, 그때의 그 지독한 공포와 고통은 결코 꿈이라고 치부해 버릴 종류의 것이 못되었다. 무엇보다도 지금 당장의 절박함은 억지로 부정한다고 단숨에 사라지거나 ‘아닌 것’으로 바뀔 것은 결코 아니었다. 이것이 꿈이든 현실이든 그것은 나중의 문제였다. 일단은 살고 봐야 했다.

“안 돼!

부르짖으며 철민은 급한 대로 맨손으로 칼날을 움켜잡았다. 칼을 쥔 상대의 두 눈이 잔인하게 웃었다. 그리고 칼날이 비틀렸다.

“크윽!”

손바닥이 베어지며 화들짝 뜨거운 통증이 피어났지만, 그리고 금세 섬뜩한 붉은 피가 줄줄 흘러내렸지만, 그보다는 칼날을 움켜잡은 손아귀가 미끄러워진다는 것이 더욱 다급했다.

“놈! 가라!”

　상대의 차가운 일갈. 그리고 칼은 철민의 손아귀 사이를 미끄러지며 거침없이 심장으로 파고들었다. 화끈한 통증이 밀려들었다.

“끄아아아악!”

　처절한 비명, 그리고 철민은 죽었다. 다시 죽고 말았다.

11

“끄아아아악!”

　모질게도 소스라치며 철민은 누운 자리에서 벌떡 일어나 앉았다.

“아, 씨파! 돌겠네, 정말!”

　벌써 몇 번째인가 몰랐다. 밤새도록 되풀이되는 꿈이었다. 워낙 술에 떡이 되어 있었기에 깼다가는 금방 다시 곯아떨어지기를 계속한 것 같았다. 그러나 계속해서 칼에 찔려 죽기 직전으로 되돌아가서는 온갖 발버둥을 다 치는데도 결국은 심장을 찔려 죽는 결말을 되풀이하고 마는 매 번의 과정들은 지독스럽도록 생생하기만 했다.

　머리가 깨지듯이 아파왔고, 몸은 천 근처럼 무거웠다. 두 눈은 아교 칠이라도 해놓은 듯이 제대로 뜨이지가 않았다. 그러나 문득 타는 듯한 갈증 때문에 물을 마시지 않으면 당장에 죽을 것만 같았기에 철민은 침대에서 내려와 겨우 실눈을 뜨고서 대충의 짐작으로 싱크대를 향해 갔다. 손에 집히는 아무 그릇이나 집어 들고 수돗물을 틀어 벌컥거리며 들이켰다. 시원한 느낌 대신에 속이 쓰리고 아파왔다. 그 덕분에 비로소 온전히 살아났다는 생각이 들었다. 그러나 몸 상태는 여전히 엉망이었다. 시간은 아마도 일곱 시가 넘었겠지만, 오늘은 토요일이었다. 업무 인수인계를 위해 정리할 일이 있긴 하지만, 어차피 혼자서 할 일이니 오후에 출근해도 무방하였다.

침대는 비교적 얌전했다. 그는 이불도 덮지 않고 그냥 그 위에서 새우잠을 잤던 모양이다. 갑자기 한기가 들었다. 이불 밑에 무언가 밟히는 느낌이 있었지만, 그는 신경 쓰지 않고 그대로 이불 밑으로 몸을 밀어 넣었다. 그러나 이불의 따뜻한 온기를 채 느끼기도 전에 와 닿는 어떤 이질감에 철민은 그대로 굳어지고 말았다. 그가 아주 조심스럽게 이불 밑으로 손을 더듬어 나간 것은 아마도 십여 초는 족히 지나고 난 다음이었다. 그리고,

물컹!

손바닥에 와 닿는 그 이상한 촉감에,

"헛!"

헛바람을 들이켜며 철민은 다시금 굳어지고 말았다. 이번에야말로 그는 정말로 얼음처럼 굳고 말았다. 그러나 그의 머릿속은 그 어느 때보다도 격렬하게 놀아가며 기억을 되돌리고 있었다. 그리고 곧 그의 심장은 무섭게 뛰기 시작했다.

'아아! 여자다! 그 여자다!'

시간이 멈춘 듯했고, 그의 몸도 얼어붙은 상태에서 조금도

녹아나지 못했다. 다만 심장이 격렬하게 뛰고, 와중에도 온갖
생각이 치열하게 그의 머릿속을 헤집고 있었다.

"어멋!"
그 한마디의 뾰족한 외침은 철민의 온갖 생각을 한 방에 날
려 버렸다.
"당신 누구야? 나한테 도대체 무슨 짓을 한 거야?"
이어지는 표독스러움에 철민은 갑자기 화가 났다. 억울하기
도 했다. 그 억울함이 무엇 때문인지는 정확히 알 수 없었지
만. 어쨌든 화와 억울함은 그를 대번에 과격하게 만들었다.
"야! 너야말로 도대체 뭐 하는 애냐? 남의 집에 들어와서, 남
의 침대 속에서 지금 도대체 뭐 하는 짓이냐고?"
순간 여자는 기가 꺾인 듯하였다. 하긴 남의 집에 들어와 그
것도 반나체로 모르는 남자의 침대에 누워 있는 처지에서 계
속 뾰족할 수 있다면 결코 정상이 아닐 것이다. 그녀가 그쪽으
로 프로가 아니라면 말이다. 철민이 생각할수록 자신이 기죽
을 이유가 하나도 없었다.
"여긴 내 집이야! 큰소리를 쳐도 내가 쳐야 한다는 말이다.
알아?"
여자가 이불을 눈 밑까지 끌어올리며 문득 기어들어 가는
목소리로,
"저기… 아저씨, 잠깐만요."
하며 침대 밑을 눈짓했다. 철민이 침대 밑을 보니 못 보던

것들이, 결코 그의 것은 아닌 조각들이 몇 개 널려져 있었다. 밤색의 재킷이며 핸드백이며 정체불명의 옷가지들에다 분홍색의 브래지어까지. 보는 것만으로도 새삼 화들짝 놀라고 당황하여 철민이 얼른 침대에서 벗어나며 혹시 바닥의 것들을 밟을세라 뒤꿈치까지 들고서는 입구 쪽으로 건너갔다. 그리고는 벌겋게 된 얼굴로,

"나 정말 아무 짓도 안 했다."

작게 말하고는 도망치듯이 화장실로 들어갔다. 그의 등 뒤에서,

"킥!"

하는 여자의 소리가 들렸다.

12

철민은 뜨거운 물로 샤워를 하면서도 도무지 상황 정리가 되지를 않았다.

'당장에 나가라고 해야 하나? 보아 하니 당장에 갈 데도 없는 처지 같은데, 뭐라도 좀 먹여서 보내야 되지 않나?

별의별 생각이 다 드는 것이었다. 씻고 나오는 데 한참이나 설렸는데도, 여자는 그대로 침대 속에 들어 있었다. 다만 침대 밑의 그 민망한 물건들은 보이지 않았다. 아마도 옷을 다 입은 채 있는 것이리라. 그런데 이불이 규칙적으로 오르내리는 것으로 보아 여자는 그새 새로 잠이 든 것 같았다. 자는 척하는

것이든지.

냉장고를 뒤지니 얼마나 오래되었는지도 모를 무 반 토막과 이미 겉이 물러지기 시작하는 감자 몇 개, 그리고 또한 말라비틀어지기 시작하는 대파 몇 개가 있었다. 철민은 먼저 쌀을 씻어 전기밥솥에 안쳤다. 그리고 뚝배기에 물을 받아 멸치 조미 가루와 된장을 풀고, 무를 썰고 감자를 깎아서 넣었다. 된장찌개를 끓일 참이었다.

사실 그는 아침밥을 먹고 싶은 생각이 없었다. 그 혼자였다면 나가다가 숙취 해소 음료나 한 병 사 마시고 말지, 결코 하지 않았을 일이다. 안 하던 짓을 하고 있는 것은 그냥 그러는 것이 마음이 편할 것 같아서였다. 단지 그뿐이었다. 밥과 된장 찌개가 되고 있는 동안 철민은 습관처럼 리모컨으로 TV를 켰다. 그러나 곧바로 다시 끄고는 문 바깥에서 신문을 가져다가 펼쳐 들었다.

밥과 된장찌개가 다 되었을 때, 여자는 아직 잠에 취해 있는 모양이었다. 철민은 굳이 여자를 깨우지는 않았다. 다만 식탁에다 빈 밥그릇 하나와 수저 한 벌을 올려놓고 다시 냉장고에서 손에 잡히는 대로 김치와 몇 가지 밑반찬 통들을 주섬주섬 꺼내놓았다. 마지막으로 깔개를 놓고 된장찌개 뚝배기를 올려놓았다. 여자가 밥을 챙겨 먹고 나가든 안 먹고 나가든 그런 데까지 신경을 쓰는 것은 너무 지나친 일이 될 것이다. 이 정도 하였으면 그로서는 마음에 걸리지 않을 만큼은 한 셈이다.

이어 철민은 조용히 옷을 챙겨 입었다. 여자를 둔 채로 출근할 생각이었다. 불안할 것은 없었다. 사실 돈 될 만한 물건도 없어서 지갑만 챙겨 나가면 잃어버린다 해서 안타까울 물건도 없는 것이다. 문을 닫고 잠그지 않은 채로 두고서 엘리베이터를 향해 가는 철민의 마음이 왠지 모르게 스산했다.

'그냥 조금 별났던 하룻밤의 에피소드였을 뿐이다. 저녁에 돌아오면 아무 일도 일어나지 않았던 것처럼, 그냥 한바탕 꿈을 꾸었던 듯이 모든 것은 원래대로 돌아가 있겠지?

第五章
귀신 씻나락 까먹는 소리

몽상가

1

　'칼?'

　그러고 보니 그도 칼을 들고 있었다. 그러나 그는 지금까지 자신에게도 칼이 있다는 사실을 의식조차 하지 못하고 있었던 것이다.

　챙!

　두 손으로 칼을 들어 올리는 것으로 어떻게 겨우 심장을 찔러오는 상대의 칼을 막아낼 수 있었다. 목숨을 건진 것이다. 그러나 상대는 머리 위에서 칼을 한 바키 회전시키는 것으로 다시 속도와 힘을 붙여 사선으로 내려쳐 왔다.

　'목이다!'

　상대의 칼이 노리는 것이 자신의 목이라 직감하면서도 철민은 그 칼을 어떻게 막아내야 할지 눈앞이 캄캄하기만 했다.

"안 돼!"

그가 할 수 있었던 것은 애절하게 소리치는 것뿐이었다.

스칵!

칼이 목을 베고 지나갔다. 눈이, 아니, 시선이 추락하고 있었다.

"끄아악!"

뒤늦게 터져 나온 비명이 악착같이 그의 시선을 따라붙고 있었다.

2

"끄아악!"

비명을 지르며 잠에서 깨어나,

"에이, 씨파! 씨파! 으아~! 으아아~!"

철민의 입에서는 절로 욕이 터져 나왔고, 그것으로도 모자라 한참이나 악을 써댔다.

이걸 뭐라고 해야 하나? 오버랩? 그래, 오버랩! 죽기 바로 직전 시점부터 다시 시작되는 오버랩이다. 사람 미치고 팔짝 뛰게 만드는 저주의 오버랩! 철민의 근래 꿈 얘기다. 이전의 꿈에서 칼에 심장을 찔려 죽는 바람에 식은땀을 흘리며 잠에서 깼는데, 그 다음번의 꿈은 심장을 찔리기 바로 직전의 상황부터 다시 시작이 되는 것이다.

차라리 죽은 채로 두지! 그럼 지랄 맞은 꿈도 마침내 끝이 날 것 아닌가? 하룻밤에도 몇 차례씩이나 죽었다 살아났다 하는 이런 개 같은 경우를 겪지는 않을 것이 아닌가? 누군가에게 고함이라고 지르고 싶었다.

'지금 사람 목숨 가지고 장난치냐?'

미치지 않고 버티고 있는 게 용할 정도였다. 아닌 게 아니라 용하긴 용했다. 극한의 공포가 계속 반복되는 중에 점차로 죽지 않는다는 사실에 익숙(?)해지면서부터 공포는 조금씩 희석되어 갔다. 정말 웃기게도 말이다.

그리고 철민은 차츰 냉철해지고 있었다. 살아남기 위해서 몸을 찔러드는 칼을 똑바로 보게 되었다. 고통은 고통이고 공포는 공포였다. 살아남아야만 했다. 죽을 때 죽더라도 아직 죽지 않은 이상에는 살아남기 위해 할 수 있는 모든 짓을 다 해봐야만 했다. 발악이라도 쳐봐야만 했다.

3

깡! 까앙!

알루미늄 배트에 공이 맞아 나가는 소리가 경쾌했다. 하얀 조명 속으로 까맣게 날아간 공이 그물을 출렁일 때마다 철민은 통쾌함을 느꼈다. 오피스텔 근처의 야구장이었다.

철민은 아예 잠을 자고 싶지가 않았다. 그러나 잠을 자지 않으면 살 수 없는 것이 인간 아닌가? 매일이다시피 쏟아지는 잠을 무작정 버티는 일은 참으로 괴로웠다. 그나마 자리에 눕자마자 그냥 곯아떨어지는 편이 제일 좋겠다 싶었다. 술의 힘을 빌려볼까도 생각해 보았지만, 바로 얼마 전의 불상사처럼 스스로의 의지를 제대로 통제하지 못하는 상황을 다시 겪는다는 것은 생각만으로도 정말로 싫었다. 본래 좋아하지도 않지만, 그런 까닭으로 당분간은 어떤 이유로든 술은 아예 마시지 않기로 마음먹었다.

철민이 저녁 시간에 운동으로 몸을 혹사시킬 방법도 강구해 보았다. 기왕이면 일거양득을 취해볼 양으로, 처음에는 엉뚱한 과욕을 부려도 보았다.

퇴근길에 검도장 간판을 발견하고 마치 무엇에 홀린 듯이 찾아 들어간 것이다. 남들은 결코 이해 못할 절박감 같은 것이 있었다. 아무리 꿈이라지만 그야말로 죽고 사는 문제가 아닌가?

딱 사흘간 다녔다. 첫날부터 사범을 졸랐다. 당장 실전에 써먹을 수 있는 검법을 좀 가르쳐 달라고. 그 말을 어떻게 이해했는지 사범은 첫날부터 곧바로 강훈(强訓) 모드로 돌입했다. 철민 또한 아무리 업무에 시달렸더라도 일단 도장에 들어가는 순간부터는 정말로 진지하게, 사범이 너무 열심히 한다고 걱정할 정도로 진짜 죽기 살기로 열심히 했다. 덕분에 사흘 만에—사범 말로는 도장 역사상 유래가 없는 빠른 속도라고 했다—'머리치기'로 들어갔다.

그리고 머리치기 이백 회를 한 그날로 도장을 그만두었다.

헉! 헉! 숨이 턱에 닿고, 입에서 단내가 나도록 '머리치기'를 아무리 해봐도 막상 꿈에서 써먹을 수 있겠다는 '필'이 도무지 오지를 않았기 때문이다.

쓸데없이 펄쩍거리는 스텝에, 기다란 죽도를 머리 위로 쳐들었다가 내려치는 동작 따위를 수백 번 반복한다고 해서 당장에 칼이 심장을 찔러 들어오고 목을 베어드는 긴박한 순간에 그런 따위가 다 무슨 소용이겠는가?

물론 첫날 사범의 시범에서는 베기니 찌르기니 하는 소위 고수급의 기술도 있었지만, 철민이야 어느 세월에 그런 수준에까지 올라설 것인가? 그에게 필요한 것은 당장의 살길인 것이다.

그날 집으로 돌아오면서 답답한 마음에 들른 곳이 바로 야구 연습장이었다.

깡! 까앙!

경쾌한 소리와 함께 쭉쭉 뻗어가는 야구공을 보면서 답답하던 심정이 어느 정도 풀리는 것 같았고, 만 원짜리 지폐가 오백 원짜리로 바뀌어 동전 투입구로 고스란히 사라질 즈음에서는 땀범벅에다 '머리치기' 이백 번 한 것이랑 비슷하게 입에서 단내가 났다.

'차라리 이게 낫겠다!'

그래서 시작된 한밤중의 방망이질이었다.

"야구방망이나 하나 가지고 갈까?"

오늘도 새벽 두 시를 넘겨 잠자리에 들면서 철민은 실없이 중얼거려 보았다. 죽음의 공포를 덜 수만 있다면 무슨 짓인들 못할까?

4

파앗!

꺾어질 듯 뒤로 젖혀낸 머리 위로 섬뜩한 칼날이 코끝을 스치듯이 아슬아슬하게 지나갔다. 휘청거리며 쓰러질 듯 겨우 구석으로 도망친 다음에 그는 숨 돌릴 겨를도 없이 다시 앞으로 치고 나왔다. 두 손으로 칼자루를 꽉 움켜잡은 채.

휙! 휘익!

철민은 죽을힘을 다해 칼을 휘둘렀다. 그로서는 처음으로 휘둘러보는 칼이었다. 이 순간 한 가지는 분명하였다. 아니, 분명한 사실은 오직 한 가지뿐이었다. 살기 위해 그가 할 수 있는 최선이자 유일한 방법은 무조건 맹렬히 죽을힘을 다해 휘두르는 것뿐이라는 사실.

그가 맹렬하게 휘두르면 휘두를수록 상대는 최소한 마음대로 공격을 가해오지는 못할 것이다. 눈먼 칼이라고 칼이 아닌 것은 아니니까.

문제는 그가 얼마 동안만큼이나 그 맹렬함을 계속할 수 있느냐는 것이었다. 그의 맹렬함이 늦추어지는 순간, 상대의 노련한 반격이 시작될 것이고, 그는 결국 죽게 되리라. 그러나 일단 일말의 살길이라도 찾아낸 이상, 죽을힘을 다 내보는 수밖에. 죽는 바로 그 순간까지는 말이다.

　까마귀늙은이의 말이 전혀 허무맹랑한 것은 아니었다. 숨쉬기를 점차 온몸으로 쉴 수 있도록 확대해 나가보라던 그 요상한 말 말이다. 그의 숨쉬기가 점차로 깊어지고 있다는 건 어느 정도 느낌은 사실이었다. 그런 느낌 때문인지는 모르겠지만, 또한 느낌상으로는 폐 이외의 부분으로도 약간씩은 숨을 쉬는 것일 수도 있겠다 하는 느낌이 들기도 했다. 물론 '폐 이외에 과연 몸의 어느 부분으로 또 숨을 쉬는데?' 하는 자문(自問)에 대해서는 금방 다시 허무맹랑해지고 마는 것이지만.

　"헉! 헉!"
　조금씩 거칠어져 가는 숨소리. 그러나 그것은 철민의 것이 아닌 상대의 소리였다. 여전히 맹렬하게 칼을 휘두르고 있었지만, 그는 아직 지치지 않았다. 오히려 시종 막아내며 기회를 엿보던 상대가 조금씩 지쳐 가고 있는 중이었다.
　깡! 까앙!
　칼 부딪치는 소리가 점차로 잦아지고 있었다. 상대의 속도가 느려지고 있는 것이다. 그리고 그 부딪침에서 철민은 밀리지 않았다. 오히려 점차로 더 우세를 점해가고 있었다. 그의 맹렬함에도 이제는 어느 정도 요령이 붙어갔다.
　그는 칼을 방망이처럼 쓰고 있었다. 야구방망이처럼. 베고 찌르는 것이 아니라 휘두르고 있었다. 레벨스윙, 다운스윙, 어퍼스윙. 체력에 자신을 가지면서부터 그는 조금씩 응용을 해내기까지 하고 있었다.

깡! 까앙!

칼과 칼이 부딪치며 나는 소리인데도, 그 소리가 꼭 알루미늄 방망이가 야구공을 때릴 때 나는 소리 비슷하다는 생각을 철민은 했다. 그러나 그런 생각도 잠시였다. 이윽고 그는 아무 생각도 하지 않게 되었다. 그저 휘두르는 데만 열중했다. 그리고 모호한 상태가 되었다. 그가 휘두르는 것이 칼인지 야구방망이인지, 그가 치려는 것이 상대인지 야구공인지.

깡!

격렬한 금속성 뒤에 상대가 놓친 칼이 바닥에 떨어지며,

탕!

하고 다시 한 번의 된 쇳소리를 냈다. 그러나 철민은 멈추지 않고 그대로 짓쳐 들어가며 칼을 휘둘렀다.

퍽!

사정없이 후려치는 일격에 상대는 바닥으로 나가떨어졌다.

"그만! 홍의(紅衣) 승(勝)!"

선언이 있었고, 철민은 반사적으로 돌아서서 문 쪽을 향해 걸어갔다. 그의 뒤에서 바닥에 쓰러진 상대가 고통스럽게 꿈틀거리고 있었지만, 그는 별 느낌이 없었다. 피 흘리고, 쓰러지고, 죽고 하는 것에 그도 이제는 익숙해졌다. 그것이 자신의 경우이든 상대의 경우이든.

구르릉!

문이 열렸고, 철민은 지옥의 방을 빠져나갔다. 그럼으로써 투왕지회에서의 그의 첫 싸움은 마침내 끝이 났다. 참으로 길고도 긴 싸움이었다. 그리고 그는 결국 살아남았다.

5

"제게 맞는 무기를 하나 구했으면 합니다."

철민의 말에 까마귀늙은이는 흔쾌히 고개를 끄덕였다.

"생각해 둔 것이라도 있느냐?"

한참 동안이나 철민의 설명을 유심히 듣고 있던 까마귀늙은이가 짧게 물었다.

"곤봉(棍棒)을 말하는 것이냐?"

그리고는 다시,

"그러나 네가 다루기에는 버거울 텐데?"

하고 덧붙였다. 철민은 당장에 뭐라고 대답하기가 어려웠다. 자신이 설명한 것과 늙은이가 말하는 곤봉이 과연 얼마나 비슷한지에 대해 가늠하기가 어려웠기 때문이다. 그러나 어차피 딱 그런 게 있을 것이라고 기대한 것은 아니었기에 철민은 대충 고개를 끄덕였다. 한 시간쯤이나 지나서 까마귀늙은이는 대여섯 개나 되는 '곤봉' 을 가지고 왔다.

"이 중에서 하나 골라보아라!"

곤봉은 그 크기와 모양이 제각기였는데, 공통적으로는 무거

왔다. 철민이 자유로이 휘두르기에는 무리가 될 정도로. 모두가 쇠로 만든 철곤(鐵棍), 혹은 철봉(鐵棒)이었기 때문이다. 딱히 이거다 할 만한 것은 없었지만, 아쉬운 대로 철민은 한 개를 집어 들었다.

그가 생각하던 모양과는 다소 억지스럽지만 그런 대로 비슷하게 생겼고, 또한 얼추 비슷한 크기를 가진 물건이었다.

"이 모양에서 아래쪽의 손잡이 부분은 조금 더 가늘게, 그리고 점차로 굵어져서 위쪽의 이 끝부분은 조금 더 굵게 하면 되겠습니다. 그리고 재질은 나무면 되겠고요."

"허! 생김새야 그렇다 치더라도 전체를 다 나무로 한다는 말이냐? 도검이나 중병(重兵)과 정면으로 부딪쳤다가는 채 몇 합도 견디지 못하고 잘리거나 부러지고 말 터인데? 그렇다고 네게 능란히 곤봉을 운용할 재주가 있는 것도 아닐 테고."

까마귀늙은이의 표정이 같잖다는 것이었기에 철민이 더는 말을 붙이지 않고 그냥 고개만 끄덕였다. 그러자 까마귀늙은이는 영 마뜩찮다는 듯이 두어 번 끌끌 혀를 차고 나서 고개를 끄덕이며 말했다.

"뭐, 네가 정히 그렇다니 한번 알아는 보마!"

까마귀늙은이가 그 한 자루의 방망이—모양이 조금 투박하다는 것만 제외하면 영판 야구방망이였다—을 가져오기까지는 철민이 말을 꺼내고 나서 사흘여가 지났을 즈음이다.

"목공쟁이의 말로는 백 년 이상 묵은 박달나무의 둥치를 다시 특별한 비법으로 단련시킨 목재로 만들었다며, 단단함은 잘 제련된 정강과 견줄 만하고 수화(水火)까지 불침(不侵)한다고 하더라. 그러나 그딴 놈이 허투루 뱉어내는 말 따위를 조금이라도 믿을 건 없고, 어쨌든 노부가 잠깐 시험해 보았더니 제법 단단하기는 하더라.”

방망이는 까마귀늙은이의 설명이 없었다면 쇠로 만들어진 줄 언뜻 착각할 정도로 시커먼 색이었다. 그리고 철민이 한 손으로 들어보자 대번에 묵직한 느낌이 왔다. 물론 그렇다고 쇠로 만든 정도의 느낌은 아니었지만, 나무로 만들어졌다기에는 제법 묵직해서 그 무게가 철민의 손에 익은 야구방망이보다는 한 배 반쯤은 되는 것 같았다.

캉!

가볍게 바닥을 치자 예상했던 나무의 둔탁한 소리가 아닌 경쾌한 소리가 났다.

휙! 휘익!

철민이 두 손으로 잡고 가볍게 휘두르며 바람 소리를 내자, 까마귀늙은이는 짐짓 마음에 차지 않는다는 듯이 고개를 가로저었다. 그러나 철민의 방망이에서 나는 바람 소리가 이내,

붕! 부웅!

하고 무겁게 변해가자 까마귀늙은이의 표정에 드러나 있던 미흡하고 못마땅함은 확연히 줄어들었다.

6

깡!

이건 단순히 칼과 부딪치는 느낌이 결코 아니었다. 칼이 아니라 무슨 거대한 철퇴를 맞받은 정도의 충격이 전해져 왔다. 충격은 방망이를 통해 손목과 어깨를 타고 들더니, 곧바로 철민의 전신에 마치 거대한 종의 울림과도 같은 깊숙한 여진(餘震)을 만들어냈다.

"으윽!"

철민의 입에서 신음 소리가 절로 뱉어졌다. 이어 철민이 소스라치듯이 제풀에 부르르 몸을 한 번 떨고는, 연이어 허겁지겁 뒷걸음질을 쳤다. 다행히 상대는 서두르지 않고 여유만만한 기색으로 천천히 다가들었다. 철민이 바쁘게 달아나며 질린 듯이 외쳤다.

"이게 도대체 뭡니까?"

상대가 언뜻 의아한 기색이 되었다. 그러나 철민의 외침은 당연히 상대를 향한 것이 아니었다.

[내공이다!]

전음으로 까마귀늙은이의 답변이 돌아오는 순간, 한걸음에 거리를 좁혀온 상대의 칼이 사선으로 철민의 어깨를 베어왔다. 뒤쪽은 벽에 막혔고 방향을 틀어 피해 나갈 여유도 없었으므로 철민은 방망이를 휘둘러 막아내는 수밖에 없었다.

깡!

다시 엄청난 충격이 밀려들고, 몸이 튕겨난 뒤에도 여지없이 밀려드는 치 떨리는 여진. 그것은 철민이 감당해 낼 수 있는 정도가 결코 아니었다.

"크으!"

철민이 고통과 절망의 신음을 토해낼 때, 상대는 더 이상 시간을 끌지 않기로 한 모양이었다.

까앙!

더욱 거대한 힘이 마치 철민의 내부를 단번에 부서뜨리고 말 듯이 거칠게 파고들었다.

"와아악!"

튕겨나면서 철민은 마지막 간절함으로 부르짖었다.

"어떻게 하면 됩니까?"

돌아온 까마귀늙은이의 전음은 담담하고도 냉철했다.

[호흡뿐이다. 호흡을 최대한 상대와의 격돌 순간에 맞추어라. 격돌의 전후에는 흡지(吸止)를 빠르게 반복하고, 격돌하는 바로 그 순간에는 호지(呼止)를 행하라!]

"시파! 또 그놈의 숨!"

그러나 까마귀늙은이를 씹는 것은 나중의 일이었다. 까마귀늙은이의 말이 실제로 가능한지의 여부 또한 나중의 문제였다. 지금 철민에게 까마귀늙은이의 말은 그가 시도해 볼 수 있는 유일하고도 마지막의 방법이었다. 그에게 다른 선택의 여지는 조금도 없었다.

까앙!

다시 한 번의 거센 격돌이 이루어지는 순간 철민의 호흡은 급박해졌다.

호… 지!

그리고 충격의 반동으로 뒤로 튕겨나는 중에는,

흡… 지! 흡… 지! 흡… 지! 흡… 지! 흡… 지! 흡… 지!

이후부터 철민은 상대의 칼을 막아내느라 정신을 못 차리는 중에도 한편으로 스스로의 호흡에 더욱 기를 쓰고 매달리게 되었다. 그야말로 '죽을 둥 살 둥' 이었다.

흡… 지! 흡… 지! 흡… 지! 흡… 지! 흡… 지! 흡… 지!

깡!

호… 지!

흡… 지! 흡… 지! 흡… 지! 흡… 지! 흡… 지! 흡… 지!

까앙!

호… 지!

흡… 지! 흡… 지! 흡… 지! 흡… 지! 흡… 지! 흡… 지!

정신없이 밀려다니며, '죽을 둥 살 둥' 숨쉬기에 매달린 지 얼마나 되었을까? 철민은 문득 '못 견딜 정도는 아니다!' 라는 생각을 했다. 그새 내성이라도 생겼는지 그처럼 지독하던 충격과 치 떨리던 여진이 그럭저럭 견딜 만해져 있는 것이다.

"헉! 헉!"

상대의 숨소리가 거칠어져 가고 있다는 것도 그제야 눈치챌 수 있었다. 그리고 방망이를 휘둘러 능히 상대의 칼과 부딪칠 만했다.

캉! 카앙!

방망이와 칼이 부딪치는 소리는 이제야 정상적이다 싶었다. 기껏 나무와 쇳덩이가 부딪치는 주제에 '깡!', '까앙!' 하는 걸 맞지 않게 호된 소리는 더 이상 나지 않고 있었다. 그리고 다시 얼마 지나지 않아 상황은 급하게 역전을 이뤄갔다.

캉! 카앙!

오히려 상대가 뒤로 물러서고 있었다. 힘에서 밀리는 것이었다. 철민의 완력이 상대를 능가하기 시작했고, 상대의 칼에 비해 무거운 그의 방망이도 비로소 한몫을 해내고 있었다.

그리고 철민은 기묘한 느낌을 경험하고 있었다. 지금까지의 결코 적지 않은 싸움에서 그가 승리를 거듭해 올 수 있었던 것은 오로지 체력에서의 우위 덕분이라고 할 수 있었다. 초반의 열세를 '죽어라' 견디고 버티며 후반까지 끌고 나간 다음에 마침내 먼저 지치고 만 상대를 무너뜨리는 전략. 그것은 그에게 다른 선택의 여지가 전혀 없는 유일한 전략이었다.

그러나 지금의 상황은 이전까지의 그런 것과는 사뭇 달랐다. 그는 지금 '죽어라' 견디거나 버티고 있지 않았다. 적어도 그와 상대 중 누가 먼저 지치는가를 유일한 전략으로 가지고 가진 않고 있었다. 격돌이 거듭될수록 상대는 확연히 지쳐 가고 있었지만, 그는 아니었다. 지쳐 가고 있는 것이 아니라 오히려 체력이 회복되어 가고 있다는 느낌이 들 정도였다.

그가 이 처절하고 지독하고 이상한 싸움판에 발을 들인 후 처음으로 경험해 보는 기이한 느낌이 아닐 수 없었다.

'정말 숨쉬기 덕분일까?

캉! 캉! 카앙!
철민의 방망이가 그리는 궤적은 지극히 단순하고도 반복적이었다. 그러나 상대로서는 그 단순 반복적인 휘두름 간의 빈틈을 보고도 막상 파고들기가 쉽지 않았다. 철민의 방망이에 실리는 힘이 갈수록 강력해지고 있었고, 무엇보다도 도무지 지치는 기색이 없이 줄기차게 휘두르고 있기 때문이었다.
챙!
날카로운 금속성이 터져 나오는 순간, 상대가 놓친 칼은 허공을 날아가 벽에 부딪쳐 바닥으로 떨어졌다. 철민은 그대로 달려들어 가차없이 상대의 어깨를 후려갈겼다.
퍽!
"악!"
호된 비명을 내지른 상대가 왼 어깻죽지를 감싼 채 바닥으로 주저앉았다. 그러나 승부를 종결시키는 선언은 내려지지 않았기에 철민은 다시금 주저없이 방망이를 내려쳤다.
퍼억!
"크악!"
오른 어깻죽지를 강타당한 상대가 비명과 함께 바닥을 뒹굴었다. 그제야 바깥으로부터 짧은 선언이 있었다.
"그만! 흑의(黑衣) 승(勝)!"
구르릉!

열린 문을 향해 철민은 천천히 걸어갔다.

7

"그게 무슨 원리입니까?"

"흐흐흐! 무슨 원리라고 하면 네놈이 알아듣기나 하고?"

"……."

철민이 딱히 대답할 말은 없었다. 지금까지 까마귀늙은이가 제법 진지하게 무슨 설명이라고 늘어놨던 말들은 죄다 '귀신 씻나락 까먹는' 것으로만 들렸을 뿐이니까. 그러나 어제의 싸움에서 그가 경험했던 그 기이한 느낌에 대해서는 궁금하기 짝이 없으니, 귀신이 씻나락을 까먹는 소리든 껍질째로 먹는 소리든 일단은 들어봐야겠다는 심정이었다.

실눈을 뜨고서 잠시 조소를 즐기는 듯하던 까마귀늙은이가 짐짓 정색하며 차분한 음색으로 입을 열었다.

"발경(發勁)이라는 것에 대해 들어본 적이 있느냐?"

"발경이요?"

철민이 그저 성의로 추임새를 넣고는 곧바로 고개를 저었다. 까마귀늙은이가 희미하게 웃음기를 떠올리며 말을 이어갔다.

"발경이라는 것은 글자 그대로 신체 내부의 경력을 신체 외부로 뿜어내는 것을 말한다. 곧 활시위를 당기듯 경(勁)을 모아 집중하고, 이윽고 화살을 쏘듯이 집중된 힘을 내쏘는 것이다."

"혹시 어제 제가 그런 힘을 사용했다는 겁니까?"

"호흡을 바탕으로 순간적으로 신체 본연의 힘을 집중시켰다는 점에서는 발경의 범주에 든다고 할 수 있다."

"어제 저의 상대가 썼던 힘이 내공이라고 하셨잖습니까?"

"그렇다."

"그렇다면 발경과 내공은 비슷한 것입니까?"

"사람에 따라 해석이 다를 수 있겠으나, 노부의 해석으로는 전혀 다른 것이다. 발경은 내공이 아닌 외공이다."

"그럼 앞으로 보다 강한 내공을 가진 상대를 만났을 때도 어제처럼 제가 이길 수 있는 겁니까?"

까마귀늙은이가 문득 나직하게 소리 내어 웃으며 반문했다.

"허허허! 너는 지금 내공과 외공의 우열에 대해 묻는 것이냐?"

"그렇습니다."

"참으로 어리석은 물음이라고 할 것이나, 너의 우문(愚問)에 대해 현답(賢答)을 해줄 만한 식견이 노부에게는 없으니 또한 우답(愚答)을 해줄 수밖에 없구나. 각자의 수련이 일정 경지를 넘어섰다는 전제와 어디까지나 물리적이고 직접적인 전투력의 단순 비교라는 전제하에서라면 단언하건대 외공만을 익힌 자는 결코 내공을 익힌 자를 능가할 수가 없다."

"음!"

철민의 무거운 침음성 이후로 두 사람의 대화는 일시 끊어졌다. 그리고 잠시가 지난 후에야 철민이 다시 물었다.

"투왕이 되려면 저도 내공을 익혀야 하는 겁니까?"

까마귀늙은이가 천천히 고개를 가로저었다.

"내공이든 발경이든, 혹은 초식이든 간에 네가 새로이 익힐 만한 것은 사실상 없다. 내, 외공을 막론하고 하나의 무공을 실전에 쓸 수 있도록 익힌다는 것은 각고의 노력과 병행하여 장기간의 시간이 필요하기 때문이다. 특히 내공을 익히는 것은 또 다른 이유로 인해 네게는 결코 가능하지가 않다."

"결코 가능하지가 않다고요? 그 또 다른 이유란 건 뭡니까?"

"만약 내공을 익힌다면 지금까지 네가 이루어온 것이 모두 허사로 되기 때문이다."

"제가 이루어온 것이라면… 혹시 숨쉬기를 말하는 것입니까?"

"그렇다."

"아?"

"사실 그간 네가 고련해 온 숨쉬기는 한 가지 무공을 익히기 위한 입문의 과정이었다."

"무공이라고요?"

"그렇다. 한 가지 특별한 신공(神功)의 기초 과정이다."

그 대목에서 철민은 차라리 실소하고 말았다. 까마귀늙은이의 얘기는 갑자기 이상한 곳으로 빠지고 있었다. 그러나 늙은이의 표정만큼은 능청스럽다 싶을 정도로 담담하였고, 목소리는 차분하게 가라앉았다.

"흔히들 말하기를 고금 이래로 무수히 많은 무공이 만들어
졌으되 두 가지 무공만큼은 결코 만들어진 적이 없다고 한다.
바로 완벽과 절대의 두 가지이다. 강호에 숱한 무공이 있으되,
아직까지 어떠한 결함이나 약점도 발견되지 않은, 그야말로
완벽한 무공은 없다는 의미이다. 그 어떤 신공절학도 결국 인
간에 의해 만들어진 이상에는 반드시 결함이 있게 마련이며,
또한 아무리 강력한 위력을 떨치는 무공이라고 해도 반드시
상대적으로 그 강함을 깨뜨릴 무공이 존재한다는 의미이다.
그러나 대개의 강호인들은 알지 못하되, 누천년 강호 역사상
가장 완벽하며, 또한 가장 강할 것이라고 추정되는 무공이 하
나 있다. 그 무공은 무림의 창세기에 창안된 것으로 이후 그
원리의 일부분이 강호로 흘러나가 숱한 무공들의 원류(原流)
가 되었으니, 그야말로 오늘날 천하 무공의 근간이 된다고 할
수 있을 정도이다."

철민은 곧바로 빈정거렸다. 까마귀늙은이의 허무맹랑함에
마냥 실없이 동조해 주고 있을 기분은 아니었다.

"호오, 그야말로 불세출의 신공쯤 되는 것이로군요? 그런데
어째서 그런 놀라운 무공을 강호인들은 알지 못하는 것이며,
또한 어찌하여 기껏 추정밖에 안 되는 겁니까?"

그러나 철민의 빈정거림에 상관하지 않고 까마귀늙은이는
담담한 목소리로 대답했다.

"강호인들이 알지 못하는 것은 신공이 일맥(一脈)으로 노부
의 가문에만 전해져 온 까닭이다."

“그렇군요? 그러나 일맥으로만 이어졌다고 하더라도 불세출의 신공을 익혀서 대대로 무적의 강자가 배출되었을 터인데, 그러고도 세상에 알려지지 않았다는 말입니까?”

“누구도 신공을 익히지 못했기 때문이다.”

“그 일부분만으로도 숱한 무공들의 원류가 되었다면서 정작 그 신공 자체는 아무도 익히지 못했군요?”

“그렇다. 신공의 부분 부분은 지극히 완전하였으나, 그 입문의 첫 과정부터가 너무도 까다롭고도 험난하여 누구도 그 과정을 통과할 수 없었기 때문이다. 그리하여 입문 과정 이후의 부분 부분에서 독립적으로 나름의 심오함을 취하여 방계의 무공들을 창안해 낼 수밖에 없었다.”

철민이 짐짓 놀랍다는 듯이 두 눈을 치켜뜨는 시늉을 하며 말했다.

“그럼 누구도 통과하지 못했다는 그 입문의 첫 과정이란 게 바로 그 숨쉬기란 말입니까?”

“그렇다.”

까마귀늙은이의 꼿꼿한 정색에 철민이 짐짓 고개를 주억거릴 수밖에 없었다.

“예, 그렇군요!”

까마귀늙은이는 조금의 흐브러짐도 없는 정색으로 말을 이었다.

“노부의 가문에서는 그 신공을 진정한 고금제일의 완벽한 무공으로 재탄생시키기 위해 장구한 세월 동안 각고의 노력을 기울여 왔고, 그 과정에서 신공에 대해 다양한 재해석과 획기적인 보완이 이뤄졌다. 그리고 마침내 노부의 대에 이르러서는 그야말로 완벽한 경지의 신공을 창조해 낼 수 있었다. 바로 구벽외공(九壁外功)이다.”

그 대목에서 까마귀늙은이의 두 눈은 형형하게 빛을 뿜었다. 그러나 이내 사뭇 비장한 안색으로 변했다.

“하나 그것은 다만 신공의 구결과 그 구결을 해석하는 차원에서의 완벽일 뿐이었다. 수많은 희생과 실패를 거듭했음에도 불구하고 신공을 실제로 수련하는 것은 여전히 가능하지가 않았다. 그리하여 노부는 마침내 신공이 다만 이론상의 무공일 뿐 실제로 익히는 것은 결코 가능하지 않은 무공이라는 결론을 내릴 수밖에 없었고, 더 이상은 구벽외공에 매달리지 않기로 결심하였다. 그리하여 구벽외공에 관한 모든 것이 다시는 세상의 빛을 보지 못하도록 묻어버린 때가 지금으로부터 이십 년 전의 일이다.”

“음!”

무거워진 분위기에 철민이 감히 뭐라고 끼어들 생각을 못하고 나직한 침음성만 흘리는데, 까마귀늙은이가 문득 나직한 웃음소리를 흘렸다.

“흐흐흐!”

그 웃음소리는 너무도 차가워서 철민은 자신도 모르게 부르르 몸을 떨었다. 이어지는 까마귀늙은이의 목소리 또한 냉랭하기 이를 데 없었다.

"노부의 처지가 오늘날 이처럼 비루하게 된 것은 믿었던 자로부터 배신을 당한 때문이다. 놈의 흉계에서 겨우 목숨을 건져 도망칠 수 있었으나, 지독한 내상을 입어 내공을 완전히 상실했다. 그리하여 이후 몇 년간 내공을 회복하기 위해 모든 수단을 다 동원해 보았으나, 겨우 사성(四成)의 내공을 회복하는 데 그쳤을 뿐이며, 더 이상의 회복은 사실상 불가능하였다. 더욱이 배신자의 능력은 참으로 대단해서 노부가 무공을 완전히 회복한다고 해도 응징이 가능하리라 장담하기 어려웠고, 게다가 노부의 유일한 혈육인 손녀 아이가 아무것도 모르는 채로 놈의 손아귀에 있는 형편이다. 그리하여 노부는 십오 년 전쯤부터 한 가지 숙원에 매진하기 시작하였는데, 바로 구벽외공이다. 묻어버렸던 그 신공을 다시 세상으로 끄집어낸 것이다."

까마귀늙은이가 은연중에 뿜어내는 기세에 마치 짓눌리는 듯한 느낌이었기에 철민이 애써 어깨를 한번 펴고 난 다음에 억지로 말을 끼어들었다.

"그러니 구벽외공이란 것이 다만 이론상의 무공일 뿐 실제로 익히는 것은 결코 가능하지 않은 무공이라는 결론을 내렸다고 하지 않았습니까?"

까마귀늙은이가 언뜻 표정을 굳히며 내답했다.

"노부에게는 불가능하나 혹시 천하의 다른 누군가에게는 가능할 수도 있으리라는 희박한, 그러나 참으로 절실한 마지막 기대를 가져 보지 않을 수 없었다."

　잔뜩 굳었던 늙은이의 표정이 이내 담담한 것으로 돌아갔다.

　"지난 십오 년간 정체를 숨긴 채 용사전장의 투노 양성교관으로 있으면서 매년 팔려오는 수많은 노예들에게 구벽외공의 입문 과정을 시도해 왔다. 네가 겪어보았듯이 극한의 고통과 위험이 강요되는 시도였으나, 노예들을 대상으로 하는 것이었기에 오랜 기간 강행할 수가 있었다. 그러나 성과는 없었다. 수많은 노예 중 단 한 명도 그 시도를 통과하지 못했다. 역시 불가능이었다. 당연한 결과였다. 그러나 노부는 결코 포기할 수가 없었다. 그것 외에는 노부가 구차한 삶을 이어갈 희망이 없었기 때문이다."

　까마귀늙은이의 표정과 목소리는 여전히 담담하게 이어지고 있었으나, 그 대목에서 철민은 자신도 모르게 부르르 몸을 떨고 말았다. 그것을 보았던지 늙은이의 눈빛에 언뜻 착잡한 빛이 스치는 것 같았다. 그러나 이어지는 늙은이의 목소리는 약간의 열기를 띠고 있었다.

　"그러던 중 믿을 수 없는 일이 일어났다. 누구에게도 결코 가능하지 않았던 단계들을 하나하나 이루어가는 자가 마침내 나타난 것이다. 물론 바로 너다. 가장 형편없는 자질과 체력 조건을 지녔던 네가 어떻게 그런 불가능을 이뤄낼 수 있었는지 돌이켜 생각해 봐도 참으로 신기하기만 하다. 너는 참으로 믿기 힘든 끈질김으로 마침내 그 불가능의 과정들을 기적적으로 통과하였다. 그리하여 너는 지금 구벽외공의 입문 단계인 세 벽(壁) 중 마지막 삼벽(三壁)의 단계에 와 있다. 지금껏 어느 누구도 밟아보지 못한 무공(武功)의 신기원을 이루고 있는 것이다."

까마귀늙은이는 문득 흥분되는 듯이 가볍게 숨을 고른 다음에 다시 말을 계속했다.

"너는 아직까지 노부의 말을 이해하기 어려울 것이다. 믿기도 어려울 것이다. 그러나 내공 한 점, 제대로 된 무공 초식 하나 익히지 않은 네가 그야말로 맨몸으로 지금까지의 그 험난한 싸움을 능히 거쳐 왔다는 점에서, 더욱이 투왕지회에까지 나와서 승리를 거두고 있다는 사실만으로도 곧 구벽외공의 신묘함이 어떠한 것인지를 능히 짐작해 볼 수 있지 않겠느냐?"

까마귀늙은이의 눈빛이 다시금 형형하게 빛났다. 그리고 이어지는 목소리는 그야말로 잔뜩 고무된 것이었다.

"그러나 우리가 진정으로 놀라운 기적을 경험하는 것은 이제부터이다. 너는 이제 겨우 구벽외공의 초성(初成)을 이루었을 뿐이니, 구벽외공의 진정한 공능은 중성(中成)의 경지에 올라서면서부터 본격적으로 발휘되는 것이다. 그리하여 네가 마침내 대성(大成)의 경지에 올라서서야 그것이 왜 천하에서 가장 강하며, 가장 완벽한 무공인지가 만천하에 드러날 것이기 때문이다."

'귀신 씻나락 까먹는 소리!'

철민의 솔직한 감상은 그랬다. 그리고 뒤이어 떠올린 허탈한 감상 하나는,

'하긴 뭐 꿈이니까!'

"구벽외공은 이름 그대로 성취의 단계를 구벽(九壁), 즉 아홉 개의 벽으로 정하고 있다."

"온몸에다 아홉 겹으로 굳은살을 쌓기라도 하는 겁니까?"

철민이 조금도 공감할 수가 없을뿐더러, 차라리 어이가 없는 심정이 되어 조심성없이 빈정거렸으나, 까마귀늙은이는 예외적으로 관대하게 실소하며 받아주었다.

"허허! 아마도 너는 외공이라고만 생각하는 모양이로구나. 그러나 구벽외공은 결코 외공이 아니다. 오히려 천하에서 가장 심오한 내가신공(內家神功)이니라! 어째서 그 이름에 굳이 외공이 들어가게 되었는지에 대한 정확한 유래는 노부로서도 알지 못한다. 다만 내공을 운용하는 근본 방식에서 천하에 산재한 여타의 내가(內家) 무공들과는 완전히 다르다는 의미에서 차라리 외공이라 명명한 것이 아닌가 추측을 해볼 뿐이다."

비록 철민으로서는 대부분 알아들을 수 없는 내용들이었지만, 대략 옮겨보자면 '귀신 씻나락 까먹는 소리'의 골자는 이랬다.

생명체와 비생명체를 포함한 세상의 모든 물질은 기(氣)로 이루어져 있는데, 내공을 쌓는다는 것은 호흡을 통해 자연 대기 중에 분포하는 기를 받아들여 단전에 축적하고, 다시 자신의 기질에 맞는 기, 즉 진정한 내공으로 탁마해 내는 과정이다.

그런데 구벽외공이 독보적인 점은 기가 아니라 기의 근본이 되는 정화(精華), 즉 기정(氣精)만을 흡수하여 그것을 별도의 탁마 과정 없이도 곧바로 내공으로 이루어낼 수 있다는 것이다. 더욱이 그렇게 얻어진 내공은 그야말로 가장 순수한 본연의 내공이 되니, 그럼으로써 구벽외공을 통해서는 기상천외하게도 자연 대기를 통해서 뿐만이 아니라 기를 가진 천하의 모든 것들로부터 아무런 무리 없이 기정을 흡수할 수가 있다는 것이다.

구벽외공에서 벽(壁)은 기를 받아들이는 통로를 의미하기도 하고, 성취의 단계상 넘어서야 할 무형의 장애를 의미하기도 한다. 전자의 의미로서의 벽은 벽의 수가 올라갈수록 보다 광범위하게, 그리고 보다 농밀(濃密)하게 기를 흡수해 들일 수 있다는 의미이다. 그리고 후자의 의미로서의 벽은 벽의 수가 올라갈수록 더욱 높고 두터운 장애가 존재한다는 의미이다.

도대체 무슨 소린지, 원! 그렇거나 말거나 ‘귀신 씻나락 까먹는 소리’ 의 골자를 계속 옮겨보자면…….

구벽외공은 그 성취의 정도에 따라서 초성(初成), 중성(中成), 대성(大成)의 세 경지로 대별할 수 있는데, 우선 삼벽(三壁)까지를 초성 단계라고 한다. 그런데 이 초성 단계에서는 기성(氣精)을 흡수할 수 없다는 점이 특징적이다. 초성 단계를 별도로 떼어 특별히 자연무도(自然武道)의 영역이라고도 한다.

인간의 신체는 그 자체로 신비롭고도 무한한 잠능(潛能)을 지니고 있는데, 내공에 의지하는 순간부터 그 잠능은 오히려 퇴보한다. 자연무도란, 내공을 일절 배제한 채 오로지 신체 본연의 잠능을 극대화하는 도리이다. 그리하여 자연무도는 철민이 지금까지 해왔던 바와 같이 오로지 그 지독한 죽음의 숨쉬기와 생사지투와 같이 지독한 본능의 자극을 통해서 인체 내의 잠력을 극한까지 일깨워 가는 과정이다.

까마귀늙은이가 철민에게 결코 내공을 익힐 수 없다고 했던 이유도 그런 데 있었다. 구벽외공이 중성의 단계에 접어들기 전에 단 한 점이라도 내공을 가지게 된다면, 그때까지 이루어진 자연무도의 공능과 충돌을 일으킬 것이고, 그 결과로 신체는 심각한 부작용을 겪게 된다는 것이다.

구벽외공에 굳이 외공이라는 이름이 붙은 이유 중에는 바로 그런 때문도 있을 것이라고 까마귀늙은이는 추측했다. 어쨌든 전신호흡능력과 그것을 바탕으로 한 신체 잠력의 상시유발능력의 확보를 초성의 완성으로 정의한다.

구벽외공의 사벽(四壁)부터를 중성(中成)의 단계라고 하고, 육벽(六壁)을 이루면 중성을 완성했다고 한다. 사벽부터는 비로소 기정을 흡수하는 것이 가능해진다. 그러나 체내에 축적하는 것만 가능할 뿐이지, 여전히 내공으로 운용할 수는 없다. 그런 것은 대성(大成)의 단계로 진입해서야 가능해진다.

그렇다고 중성 단계에서의 공능이 없는 것은 아니다. 우선은 기정을 흡수하기 시작함으로써 초성 단계에서 개발된 신체의 잠력을 보다 강력한 위력으로 발휘할 수 있게 되는 것이다.

그러나 충성 단계에서의 축기의 진정한 공효(功效)는 따로 있다.

내공이 어느 정도의 경지에 이르면 장벽에 부딪치게 되는데, 그 장벽을 뛰어넘지 못하는 한 한 발짝도 더 앞으로 나아가지 못하게 된다. 그리고 각고의 노력과 행운으로 장벽을 한 번 부수고 한 단계 높은 경지에 올라선다고 해도, 그다음의 단계에서 더 두텁고 높은 장벽에 다시 직면하게 되는 것이다. 그리하여 강호에 무수히 많은 고수 달인들이 존재한다고 하나, 진정으로 높은 내공의 경지에 달한 고수들은 지극히 드물 수밖에 없는 것이니 곧 절세(絕世), 혹은 절대의 고수라고 일컫는 것이 아니겠는가?

흔히는 높은 경지의 장벽을 뛰어넘는 데 각성이니 깨달음이니 하는 형이상학적인 이치를 개입시킨다. 그러나 구벽외공에서 제시하는 이치는 그런 데에 비하자면 너무나 단순하고도 명확하기만 하다.

내공을 성취하는 데 있어서의 장벽은, 곧 내공의 부족에서 오는 것이다!

내가(內家)의 고수들이 들었다면 대번에 코웃음을 치고 무식무지의 소치라고 경멸의 조소를 날렸을 소리다.

'만약 그렇다면 왕후장상이나 주체 못할 만큼의 거부(巨富)를 지닌 놈들은 무슨 절세의 영약에다 천고의 영물에다, 그것도 안 되면 천금을 주고라도 이체전공 따위의 수단을 써서 내공을 늘릴 수 있을 것이니 절세고수 안 될 놈이 있겠는가?

하고 말이다. 그러나 그런 반박에 대해서도 구벽외공의 이치는 또한 분명하다.

단전의 크기가 무한하다면, 거기에 담을 수 있는 내공 또한 무한하다!

요는 내공을 담는 그릇의 크기, 즉 단전의 크기라는 얘기였다. 내공의 성취가 벽에 부딪친다는 것은 단전이 용량의 한계에 도달해서 더 이상은 내공을 담을 수 없게 되었다는 것이니, 우선 단전의 크기부터 키우지 않으면 아무리 기를 쓰고 수련을 계속해도 조금의 진전도 보지 못할 것이며, 욕심이 과하여 무리하게 편법으로 내공을 키우려 한다면 자칫 주화입마의 화를 자초하게 되는 것이다.

그런데 대개의, 아니, 구벽외공을 제외한 천하의 모든 내공 수련법은 내공의 커다란 성취 단계를 넘어설 때마다, 다시 말해 단전의 크기를 늘려갈 때마다 그야말로 죽을 고비를 넘긴다고 할 만큼 힘이 든다. 이를테면 생사현관의 타통이니 하는 과정들인데, 오죽했으면 생사가 교차하는 관문이라고 했겠는가? 간단히 말해 축적된 내공이 커지면 커질수록 그것을 담고 있는 그릇인 단전 자체를 손대는 것이 어렵고 위험해짐은 지극히 당연하다 할 것이다.

그러나 구벽외공의 경우에는 그런 죽을 고비를, 기정을 흡수하기 시작하는 이전 단계인 초성 단계에서 미리 거치는 것이다. 하면 초성 단계에서는 과연 얼마만큼이나 단전을 미리 키울 수 있는가? 거기에 대해서는 까마귀늙은이로서도 답을 하기가 어렵다고 했다.

철민 이전에는 초성의 완성 단계에 근접해 본 전례가 없는데다, 철민의 경우에도 아직 기정을 흡수하지 못하는 단계이니 진맥을 통하더라도 단전의 윤곽조차 짐작할 수 없다는 것이다. 향후에 철민이 사벽에 진입하여 마침내 기정을 흡수하기 시작한 다음에야 비로소 짐작을 해볼 수 있을 것이라고 했다.

다만 초성 단계에서의 호흡 수련이 궁극적으로 추구하는 바가 완전한 전신 호흡을 하는 경지까지이니, 혹시 아예 몸 전체를 단전으로 삼아버리는 전신 단전을 추구하는 것이 아닐까 하는, 막연하고도 허황되기까지 한 생각을 해본다는 것이다.

"구벽외공의 칠벽(七壁)을 이루면 마침내 대성의 단계에 진입했다고 하고, 구벽(九壁)을 이루면 대성을 완성했다고 한다. 그리고 칠벽의 경지에 들어서서야 비로소 구벽(九壁)의 벽(壁)이 진성 무슨 의미인지를 실제로 느낄 수 있게 된다고 한다. 노부가 일평생 가장 궁금해하는 것 또한 바로 그것이다. 후후! 언젠가 네가 그 벽의 진정한 의미를 알게 되는 날이 오거든, 노부에게도 말해주기를 바랄 뿐이다. 어쨌든 대성의 단계에 진입하면서부터는 중성 단계에 비길 수 없이 기정의 흡수 속도가 빨라진다. 무엇보다도 이때부터는 드디어 체내에 축적된 기를 진정한 내공으로 운용할 수 있게 되니, 소위 절대 급의 고수들을 만나더라도 능히 자웅을 겨뤄볼 수 있을 것이다. 그리고 마침내 최종의 벽인 구벽을 이룬다면 가히 당세무적(當世無敵)을 논해볼 수 있을 것이다. 만약에… 더 나아가 천화(天化)를 이룬다면… 그때는 곧 피아(彼我)는 물론이고 육합(六合)의 기를 공히 의지하에 둘 수 있는 지경에 도달할 것이니, 생사여탈(生死與奪)의 심즉살(心卽殺)이라! 허허허! 아니다! 굳이 그런 데까지 언급할 것까지야 있으랴!"

철민도 굳이 묻지 않았다, 지금까지 들은 것만으로도 충분히 허무맹랑하였으므로.

9

"이곳은 대체 어떤 곳입니까? 이곳의 세상 말입니다."

철민은 마침내 그렇게 물었다. 그가 가진 가장 근원적인 의문이었다.

"이곳의 세상이라……. 강호를 말하는 것이더냐?"

문득 이채롭다는 듯이 되묻는 까마귀늙은이에게 철민은 선뜻 대답을 내놓지 못했다. 그런 철민을 잠시 바라보고 있다가 까마귀늙은이가 천천히 입을 열었다.

"강호라… 진정으로 자유로운 세상이지! 세상 속에 있으나 세상보다 오히려 더 큰 세상이 바로 강호다! 그러나 강호는 철저한 강자존(强者存)의 세상이다. 그리하여 강호인(江湖人)을 단 두 종류로만 나눈다면 약자(弱者)와 강자(强者)가 있을 뿐이고, 다르게 분류한다고 해도 대부분의 경우 그 기준이 되는 것은 또한 무공의 강약이다.”

까마귀늙은이의 눈빛이 문득 번뜩였다. 갑작스럽게 활기가 도는 듯도 하였고, 혹은 그의 가슴속 깊은 밑바닥에 가라앉아 있던 어떤 격정의 표출일지도 모를 일이었다.

이어 까마귀늙은이는 강호인들을 그들이 지닌 무공의 강약에 따라 다섯 등급으로 나눴다. 곧, 일반무사(一般武士), 일류고수(一流高手), 절정고수(絶頂高手), 초절정고수(超絶頂高手), 화경고수(化境高手)의 다섯 등급이다.

‘일반무사’는 무사가 되기를 희망하는 수련자들을 포함한 삼류(三流), 이류(二流)의 무사들을 말하는데, 사실상 강호인의 대부분을 차지하고 있다.

‘일류고수’의 범주에 들려면 내외공을 따지지 않고 대략 천근(千斤)의 힘을 낼 수 있어야 한다.

‘절정고수’는 만 근(萬斤)의 힘을 낼 수 있어야 하는데, 사실상 절정고수의 반열에서부터는 단순히 힘의 세기만으로 기준을 삼기는 애매한 것이어서, 외가(外家)의 경우에는 육신을 극한까지 단련한 자, 즉 외공으로 도달할 수 있는 거의 한계에 도달한 자를 말하고, 내가(內家)의 경우에는 내공이 일 갑자의 경지에 달한 자를 말한다. 검을 익힌 자의 경우에는 검기를 사용하여 사람을 살상할 수 있는 능력을 지닌 자를 말한다.

'초절정고수'는 내공이 이 갑자에 달한 자로, 검을 익힌 자의 경우에는 검강, 즉 검으로 강기를 구현해 낼 수 있는 자를 말한다.

'화경고수'는 내공이 삼 갑자 이상에 달하여 그야말로 신화경(神化境)에 이른 자이니, 검으로 말하자면 어검, 이기어검 등의 가히 전설적 경지에 달해 능히 검 한 자루로 독행강호(獨行江湖)할 수 있는 자를 말한다.

"강호가 무한히 넓어 고수와 기인들이 바닷가의 모래알보다도 많다고 하지만, 당대에 화경고수라고 할 만한 인물은 통틀어 열 명을 넘지 않을 것이다. 그러나 누구도 다는 알 수 없는 곳이 또한 강호라, 세상의 명리를 버리고 은거에 들어 있는 기인들 중에서도 화경고수들은 필시 있을 것이고, 그들 중에서는 다시 화경고수의 경지마저 넘은 자가 존재하지 않는다고도 할 수 없으니, 그런 천외천의 경지에 달한 이들에 대해서는 가히 절대고수(絶對高手)라고 칭해도 좋을 것이다."

끝 간 데 모를 '뻥'이었다. 철민으로서는 때때로 눈치 보며 실소를 흘리는 외에는 그저 듣고 있는 수밖에 없었다. 감상은 똑같았다.

'귀신 씻나락 까먹는 소리!'

10

힘겨운 승부를 이어가며 철민은 투왕지희의 정점을 향해 한 걸음씩 앞으로 나아가고 있었다. 철민이 스스로는 잘 느끼지 못하였지만, 까마귀늙은이의 말로는 그의 구벽외공은 이제 곧 초성지경을 완성하게 될 것이라고 했다. 투왕지희의 싸움을 통해 다양한 적을 상대하면서 강유(剛柔)와 경중(輕重)의 자극에 대해 어떻게 호흡을 적용해 나갈 것인가에 대한 체득과 충격에 대한 내구력과 빠른 회복력, 그리고 빠른 눈과 반사 능력 등이 의식하지 못하는 사이에 저절로 일취월장해 나가고 있다는 것이다. 그러나 철민은 까마귀늙은이가 혹시 그가 알지 못하는 어떤 흑심(黑心)에서 하는 격려가 아닐까 의심을 가져 보지 않을 수 없었다.

투왕지희가 정점으로 치달아갈수록 점점 더 강력한 상대들이 나타나고 있었다. 그중에는 상당한 내공을 지닌 자들도 있었으나, 까마귀늙은이는 그래도 일류고수 이상의 진짜 고수라고 할 만한 자들은 없다고 간단하게 절하(切下)를 해버렸다.

일류고수쯤 되면 그래도 나름의 명예를 중히 여길 터인데, 아무리 투왕지희에 걸린 상금이 무시하지 못할 만큼의 거금이라고 해도 굳이 스스로의 명예를 버리면서까지 이런 비대에 발을 들이지는 않을 것이라는 얘기였다.

그러나 며칠에 한 번 꼴로 생사를 가르는 격투를 직접 치르고 있는 철민으로서는 공감하기 어려운 얘기였다. 그가 상대한 자치고 누구 하나 고수 아닌 자가 없었으니, 이즈음에 들어 그는 격투 중에 피를 토하기도 이미 여러 번이었다. 까마귀늙은이는 가벼운 내상에 불과하다고 대수롭지 않게 말했지만, 철민이 느끼기에 입으로 피를 토한다는 것은 결코 가벼운 증상이 아니었다.

그러나 다른 방법은 없었다. 이 지독한 싸움이, 그리고 이 끔찍한 악몽이 끝날 때까지는 오직 앞으로 나아가 보는 수밖에는. 한 치 앞이 보이지 않는 암담한 절망 중에 그가 끝까지 절대적으로 의존하고 있는 한 가지가 있다면 그것은 오로지 숨쉬기뿐이었다.

실핏줄이 엉겨 붙어 끈적거리는 핏덩이를 토해내는 중에도 정말 죽기 살기로 숨쉬기에 매달리다 보면 어찌어찌 충격과 고통을 견뎌내고 결국에는 상대를 쓰러뜨릴 수가 있었다. 철민이 까마귀늙은이가 하는 말의 거의 대부분을 다만 '뻥'이거나 혹은 흑심으로 여길 뿐이나, 그 숨쉬기만큼은 정말로 어떤 대단한 묘용이 있다는 것을 인정하지 않을 수 없는 이유였다.

철민의 연승 가도는 그 스스로도 믿지 못할 정도이니 다른 사람들이야 오죽할까? 까마귀늙은이의 말을 빌자면 그가 매번 극적인(?) 승부를 연출한 덕에 그의 싸움에는 범인들에게는 가히 천문학적이라고밖에 할 수 없는 거금이 매번 걸리고 있고, 그럼으로써 투왕지희의 역대 기록을 갱신해 나가고 있는 중이라고 했다.

"시작!"

선언이 있었으나 상대는 여유가 있었다. 지금까지 철민이 상대했던 자들 중에서도 의식적이든 무의식적이든 여유를 보인 자들이 없지는 않았으되, 이자만큼 자연스러운 여유를 보인 자는 없었다. 더욱이 상대는 맨손이었다.

"오래 끌 것 없어! 바로 끝내 버려!"
"죽여! 아주 죽여 버리라고!"

옥방의 벽 구멍을 통해 나직이 뱉어내는 소리들에는 오히려 거친 외침보다도 더한 열기와 탐욕, 집착 따위들이 후줄근하게 녹아 있었다. 투장에서는 싸움의 시작과 동시에 마지막 승패를 선언할 때까지 옥방 바깥에서의 그 어떤 소란이나 소음도 일절 금지되어 있었다.

그러나 지금 누구도 그 나직한 소리들을 제지하지 않고 있었다. 그럼으로써 그런 나직한 소리들과 열기와 탐욕들과 집착들 따위를 포함한 일대 공간의 모든 것은 치열하게, 오로지 옥방 안의 싸움으로만 집중되고 있었다. 그것은 지금 옥방 안에서 벌어지고 있는 한판의 싸움이 투왕지회의 마지막 승부, 바로 투왕을 결정하는 싸움이기 때문이었다. 그리고 이 한판 싸움의 결과로써 강호의 '오백대거부(五百大巨富)'를 거론하는 목록에서 몇 개의 이름이 빠지고 몇 개의 이름이 새로이 등

재될 정도의 상상하기 어려운 막대한 판돈이 걸려 있기 때문
이었다.

촤르르륵!
마치 쇠사슬이 마찰되는 듯한 경쾌한 쇳소리와 함께 상대의
허리 어림에서 은빛이 길게 풀려 나왔다. 그리고 그 은빛은 맨
손이었던 상대의 손에서 바닥으로 길게 늘어뜨려져서 채찍의
형상을 만들었다.
철민으로서는 처음 보는 무기였다. 길이가 한 뼘, 굵기는 엄
지손가락 정도인 열몇 개쯤이나 되는 철봉이 가느다란 쇠사슬
로 연결되어 있었고, 전체의 길이가 족히 이 미터는 될 것 같았
다. 채찍의 끝에 달린 철봉의 끝은 마치 송곳처럼 뾰족한데, 바
닥에 늘어진 채로 상대가 가볍게 놀리는 손목의 움직임에 따
라 마치 잔뜩 독 오른 뱀 대가리처럼 까딱거렸다.

[마지막 싸움이다!]
까마귀늙은이의 전음에는 전에 없이 치열한 긴장이 녹아 있
었다. 그런데 그것뿐이었다. 늙은이는 그 한마디 외에는 아무
런 말도 없었다, 상대의 채찍에 대해 어떻게 대응하라는 간단
한 조언이나 가벼운 격려조차도.
하긴 늙은이가 지금껏 철민에게 해준 조언이래야 오로지 숨
쉬기에 대한 것뿐이었으니 철민이 안 그래도 이미 전적으로
숨쉬기에 의존하고 있는 터에 늙은이에게 더 기대할 만한 조

언이 없기도 했다.

아니다!

까마귀늙은이가 지금 어떤 조언이나 격려도 내놓지 못하는 것은 이 싸움의 상대가 지금까지와는 확연히 비교될 만큼 다르기 때문일지도 몰랐다.

차르르!

한순간 벌떡 일어선 채찍이,

위이잉!

하고 살벌하게 울며 곧장 철민의 머리를 후려쳐 왔다. 철민이 반사적이다시피 방망이를 들어 막았으나, 채찍의 끝부분이 정말로 살아 있는 뱀 대가리도 되듯이 꿈틀대더니 돌연,

촤랏!

하고 뻗쳐서는 방망이의 중간부를 감아버리는 것이었다. 철민이 강하게 방망이를 뒤로 채었으나, 방망이는 꼼짝도 하지 않았다. 그야말로 천 근이나 되는 힘에 움켜잡힌 것 같았다. 순간 철민은 직감할 수밖에 없었다.

'일류고수 급이다!'

지금 그의 방망이를 꼼짝도 못하도록 얽어 잡고 있는 이 엄청난 힘만으로도 상대는 까마귀늙은이가 말했던 강호의 일류고수 등급에 능히 들어갈 만하다고 여겨졌다. 그것은 곧 그가 상대를 이길 가능성이 지극히 희박하다는 것을 의미하였다. 그러나 싸워야만 했다. 이것이 마지막 싸움이기에, 이 싸움을

끝내야만 이 지독한 악몽에서 마침내 깰 수 있을 것이기에.

상대가 잡아끄는 힘에 더 이상 버티기가 어려웠으므로 철민은 이를 한 번 악문 다음에 차라리 상대를 향해 덮쳐 갔다. 상대의 입꼬리가 가볍게 비틀렸다. 살짝 열린 입술 사이로 보일 듯 말 듯 흰빛이 비쳤다. 그 하얀 웃음에 철민은 무언가 잘못되었다는 걸 절감할 수밖에 없었다.

그러나 후회하기에는 이미 늦었다.

차르륵!

방망이를 감고 있던 채찍의 끝이 찰나간에 풀리더니 좁은 공간에서도 유연한 궤적을 그리며 그대로 철민의 목을 휘감아 들었다.

"끄윽!"

콱 막혀드는 숨에 철민이 방망이를 놓아버리고 양손으로 채찍을 움켜잡았다. 그러나 사정없이 조여드는 엄청난 힘을 조금도 늦추지는 못하였다.

"끄으으으!"

철민이 숨 막히는 고통에 절규했으나, 상대는 차라리 투명한 눈빛으로 죽어가는 철민을 무심히 내려다보고 있었다. 그리고 철민은 이윽고 죽고 말았다.

12

깡! 까앙!

철민은 야구방망이를 휘두르고 있었다. 벌써 수백 번, 아니, 수천 번쯤은 휘두르고 있는 것만 같았다. 거의 매일이다시피 들르다 보니 야구연습장은 이제 그의 저녁 일과가 되었다. 손에 물집이 잡혔다 터지는 단계는 이미 여사로 거쳐 냈고, 얼마 전에는 아예 손바닥 전체가 매미 허물 벗듯이 통째로 한 겹의 껍질이 벗겨졌다. 병원에 가서 치료받느라 지난 이틀간은 겨우 참았는데, 오늘 밤은 도저히 참지 못하고 다시 나와서 야구방망이를 휘두르고 있는 중이었다.

쓰라리고 아프던 손바닥에서 감각이 느껴지지 않은 지 이미 한참이나 되었다. 젖어서 미끄러워진 장갑을 바꿔 끼기를 벌써 몇 번째였다. 여상 그러려니 하고 보고 있던 연습장 주인이 뒤늦게 벌겋게 물든 장갑들을 본 모양이다. 그물망 바깥에 와서 뭐라고 말을 하고 있었다. 무슨 안 좋은 일 있냐고. 그렇더라도 다르게 풀어야지 이럴 건 아니지 않느냐고. 이제 그만하라고.

그러나 철민은 들은 척을 하지 않았다. 멈출 수 없다는 절박감이 있었다. 계속 방망이를 휘둘러야만 이제 곧 다시 맞이해야 할, 맞이해야만 하는 죽음의 공포가 조금이라도 줄어들 것 같았다. 지랄 같은 그놈의 오버랩이 다시 시작되고 있었다. 탈출할 때까지 무한 반복으로 거듭되는 참혹한 죽음, 그리고 그것에 대한 이 끔찍한 공포와 절박감. 꿈은 꿈일 뿐이다? 당연한 말이다. 그러나 지옥 같은 오버랩이 계속되는 한, 그에게 꿈은 결코 꿈일 수만은 없었다. 그 치 떨리는 공포에서 벗어나기 위해 그는 무엇이라도 해야만 했다. 발버둥이라도 쳐보지 않으면 안 되는 것이다. 꿈에서든 현실에서든.

깡! 까앙!

철민이 이제는 몽롱하기까지 하였다. 마치 꿈을 꾸고 있는 것 같았다. 방망이의 무게감이 느껴지지 않았다. 무중력에서 방망이를 휘두르면 이런 느낌일까? 방망이가 저 스스로 어떤 결을 찾아서 자유로이 궤적을 그려내는 것만 같았다.

짝! 짝! 짝!

박수 소리와 함께 누군가,

"나이스 빠따!"

하고 외쳤다. 철민이 흠칫 몽롱함에서 깨어나 보니 그물망 바깥에 중년 남자 하나가 서 있었다. 그동안 연습장에서 몇 번 본 터라 안면이 있는 사람이다.

몸집이 좋은 남자는 대학 때까지 야구선수를 하였고, 프로 야구에는 발을 들여 보지 못했지만 한때는 고등학교 야구 코치도 했다고 했다.

일주일쯤 전인가, 남자는 그에게 야구선수 출신이냐고 묻기도 했다. 아마도 헛방망이질 하는 법이 거의 없이 칠 때마다 경쾌한 소리와 함께 쭉쭉 뻗어나가는 타구들을 보고 한 말일 터다. 남자는 아래위로 철민을 훑어보는 시늉으로 짐짓 입맛을 다시기도 했다. 그리고 몇 살이냐고 묻기에 스물아홉이라고 했더니 한 오 년만 어렸으면 프로 구단에 테스트받도록 추천해 줄 수도 있었겠다고 어설픈 농을 쳤다. 다른 건 안 봐서 모르겠지만, 타격 재능 하나는 진짜로 끝내준다며.

물론 웃자고 하는 말이겠지만, 야구를 좋아하는 입장으로서 듣기에 결코 싫지는 않은 말이었다. 다만 이제 곧 다시 죽어야만 한다는, 누구에게 얘기조차 할 수 없는 절박감만 아니라면.

13

그는 쇠 채찍의 상대와 마주 섰다. 벌써 몇 번째나 반복되는 상황이었지만, 이 순간의 절박함만은 여전했다. 아니, 갈수록 더해지고 있었다.

차르르!

한순간 벌떡 일어선 채찍이,

위이잉!

하고 살벌하게 울며 곧장 철민의 머리를 후려쳐 왔다. 철민은 방망이를 들어 막는 대신에 펄쩍 뛰어 뒤로 물러섰다. 채찍은 아슬아슬하게 그의 코끝을 스치고 지나갔다. 상대의 입가에 희미한 조소가 지나갔다. 그리고 상대는 천천히 걸어서 옥방의 한가운데로 나섰다.

위이이이!

옥방의 한가운데를 차지한 채 돌아가고 있는 상대의 채찍에서는 지독히 차고 날카로운 삭풍(朔風)의 소리가 났다.

붕! 부웅!

철민은 있는 힘껏 방망이를 휘둘렀다. 그러나 멀리 떨어진 상대에게 아무런 위협조차 주지 못하는, 다만 연신 위협하며 돌아가고 있는 채찍에 대한 피동적인 방어일 뿐이었다. 그가 상대에게 접근할 방법은 도무지 없었다. 상대의 채찍은 그저 회전만 하고 있는 것이 아니라, 수시로 탐색하듯이, 위협하듯이, 혹은 조롱하듯이 그의 전신을 노리고 있었다. 그리고 이윽고는 공격을 가해왔다.

촤르륵! 촤악!

"크윽!"

팟! 콰악!

"크으윽!"

채찍의 끝에 달린 철봉은 철민이 맹렬하게 휘두르는 방망이를 교묘하게 피하고, 혹은 능란하게 밀치고 휘감아 제치며, 그의 빈틈을 후려치고, 그 송곳 같은 끝으로 찔렀다. 상대는 너무나 강하였다. 그 괴상한 채찍이 풀어내는 변화는 그야말로 막측(莫測)하였고, 그 변화의 가닥마다에 담긴 힘은 철민의 힘을 훨씬 능가하였다. 철민으로서는 도저히 어떻게 수를 내볼 수가 없었다. 그의 온몸은 이내 피투성이가 되고 말았다.

그리고,

촤르륵!

어느 순간 한 마리 독사처럼 공간을 파고들어 온 채찍이 그대로 철민의 목을 휘감아들었다.

"끄윽!"

이어 채찍은 허우적거리는 그의 양손마저 꽁꽁 묶어버리고 말았다.

"끄으으으!"

죽음을 예감하는 절규에도 불구하고 차가운 쇠사슬과 철봉은 철민의 목을 사정없이 조여들었다.

"끄으으으윽!"

그리고 그는 결국 다시 죽고야 말았다.

14

자정을 훌쩍 넘긴 시각이다. 창문 하나 없는 방이라 바깥은 보이지 않지만, 세상은 지금 숨 막히는 정적에 휩싸여 있을 것이다. 예정된 죽음을 조금이라도 늦게 만나기 위해 철민은 애꿎은 리모컨 버튼만 눌러대고 있었다. 저장된 번호들에서는 졸음을 쫓기에 마땅한 것이 없어 나중에는 직접 번호를 입력했다.

그러다 어느 채널에선가 숨넘어가는 듯한 목소리가 있기에 잠시 리모컨 누르기를 멈췄다. 아나운서의 목소리였다, 종합 격투기의 경기를 중계하는. 철민은 문득 흥미가 당겼다. 중계에서는 그가 어디신가 한 번쯤 들어본 것들도 있었으나, 내부분은 아주 낯선 용어들이 난무하고 있었다. 로우킥, 미들킥, 니킥, 그래플링, 테이크 다운, 파운딩, 암 바, 트라이앵글 초크……

철민은 어느 순간부터인가 정신없이 빠져들고 말았다. 심지어는 평상시 같았으면 도저히 참아내지 못했을 그 터무니없이 긴 광고 시간까지 인내하며. 아니, 길다는 의식조차 하지 못하며 재탕, 삼탕으로 되풀이되는 중계에 몰입했다. 마치 그 자신이 링에 선 선수가 된 듯이 깊숙이 경기 속으로 빠져들었다. 의식하지 못하는 사이에 숨이 조절되고 온몸의 신경이란 신경은 말초신경까지 올올이 곤두섰다. 그야말로 절박한 집중이었다.

15

촤르륵! 촤악!
"크윽!"
팟! 콰악!
"크으윽!"
후려치고, 송곳같이 뾰족한 끝으로 찔러대는 채찍의 난무 속에서도 철민은 채찍의 움직임과 상대의 움직임, 그리고 상대의 눈빛까지 그 모든 것을 단 하나라도 놓치지 않기 위해 전신의 모든 감각을 더할 수 없이 치열하게 집중했다. 머리가 터졌는지 피가 눈으로 흘러들고 있었지만 그는 눈을 깜빡이지 않았다. 그리고 마침내 기다리던 순간이 왔다.
촤르륵!
한 마리 독사처럼 영활하게 몸을 비틀며 공간을 파고들어

온 채찍이 그대로 철민의 목을 휘감아들었다. 그 찰나, 그는 상
대의 얼굴을 향하고 창을 던지듯이 방망이를 던져 버렸다. 동
시에 상대를 향해 그대로 돌진해 갔다. 상대가 흠칫하는 게 보
였다.

그러나 상대의 채찍은 즉시로 허공에서 짧은 원을 그리며
곧장 철민의 목을 휘감아왔다. 공격과 동시에 최소한 철민의
접근을 허용하지 않겠다는 것이리라.

그러나 그때 철민은 차라리 몸을 던져 상대의 가슴 아래를
목표로 낮게 돌진해 들어갔다. 그런 변칙과 순식간에 좁혀진
거리에 상대는 순간 크게 당황하는 기색이었으나, 이내 숙인
채 들어오는 철민의 머리를 오른발로 올려 찼다.

하지만 상대의 그 잠깐의 당황 덕분에 철민은 이미 거리를
좁혀서 올려 차는 상대의 오른발을 어깨로 밀고 들어가서 그
대로 복부를 들이받아 버렸다.

퍼억!

상대의 몸이 휘청거리며 뒤로 밀려나는 중에 철민은 다시
그의 두 다리를 잡아챘다.

콰당!

상대는 속절없이 뒤로 엉덩방아를 찧으며 넘어갔고, 그 위
를 철민이 온몸으로 덮쳐 눌렀다.

퍽! 퍽! 퍼억!

철민의 아래에 깔린 채로 상대가 몸부림치며 마구 양 주먹
을 휘둘렀다. 그러나 제대로 힘을 싣지는 못했고, 더욱이 철민

이 위에서 두 손으로 양 어깨를 누르고 머리로는 턱과 목 부분을 밀어붙이며 온 힘을 다해 누르자, 상대는 그처럼 대단하던—필시는 상당한 내공에서 발휘되었을—힘을 제대로 발휘하지 못하였다.

그리고 그런 무력감이 그를 더욱 당황하게 만든 듯 상대는 일시 어쩔 줄을 몰라 하는 모습이었다. 철민으로서는 상대가 그런 무력감과 당황에서 벗어나기 전에 모든 힘을 다 쏟아부어 결판을 지어야만 했다.

그러나 상대는 어느새 당황을 추스르고 방법을 찾기 시작하고 있었다. 그의 힘은 역시 대단했다. 한순간 눌려 있던 어깨를 빼더니 두 손으로 철민의 머리와 어깨를 거칠게 밀어 틈을 만들어냈다. 이어 짧게 허리를 튕겨서는 몸을 뒤집어 버리고 마는 것이었다. 그리하여 철민은 졸지에 아래에 깔리고 말았다.

그러나 상대는 기껏 역전시켜 놓은 자세의 유리함을 취하기는커녕, 오히려 그런 자세 자체에 거부감을 가지는지 철민을 떨쳐 내고 일어서려고만 했다.

철민은 죽자고 온몸으로 상대에게 매달렸다. 상대가 몸을 일으켜 거리를 확보하는 순간, 그는 다시 죽어야만 할 것이다. 그러나 이미 상당부분 틈새를 확보해 가고 있는 상대의 힘을 더 이상 버텨내기는 어려웠다.

순간 철민은 한 가지 기술을 시도했다. 눈여겨보기는 했지만, 과연 직접 시도할 수 있으리라고는 생각해 보지 못했던 기술. 그러나 지금 이 순간 그에게 다른 선택의 여지는 조금도 없었다. 두 손으로 상대의 머리카락을 잡아채 당기며 동시에 틈 사이로 두 다리를 빼서 상대의 목을 감은 다음에, 다시 양 발목을 교차시켜 꼬아버렸다.

순식간의 일이었다. 상대도 철민이 그런 수를 쓰리라고는 조금도 생각하지 못했던지 철민의 두 다리에 목이 완전히 감히고 나서도 위기감보다는 차라리 얼떨떨해하는 기색이었다.

그러나 상황은 곧바로 급반전되었다. 철민이 두 다리를 조이기 시작한 뒤 다만 몇 초의 시간이 지나기도 전에 상대의 얼굴은 하얗게 핏기를 잃어갔다. 상대는 비명 소리조차 흘려내지 못한 채 철민의 다리를 풀어내기 위해 사력을 다했으나, 그의 어떤 시도도 사력을 다해 조여드는 철민의 두 다리를 풀어내지는 못했다.

철민은 점점 흰자위가 늘어가고 있는 상대의 눈을 볼 수 있었다. 그 눈이 간절히 호소하고 있었다. 살려달라고, 제발 살려달라고. 그러나 철민은 차라리 두 눈을 질끈 감고 말았다.

'이건 나의 꿈일 뿐이야! 당신은 다만 나의 꿈이 만들어낸 존재일 뿐이라고! 그러니 당신은 죽는 게 아니야! 당연히 나도 당신을 죽이는 게 아니야!'

다시 몇 초의 시간이 더 흐른 후, 상대의 저항이 조금도 느껴지지 않게 된 후에 철민은 천천히 두 다리를 풀었다.

털썩!

무릎을 꿇고 있던 상대의 몸이 스르르 무너져 바닥으로 쓰러졌다.

"아아!"

누운 채로 철민은 긴 숨을 불어 내쉬었다. 그러나 그것이 상대의 죽음을 애도하는 것일 수는 없었다.

16

"화대인(華大人)은 네게 한 판만 더 싸워줄 것을 주문했다."

용사투장 주인의 말이라며 그렇게 전하는 까마귀늙은이에 대해 철민은 억제하기 힘든 분노를 느꼈다.

"말이 다르지 않습니까? 투왕이 되면 자유의 몸이 된다고 하지 않았습니까?"

"지금까지의 관례로는 분명 그랬다. 그러나 관례라고 해도 투장주(鬪場主)의 동의와 승인이 있지 않으면 안 된다. 화대인을 비롯한 상당수의 투장주들은 이미 새로운 한판의 도박에 합의를 이루었다. 사상 초유의 거액을 걸고 한판의 승부를 더 벌이기로 말이다."

"나는 하지 않겠습니다. 더 이상 그들을 믿을 수 없습니다. 그리고 노사(老師) 역시도 더는 믿지 못하겠습니다. 사실 처음부터 내가 여기에 있어야 할 이유 같은 건 전혀 없었으니, 나는 이제 내 의지대로 가겠습니다."

"가다니? 간다면 어디로 갈 것이며, 또 무엇을 하겠다는 것이냐?"

"어디로 가든, 무엇을 하든 그것은 나의 자유입니다. 여하튼 나는 떠나겠습니다."

까마귀늙은이는 문득 음산한 웃음소리를 흘렸다.

"호호호! 그래도 그간 쌓은 정이 있거늘, 이처럼 매정하게 노부와 헤어지겠다는 것이냐? 더욱이 노부는 이제부터 본격적으로 네게 구벽외공에 대해 가르치려고 하는 참인데?"

"필요없습니다. 처음부터도 원해서 시작한 것도 아니었지만, 앞으로 더 이상 싸울 일은 없을 테니 노사의 그 대단한 신공 따위를 배울 필요는 조금도 없습니다."

까마귀늙은이가 희미하게 웃음기를 떠올렸다. 늙은이 특유의 차갑고도 조소에 가까운 미소였다.

"노부가 장담하건대 너는 결코 그럴 수 없을 것이다."

철민은 반사적으로 반발했다.

"나는 반드시 그럴 것입니다."

"이미 거액의 은자가 걸렸고, 계속 걸리고 있는 중이라고 한다. 그런 만큼 투장주들은 결코 너를 놓아주지 않을 것이다. 그들이 놓아주지 않는 한 너는 언제까지고 한낱 노예일 뿐이다."

"그것은 어디까지나 그들의 일일 뿐, 나와는 조금도 상관이 없는 일입니다."

"그렇지 않다. 네가 단순히 용사투장의 옥왕에 불과했다면, 다만 화대인의 손아귀에서만 벗어나면 되었을 것이니, 너의 능력이라면 어쩌면 도망이 가능했을 수도 있을 것이다. 그러나 사정이 많이 달라졌다. 지금은 도망친다면 네게 돈을 건 전국의 투장주들 모두 연계하여 너를 쫓을 것이니 강호가 아무리 넓다고 하여도 너는 결코 숨을 데가 없을 것이다."

"흥! 기껏 사람의 목숨을 걸고 도박이나 일삼는 자들 따위를 두려워하지는 않습니다."

까마귀늙은이는 잠시 차가운 눈빛으로 철민을 응시한 다음에 문득 음산하게 웃으며 다시 말을 이었다.

"흐흐흐! 문제가 그렇게 간단하지는 않다. 힘이 있을 때는 없던 원수가, 힘을 잃고 난 다음에는 갑자기 생겨나는 것이 바로 세상의 인심이다. 지금 네가 가진 가장 큰 힘은 바로 네가 그처럼 벗어나고자 하는 투장주들의 보호막이다. 곧 네가 그들의 흥행거리가 되는 한, 옥방 안에서의 싸움을 제외하고는 그 어떤 위협으로부터도 그들은 너를 가장 안전하게 보호할 것이란 의미다. 그러나 스스로 이 바닥을 나서는 순간 너는 혼자가 되는 것이고, 또한 누구라도 노려볼 수 있는 약자(弱者)가 되는 것이다. 그렇다면 그 이후로 어떤 일이 벌어질까? 흐흐흐! 물론 강호는 넓고 세상의 인심은 수시로 변하는 것이니, 네가 잡히지 않고 한동안만 잘 도망 다닌다면, 안 그래도 바쁜 일들이 많은 투장주들은 그리 오래도록은 네게 신경을 쓰지 못할 지도 모른다. 하지만 그들이 굳이 오래도록 네게 신경을 쓸 필요도 없는 것이다. 그저 얼마간의, 그들로서는 그리 아깝지 않을 정도의 현상금을 걸어놓는 것만으로도 그들을 대신하여 너를 쫓는 자들이 넘치도록 많이 생겨날 것이니 말이다. 그리하여 강호가 아무리 넓다고 하더라도 너는 영원히 쫓기는 신세를 면하지 못하게 될 것이다.”

“으음!”

언뜻 굳어지는 철민의 얼굴을 보며 늙은이의 눈빛에 묘한 웃음기가 스쳤다.

“어디 그것뿐이겠느냐? 네게 원한을 갚고자 하는 자들도 반드시 나타날 것이다.”

“원한이라니? 도대체 내가 누구에게 무슨 원한을 샀다는 겁니까?”

“언젠가 네게 말하지 않았더냐? 강호란 곳은 보이지 않으나 어느 곳에나 있는 세상이라고. 네가 인정하든 그렇지 않든 너는 이미 강호에 발을 들였다. 그리고 강호란 곳은 한번 발을 들인 이상 결코 되돌아 나가지는 못하는 곳이다. 이제는 네가 아무리 발을 빼려고 해도 강호가 결코 발을 놓아주지 않을 것이란 말이다. 흐흐흐! 지금까지 네 손에 죽거나 폐인이 된 자들 말이다. 비록 그자들의 대개가 외롭고 비루한 처지들이었으나, 만약 네가 이곳을 떠나 또한 외롭고 비루한 처지가 되고 보면, 그자들의 사돈에 팔촌까지 복수를 외치는 자들이 반드시 생겨날 것이다. 대저 원한이니 복수니 하는 것들이 다 그런 것이다. 치음에는 그지 직고 하찮은 욕심으로부터 시작될지라도 시간이 흐르는 중에 정말로 증오를 담아가게 되는 것이다. 네가 아무리 싸우지 않으려 한다고 해도, 네가 죽지 않기 위해서는 결국 네게 칼을 겨누는 자들을 죽이지 않을 수 없을 테니,

그럼으로써 다시 새로운 원한이 맺어지게 되고, 그렇게 끝없이 돌고 돌아 끝내는 은원의 늪에서 헤어나지 못하게 되는 것이다. 그것이야말로 강호의 피할 수 없는 숙명이다. 흐흐흐! 강호란 원래 그런 곳이다."

"좋다. 네가 굳이 떠나겠다면 그리하여라."
잠시 침묵을 지키던 까마귀늙은이가 문득 꺼낸 뜻밖의 말에 철민이 눈을 크게 뜨는데, 늙은이가 간단히 덧붙였다.
"다만 노부와 함께 가도록 하자!"
그리고 철민이 뭐라고 반응을 보이기도 전에 다시 강한 어조로 말을 이었다.
"강호로 나가 네가 목숨을 유지할 수 있는 방법은 오로지 하나뿐이다. 강해지는 것 말이다. 그럼으로써 네게는 노부가 반드시 필요하다. 물론 구벽외공 때문이다. 그래! 어쩌면 그 편이 더 나을지도 모르겠다. 이곳에서는 이미 얻을 만큼 얻었다고 할 것이니, 이제 더 넓은 세상으로 나가보는 것도 나쁘지 않을 것이다. 보다 빠르게, 보다 완벽하게 신공을 성취하기 위해서 말이다."
철민은 곧바로 강하게 고개를 흔들며 단언했다.
"싫습니다. 영원히 쫓기며 사는 한이 있더라도, 죽는 한이 있더라도 나 혼자 갈 것입니다."
까마귀늙은이의 얼굴이 문득 차갑게 굳어들었다.
"음! 하는 수 없구나!"

순간 철민은 가슴 어디쯤에 강한 충격을 느꼈다. 그리고 곧바로 찌릿찌릿한 느낌이 온몸으로 퍼져 나가는가 싶더니 갑자기 전신이 마비되고 말았다.

"이게 무슨 짓입니까?"

놀라고 분노하여 외치는 철민에게 까마귀늙은이는 차갑게 대답했다.

"소란 떨 것 없다. 마혈을 짚은 것뿐이니까."

"뭘 어쩌려는 겁니까?"

"노부가 이제부터 하는 말에 향후 너의 생사가 달려 있으니, 너는 아무쪼록 잘 들어두는 것이 좋을 것이다."

"먼저 몸부터 움직일 수 있게 해주십시오."

분노를 참지 못하고 철민의 목소리가 가늘게 떨려 나왔으나 까마귀늙은이는 조금도 상관하지 않고 자신의 말을 계속했다.

"네 스스로는 느끼지 못할 것이나 너의 신공은 이미 초성을 완성하는 단계에 와 있다. 하여 노부는 이제 너의 신공이 사벽, 즉 중성의 단계로 진입하는 기틀을 닦아주려고 한다. 동시에 너의 신공은 결코 되돌릴 수도, 혹은 멈출 수 없는 단계로 들어서게 되는 것이다."

"당신이 무엇을 어떻게 하든지 간에, 나는 결코 당신이 바라는 대로 따르지 않을 겁니다."

"흐흐흐! 그러나 너는 반드시 따를 수밖에 없게 될 것이다."

차갑게 미소 짓는 까마귀늙은이의 얼굴이 참으로 가증스러워 철민은 차라리 눈을 감고 소리쳤다.

"다시 말하지만, 내게 무슨 짓을 한다고 해도 당신이 내게서 얻을 것은 아무것도 없을 거요!"

그 순간 무언가 등에 와 닿는 느낌에 철민은 놀라 눈을 떴다. 까마귀늙은이의 모습이 보이지 않았지만, 등에 와 닿은 것이 바로 늙은이의 손바닥이라는 것을 직감할 수 있었다. 그리고 곧바로 한 가닥의 뜨거운 기운이 등을 통해 몸 안으로 흘러 들었는데, 그것이 이내 못 견딜 정도로 뜨겁고 강렬해졌기에 철민이 놀라 소리를 지르려 했다. 그러나 어찌 된 일인지 그의 외침은 목구멍 아래에서만 맴돌았다.

그리고 잠시 후,

우르릉!

심령을 울리는 듯한 나직한 우렛소리를 들었다 싶은 순간, 엄청난 충격과 동시에 철민은 아득히 정신을 잃고 말았다.

17

"축하한다. 너는 이제 구벽외공의 사벽(四壁)에 진입하였다."

정신이 돌아오면서 들리는 목소리는 까마귀늙은이의 것이었다. 그럼으로써 철민은 자신이 깨어났으나, 여전히 깨지 못했다는 것을 깨달아야만 했다.

흠칫 주변부터 살피다가 철민은 자신의 고개가 돌아가고 몸이 움직인다는 사실을 뒤늦게 알게 되었다. 그리고 재빨리 몸

을 돌려 앉는 순간 그는 크게 놀라고 말았다. 그의 앞에 가부
좌를 틀고 앉아 있는 송장 한 구가 있었다. 죽은 지 이미 몇 날
며칠이나 되어 수분이 다 빠져버린 듯이 혈색 하나 없는 창백
한 얼굴은 골격의 윤곽조차 너무도 선명하여 해골의 형상이나
진배없었다. 희미한 호흡조차 느껴지지 않았으므로 만약 좀
전의 목소리가 아니었다면, 그리고 그때 마침 해골 형상이 힘
겹게 눈을 뜨지 않았다면 철민은 정말로 송장인 줄로만 알았
을 것이다.

참담한 형상에도 불구하고, 그리고 비록 이전의 차갑고도
날카로움은 잃었어도 까마귀늙은이의 눈빛은 전에 없이 맑았
다.

'아무리 악한 자라도 죽을 때가 되면 선하게 변한다.'

철민이 그런 말을 문득 떠올리는데, 까마귀늙은이가 힘겹게
물었다.

"지금 느낌이 어떠하냐?"

사뭇 애매하였다. 까마귀늙은이가 자신의 말로를 보는 느낌
을 묻는 것인지, 아니면 좀 전에 구벽외공의 사벽을 이루었다
는 소리를 하더니 그것에 대한 느낌을 묻는 것인지 확실하지
않았다. 그러나 어느 쪽이든 흔쾌히 대답하고 싶은 마음은 들
지 않아서 철민은 짐짓 말을 돌려 버렸다.

"어떻게 된 겁니까?"

까마귀늙은이는 힘없이 웃으며 대답했다.

"후후! 괴물에게 당했다."

"괴물이요?"

"노부가 키워낸 괴물, 바로 너다. 네가 노부의 기를 모조리 빨아가 버렸다."

"제가 기를 빨아갔다고요? 그게 대체 무슨 소립니까"

"흐흐흐! 노부의 계산 착오였다. 네가 그토록 수월하게 곧장 사벽으로 진입할 것이라곤 미처 예상하지 못하였다. 그랬기에 노부는 미처 진기를 갈무리할 틈도 없이 고스란히 네놈에게 흡수당하고 만 것이다."

"도대체 무슨 소립니까? 좀 알아듣게 얘기를 하십시오."

잠시 숨을 고른 까마귀늙은이가 문득 특유의 음산한 웃음소리를 내며 다시 말을 이었다.

"흐흐흐! 노부가 마지막으로, 네게 일러둘 것이 있다. 앞으로 네가 목숨을 유지해 가려면 절대적으로 필요한 두 가지 방도이니 너는 필히 명심해야 할 것이다."

점점 힘에 부쳐 하는 기색이 역력해하며 주절주절 늘어지는 까마귀늙은이의 얘기에 절로 인상을 찌푸리면서도 이제 곧 죽고 말 불쌍한 인생이라 생각하여 웬만하면 그냥 들어주려던 철민이었다. 그러나 늙은이의 그 말에는 저도 모르게 툭 반발하고 말았다.

"그런 거 없이도 혼자서 잘살아갈 수 있으니 쓸데없는 걱정 안 해줘도 됩니다."

까마귀늙은이가 한층 힘겨워하는 중에도 나직이 소리 내어 웃음을 흘리며 말을 받았다.

"흐흐흐! 잠자코 듣거라! 죽어가는 사람 말 들어두어서 손해 볼 일은 조금도 없을 테니 말이다. 첫 번째 방도는 더 이상 앞으로 나아가지 않는 것이다. 구벽외공의 진전 말이다. 그리만 하면 너는 적어도 구벽외공으로 인해 탈이 생기는 일은 없을 것이다."

"안 그래도 그럴 겁니다."

"흐흐흐! 그러나 명심해라. 너의 신공은 이미 사벽에 진입하였다. 사실은 노부로서도 그것을 추정할 수는 있을망정 확신하지는 못했었는데, 네가 노부의 기를 흡수해 간 것으로써 분명히 확신할 수 있게 되었다. 또한 원래 신공의 요결에서 이르는 바대로라면 그 진전은 무척이나 느리기에, 솔직히 좀 전까지만 해도 네가 사벽에 진입할 수 있다고 해도 결코 육벽까지는 이르지 못할 것이라고 생각했었다. 그러나 네가 이처럼 쉽사리 사벽에 진입하였으니, 육벽을 이루기까지의 시간 또한 상상 이상으로 짧아질지도 모르겠다. 사실 노부는 네가 가능하면 빠른 시일 내에 반드시 육벽의 단계에 도달하기를 바란다. 그리하여 노부가 말하려는 두 번째의 방도를 택하지 않을 수 없게 되기를 간절히 바란다."

까마귀늙은이의 그 말은 철민이 곧바로 이해하기는 아무래노 어려웠다. 다만 뭔가 좋지 않은, 그리고 심상치 않은 느낌이 있었기에 철민은 가만히 늙은이를 노려보았다. 늙은이는 희미하게 힘겨운 미소를 떠올리며 다시 말을 이어갔다.

"어쨌거나 이미 사벽에 진입한 만큼 이제부터 너는 드디어 기정을 흡수할 수 있게 되었다. 즉, 이제부터는 너의 의지와는 상관없이 어떤 계기가 생길 때마다 저절로 기정의 흡수가 이루어질 것이고, 그에 따라 신공의 진전 또한 저절로 이루어질 것이고, 그럼으로써 다시 기정의 흡수 능력이 더욱 커지는 선순환(善循環)의 과정이 계속될 것이란 뜻이다. 그러나 거기에는 치명적인 문제가 하나 있으니, 곧 언젠가 네가 육벽에 진입하게 되었을 때, 그때 너는 지극히 위험하면서도 도저히 통제할 수 없는 일단의 증상들을 겪게 될 것이다. 만약 네가 늦지 않게 칠벽의 단계로 진입하지 못한다면, 너는 인간으로서는 도저히 견디지 못할 엄청난 고통에 시달리다가 결국은 내력의 폭주로 인해 온몸이 산산조각 나고 마는 처참한 죽음을 당하게 될 것이다. 바로 그런 이유 때문에 육벽에서 칠벽으로 진입하는 과정에는 특별히 생사벽(生死壁)이라는 별칭이 붙는 것이다. 물론 방법은 있다. 곧 네게 얘기하고자 하는 두 번째의 방도가 그것이다.”

철민이 이윽고는 부르르 치를 떨고 말았다.

“크으! 지독한 늙은이! 죽어가면서까지 이처럼 지독한 심보를 품다니, 당신은 정말로 악독하기 짝이 없는 사람이다!”

그러나 까마귀늙은이는 오히려 빙그레 웃는 얼굴이 되었다. 아니, 이미 고통스럽게 일그러져 버린 얼굴을 그렇게 보이려고 더욱 찡그렸다.

“그때에 너를 살릴 방도란 오로지 구벽외공의 요결과 그것이 품고 있는 심오한 이치뿐이다. 노부는 이제 곧 죽을 것이다. 그러나 네게는 여전히 살아날 방도가 있다. 노부를 대신하여 너를 칠벽의 단계로 이끌어줄 사람이 있다는 말이다. 바로 노부의 손녀다. 이런 날에 대비하여 노부는 이미 오래전부터 그 아이에게 남길 모종의 안배를 준비해 둔 바 있으니, 이제 노부가 죽고 나면 천하에서 오직 그 아이만이 구벽외공의 구결을 알고, 그 이치를 완벽히 이해할 수 있게 될 것이다. 그럼으로써 오직 그 아이만이 너를 살릴 수 있을 것이며, 나아가 칠벽 이후의 각 단계마다 필요한 조치들을 네게 일러줄 수 있을 테니 너는 반드시 그 아이의 도움을 받아야만 하는 것이다."

철민이 마침내 참지 못하여 버럭 고함을 질렀다.

"그만두시오! 당신으로도 모자라 이제 당신의 손녀에게까지 내 인생을 휘둘리게 만들려는 수작인 모양인데, 흥! 그런 유치한 수작 따위에는 조금도 관심이 없으니 미련 거두고 곱게 저승으로나 가시오!"

그러나 까마귀늙은이는 나직이 소리 내어 웃으며 말했다.

"흐흐흐! 애송아, 인생이란 결코 생각대로만 되는 것이 아니란다. 노부의 인생이 그러했던 것처럼 이제부터의 너의 인생 또한 어찌 될지 누가 알겠느냐?"

그리고 까마귀늙은이는 몹시도 힘겨운 몸짓으로 소매 속에서 무언가를 꺼내서는 자신의 무릎 위에 올려놓았다. 손바닥 반만 한 크기의 옥패(玉佩)였다.

"이것은 노부의 손녀만이 알아볼 수 있는 신물이다. 언젠가 마음이 바뀌거든 수호천(守護天)으로 가서 그 아이에게 전하거라! 그리만 하면 그다음의 모든 일은 그 아이가 알아서 할 것이다. 위려려(威慮慮). 결코 잊지 마라. 그 아이의 이름이다.”

철민이 더 이상은 상대할 가치조차 느끼지 못하여 차라리 고개를 돌리고 마는데, 까마귀늙은이가 문득 허리를 꼿꼿이 세웠다. 그리고는 위쪽을 향하며 힘껏 부르짖었다.

“하늘이시여! 노부가 지은 악업(惡業)이 참으로 크니 십팔층 지옥으로 떨어진다 해도 결코 원망하지 않을 것이나, 다만 이 세상에 남기고 가는 마지막 비원(悲願)만큼은 반드시 이루어지도록 도와주소서!”

뒤이어 까마귀늙은이는 크게 웃음소리를 토해냈다.

“으하하하!”

그러나 이어지지 못하고 중간에,

“끄으으……!”

하는 소리로 끊겨 버렸다. 그리고 부릅뜬 두 눈으로 까마귀늙은이는 그렇게 숨이 끊어져 버렸다.

철민은 한동안이나 꼼짝 않고 그 자리에 가만히 앉아 있었다. 얼마나 그러고 있었을까? 한순간 문득 애잔한 마음이 들기에 그는 가만히 손을 뻗어 늙은이의 부릅뜬 두 눈을 감겨주었다.

연민이런가? 증오와 정은 마치 동전의 양면과 같다더니, 그에게 그토록 가혹한 고통을 겪게 하고 숱한 죽음의 순간들을 넘나들게 만들었던 지독한 늙은이건만, 철민의 마음 어느 한 구석에는 자신도 모르는 사이에 한 가닥의 연민이 생겨 있었던가?

철민은 천천히 일어나서 늙은이의 참담한 주검을 향해 고개를 숙였다.

18

철민은 나지막한 구릉 위에 서서 지나온 쪽을 돌아다보고 있었다. 달빛도 없는 캄캄한 밤. 뒤쪽 먼데쯤의 한곳이 환하게 밝았다. 빛은 어두운 하늘을 붉게 물들이며 타오르고 있었다. 불길이었다. 이처럼 먼 곳에서도 저와 같이 환하게 빛날 정도이니 꽤나 큰 불일 터였다.

환한 곳은 용사투장이었다. 혼자서는 처음으로 나와보는 세상이니 어디가 어디인지 알 수 없는데다, 더욱이 칠흑같이 어두운 천지를 한참이나 정신없이 내달려온 처지에 철민이 저 멀리 환한 빛이 나는 곳이 바로 용사투장인 줄을 어찌 알랴만, 그 큰 불길이 바로 그가 놓은 것이기에 알 수 있는 것이다.

도망치기 위한 틈을 만들 요량만은 아니었다. 까마귀늙은이의 시신을 그대로 놓아둘 수 없었기에 늙은이의 인생이 얼마나 한스러운 것이었는지 크게 공감하는 바는 없었지만, 이쨌든 기왕에 이승을 떠나는 마당인데 남기고 가는 한(恨)은 없도록 해주고 싶었다. 그리하여 몰래 창고에 들어가 기름통을 가져다 늙은이의 주검이 앉은 주위에다 가득 붓고는 불을 놓은 것이었다.

철민이 오래 감상에 젖어 있을 형편은 아니었다. 까마귀늙은이의 말대로라면 곧 그에 대한 추격이 시작될 것이니, 그는 이 어둠을 틈타 조금이라도 더 멀리 도망을 쳐야만 했다.

"지독한 늙은이, 끝까지 사기를 치다니! 하여간 징글맞다, 징글맞아."

다시 걸음을 재촉하면서 철민은 나직이 투덜거렸다. 그러나 결코 원망이 아닌, 다분한 안도의 발로였다. 늙은이가 사벽에 진입을 했네 마네 해가면서 그에게 무슨 대단한 일이라도 벌어진 것처럼 '썰'을 풀어놓더니, 철민은 막상 자신의 몸에서 무슨 대단하기는커녕, 조금이라도 특별하다 싶은 변화의 낌새조차도 느낄 수가 없었다.

그러나 그는 몰랐다. 상상조차 하지 못했다. 그의 몸에 '무슨 변화의 낌새조차' 없을지라도, 그러나 그는 이미 커다란 변화의 와중에 서 있다는 것을. 그의 뜻과는 전혀 무관하고, 또한 그로서는 상상도하지 못할 거대한 변화가 그 자신뿐만이 아니라 그를 둘러싼 세상에서도 서서히, 아주 서서히 일어나기 시작했다는 것을.

바로 강호라는 세상에서.

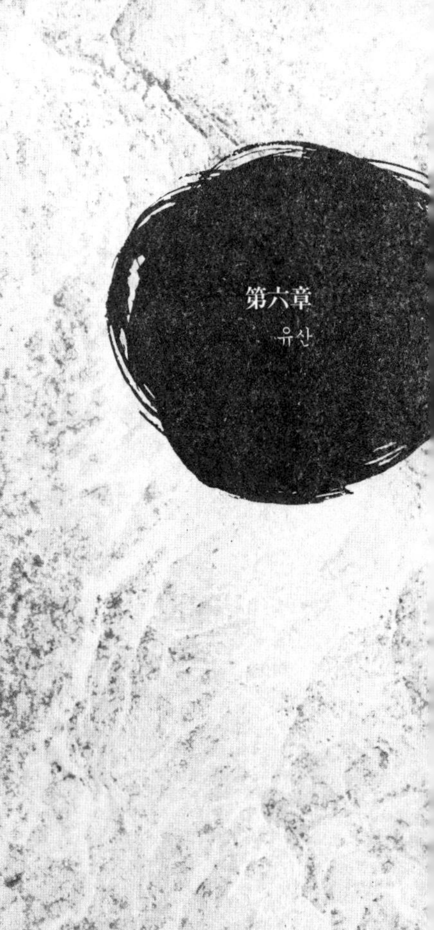
第六章
유산

몽상가

빠바밤! 빠바밤! 빠바바바바밤!

요란스럽다 못해 아주 발악을 떠는 알람 소리에 한영주는 겨우 잠에서 깼다. 머리맡을 더듬어 핸드폰을 집고 잘 뜨여지지 않는 눈으로 시계를 보니 오후 세 시 이십 분.

세 시부터 오 분 간격으로 알람을 설정했으니 이제쯤에는 핸드폰이 발악을 떨 만도 했다. 겨우 침대에서 빠져나와 화장실로 향하는데, 머리가 깨질 듯이 아팠고 속은 속대로 울렁거렸다. 어젯밤 죽자고 퍼마신 술 때문이다.

다른 때 같았으면 아직 일어날 엄두를 내지 못했을 터인데, 오늘은 억지로라도 몸을 추슬러야만 했다. 오늘 저녁은 오랜만에 가족들이 다 모이는 저녁 식사 자리가 예정되어 있는 날이기 때문이다.

쏴아아!

샤워기에서 쏟아지는 미지근한 물세례 속에서 한참을 서 있은 다음에야 겨우 정신이 좀 돌아오는 듯했다. 머리를 감고 온몸에 비누 거품을 입히며 간밤의 기억을 떠올리다가 그녀는 저도 모르게 문득 중얼거리고 말았다.

"미친년!"

생각할수록 참으로 한심했다. 그리고 오그라들도록 유치했다. 그녀 스스로가 말이다. 스물여섯 살. 사춘기 소녀도 아닌데 아버지의 방식이 마음에 들지 않으면 능력을 보여주고 인정받아야 할 일이지, 기껏 유치한 반항 흉내로 관심과 동정이나 이끌어내려고 하다니.

2

명절 빼고 나면 일 년에 서너 번이나 되려나? 가족이 다 모여 앉은 식사 자리 말이다. 이번만 해도 아마 서너 번은 예정됐다가 그때마다 무슨 이유가 생겨 무산된 끝에 겨우 성사가 되었다. 가족이래야 아버지와 두 오빠, 그리고 그녀가 전부였지만 왜 그렇게 한 자리에 모이기가 어렵든지. 그녀의 가족들이 무척이나 바쁜 사람들이기 때문이다. 물론 한영주, 노는 여자인 그녀만 제외하고 말이다.

그녀의 아버지는 우리나라 재계 서열 오 위인 대성그룹의

한석호 회장이고, 두 오빠인 한승헌과 한승규 또한 이제 마흔
과 서른 후반의 나이에 벌써 그룹의 총괄 조직과 산하 계열사
에서 중요한 보직을 차지하고 있는, 그래서 대단히 바쁘지 않
을 수 없는 사람들이었다.

　"D 불스의 처리 방향에 대해 말들이 많더군."
　식사 후에 한 회장이 슬쩍 던진 말머리는 그룹 소유의 야구
단에 대한 것이었다. 한영주는 곁눈질로 오빠들을 살폈다. 두
사람의 얼굴에 엷은 긴장이 스쳐 가는 것을. 한 회장은 이런
가벼운 얘기에서도 언제나 사람들을 평가하려 하였고, 가족들
간의 자리에서도 그건 예외가 아니었다.
　더욱이 한 회장은 작년에 갑작스럽게 폐암 진단을 받은 적
이 있었는데, 다행히 평상시 철저한 검진 관리를 받은 덕분으
로 초기에 발견을 하였고, 적절한 치료를 받을 수 있었다. 그러
나 이미 칠십을 코앞에 바라보고 있는 한 회장은 그 일을 계기
로 해서 본격적으로 후계를 준비해야겠다는 생각을 한 모양이
었다.
　좀 더 일선 실무직에 두어 경영의 밑바닥부터 배우게 하겠
다던 두 아들을 금년 인사 시즌에 각기 중요 보직의 임원 급으
로 끌어올린 것만 보아도 그랬다. 그리고 최근 들어서는 부쩍
두 아들의 능력을 비교하여 평가하는 듯한 모습을 자주 보였
다. 그러니 그의 두 아들이 매사에 긴장하는 것은 당연했다.
대성그룹의 후계를 결정하는 과정인 것이다.

"야구계의 반발이 예상했던 것보다도 심한 것 같습니다."

한승헌이 저음의 목소리로 담담히 언급을 했고, 그것에 대해,

"그러나 야구단의 규모에 비해 매년 누적되는 경영 적자는 심각한 지경이니 더 이상 그런 식의 운영을 계속해 갈 수는 없는 일입니다."

하고 슬쩍 따라 붙이는 한승규의 말투는 상대적으로 강하고 딱 부러지는 데가 있었다.

한승헌은 평소 과묵하달 정도로 신중하고 차분한 성격이었다. 일찍 어머니를 여읜 한영주가 어렸을 때는 그런 큰오빠에게 든든한 정을 느껴 많이 따랐는데, 나이가 들면서 언제부터인가는 소원해지고 말았다.

한승규는 한승헌의 네 살 아래인데, 전형적인 엘리트 형으로 냉철하고도 스마트한 면모를 지니고 있었다.

두 사람의 의견은 자연스럽게 서로 대치되는 쪽으로 개진되고 있었다.

"누적 적자가 방치하기 어려운 수준인 것은 사실이지만, 그동안 야구단이 그룹의 이미지 제고에 기여한 공적을 평가해야 한다는 의견도 많습니다."

"지금은 그룹의 창립 40주년을 맞아 대대적인 경영 혁신을 단행해야 할 때입니다. 그렇다면 적자율에 있어 단연 최악의 경영 상태를 보이고 있는 야구단은 그룹 개혁의 의지를 대외에 선포하는 상징적인 의미에서라도 가장 먼저 청산해야 합

니다.”

“너무 성급한 접근은 여러 형태의 저항을 초래할 수도 있습니다. 우선 야구계의 강력한 반발이 예상되고, 더욱 우려되는 것은 그러한 반발이 다수의 야구팬들에게까지 전파되어서 의외의 저항에 부딪칠 수도 있다는 것입니다. 예를 들어 집단 불매 운동과 같은 형태 말입니다.”

“물론 그렇겠지요. 그러나 혁신이나 개혁에는 언제나 반발과 저항이 따르게 마련 아니겠습니까? 그런 사소한 부작용들을 우려하여 개혁을 미룬다면, 우리는 더 큰 손해와 기회의 상실을 맞게 될 것입니다. 경영에서 최고의 선은 누가 뭐래도 이익 아니겠습니까? 적자는 그룹의 임직원들은 물론, 수많은 주주들에게까지 손해를 끼치는 일이니, 경영 도의적인 측면에서라도 우리는 과감하게, 그리고 기왕 말이 나온 김에 가능한 신속하게 정리 절차에 들어가야만 합니다.”

“그러나… 막상 정리를 하기로 한대도, 매각이 과연 쉽게 이루어질는지도 꼼꼼히 따져 봐야만 합니다. 국내의 어느 야구단치고 적자를 완전히 면하고 있는 곳은 없습니다. 그것은 곧 어느 정도 자본 규모가 뒷받침되는 기업만이 야구단을 운영할 수 있다는 얘기가 됩니다. 그런데 우리를 포함해 현재의 여덟 개 구단을 소유하고 있는 기업들을 제외하고, 과연 어느 곳에서 선뜻 나서서 야구단을 인수하려고 할까요?”

“헐값에라도 내놓아야죠. 아니, 그래도 매입자가 안 나선다면 차라리 자진 청산이라도 하겠다는 각오로 이 건은 명확한 의지를 가지고 조치를 해야만 한다고 생각합니다.”

그때 두 아들이 차분한 중에도 나름 치열하게 이어가는 논쟁을 경청하고 있던 한 회장이,

“그만!”

하고 나직한 소리로 논쟁을 중지시켰다. 그리고는 잠시 생각을 정리하는 듯이 의자에 등을 기대고 앉아 지그시 두 눈을 감았다. 언뜻 듣기에는 한승헌은 야구단의 정리에 대해 반대의 의견을, 그리고 한승규는 정리를 해야 한다는 의견을 강하게 피력하고 있는 듯했다.

그러나 사실은 한승헌 또한 야구단을 정리해야 한다는 생각을 가지고 있으며, 나아가 한승규에 비해 오히려 더욱 구체적이고도 강력한 의지를 가지고 있다는 것을 한 회장은 알고 있었다. 나아가 그룹의 개혁과 혁신의 필요성에 대해서도 마찬가지였다.

한승헌은 과묵한 편이나 벌써 오래전부터 기회가 있을 때마다 그룹에 강력한 구조조정이 필요함을 일관되게 건의해 왔던 것이다. 그런 한승헌이 지금 야구단의 정리에 대해 언뜻 부정적으로 들리는 의견들을 제시하고 있는 것은, 아마도 그런 부정적인 측면을 잘 고려해야 하지만, 그럼에도 불구하고 야구단의 정리는 강행되어야만 한다는 보다 깊은 소신의 피력이리라.

사실 한승규가 하는 주장들은 다른 자리에서 한승헌이 한 회장에게 이미 피력한 바가 있는 얘기들이었다.

"그 친구하고는 잘돼가니?"

눈을 뜬 한 회장은 문득 엉뚱한 얘기를 꺼냈다. 한영주에게
건네는 말이었다. 한영주는 아버지의 기분이 나쁘지 않다는
것을 곧바로 눈치챘다. 또한 이럴 때 외동딸로서의 그녀의 특
권이 거의 백 프로 통하며, 그것이 아버지의 기분을 더욱 좋게
만든다는 것도 알고 있었다.

"뭐가요?"

시큰둥한 그녀의 대답에 한 회장 대신 한승규가 짐짓 인상
을 썼다. 그러나 한 회장은 빙그레 웃으며 다시 말했다.

"사귀는 것 말이다."

한승규의 인상과 아버지의 웃음에 그녀는 더욱 뾰로통한 체
를 했다.

"제가 사귀는 친구가 어디 한둘이어야죠? 그리고 자주 바뀌
기도 하는 바람에 아빠가 말씀하시는 그 친구가 누군지 잘 모
르겠어요."

한승규가 더는 못 봐주겠다는 듯이 도끼눈으로 끼어들었다.

"애가 지금? 너 아버지께 그게 무슨 말버릇이냐?"

그러나 한 회장은 여전히 웃는 얼굴로 한승규를 제지하고
다시 한영주에게 말을 건넸다.

"그래, 연애를 하는 친구를 사귀든, 또한 사업도 마찬가지겠
지만 젊을 때 할 수만 있다면 다양하게 경험해 보는 것도 나쁘
지는 않겠지. 허허허! 그리고 예전에야 남자 여자를 따졌지만
요즘이야 어디 그러니? 여자라고 결혼 전에 여러 남자 사귀지

말란 법은 없겠지.”

그러나 한 회장은 문득 정색을 했다.

“그러나 재경그룹의 자제와 교제하는 건은 좀 진지했으면 좋겠구나. 내가 알기로 그만한 청년도 드물거니와 또한 그쪽과 우리와의 인연도 꽤나 각별한 데가 있다고 할 수 있으니 말이다.”

그제야 한영주가 마지못한 듯이,

“예.”

하고 대답하자 한 회장이,

“허허허!”

웃으며 다시 물었다.

“그 친구 나이가 올해 서른둘이라고 했던가? 나이가 찰 만큼 차서 그런지 얼마 전 전경련 모임에서 그쪽 이 회장을 만났는데 혼사 얘기를 다시 꺼내더라. 뭐 그렇다고 일부러 서두를 것은 없지만, 그래도 혼사라는 것이 기왕에 얘기가 나온 마당이라면 너무 늦추어서 좋을 일은 또 없는 법이다. 정히 시간이 필요하다면 약혼부터 해놓고 나서 다시 한동안 진지하게 교제를 해본 후에 결혼을 하는 방법도 있을 테고……”

한영주는 다시 투정하는 투로 되었다.

“정작 당사자들은 그동안에 몇 번 만나지도 못했는데, 어른들끼리 자꾸 그런 식으로 앞서가니까 저는 오히려 진지하게 교제해 볼 생각이 싹 사라지는걸요?”

한승규가 다시금 핀잔을 주었다.

"너도 이제부터는 고삐 풀린 망아지마냥 밖으로만 나다니지 말고 얌전히 시집갈 준비도 좀 하고 그래라. 요리학원 같은 데도 좀 다니고 말이야."

한영주가 짐짓 매섭게 작은 오빠를 쏘아보던 중에, 문득 즉흥적으로 떠오르는 생각이 있기에 한 회장을 향해 물었다.

"그런데 아까 하시던 야구단 말씀들은 다 하신 거예요?"

엉뚱하다 싶었던지 한 회장이 가볍게 웃으며,

"왜? 너도 그 건에 대해 무슨 할 말이라도 있니?"

하고 묻는데, 한승규가 슬쩍 끼어들며 면박을 주었다.

"너 야구가 몇 명이서 하는 줄이나 아니?"

"흥!"

한영주가 차갑게 코웃음부터 치고 보았지만, 그녀가 야구에 대해 문외한인 건 사실이었다. 그러나 자꾸만 걸고넘어지는 한승규 때문에라도 그냥 넘어갈 수 없다는 반발이 생기기에 기억을 떠올려 두기는 하였으되 미처 정리는 되지 않은 말들을 불쑥 쏟아내고 말았다.

"야구단이 창출하는 가치는 단순히 경제적 논리로 적자 흑자를 따질 수는 없는 거대한 무형의 효과에 있는 것이죠. 그런 차원에서 단순히 적자 누적을 이유로 쉽게 야구단을 버리려는 것은 좁고 단순한 손익 논리에서 나오는 단견이요, 더 나아가 보다 큰 의미에서의 경영 철학의 부재에서 나오는 참으로 치졸한 처사라고 비난받기에 딱 좋다고 생각해요. 그런 점들을 생각하지 않고 성급히 야구단의 매각을 단행한다면, 그 결과

로 우리 대성그룹은 금전적 가치로는 따질 수 없는 막대한 손
해를 감수해야만 할 거라고 생각해요."

한영주가 자신의 입으로 뱉어냈으면서도 막상은 무슨 말인
지 이해가 안 되는 말들이었다. 그런 중에도 신기한 것은 그
몇 마디 말이 이상할 정도로 단어 하나하나까지 생생하게 떠
올랐다는 점이다. 바로 어젯밤 우연히 만났던, 함께 겪은 우여
곡절이 파란만장했던 것치고는 이름도 알지 못하고 헤어진,
어떤 사내가 취중에 늘어놓은 말이었다.

"오호? 제법? 시간이 있다면 좀 더 들어보고 싶은 마음이 생
기는걸."

한 회장은 짐짓 기특하다는 듯한 반응이었다. 물론 귀여움
의 표시였겠지만, 한영주는 내친김에 한 걸음을 더 나가보기
로 했다.

"그냥 립 서비스로 하는 말씀은 아니시죠? 아빠가 정말로
제 의견을 더 들어보시겠다면, 제게 시간과 비용을 조금만 주
세요. 그러면 아주 괜찮은 의견으로 다듬어서 정식으로 보고
를 드릴게요."

쌩끗 애교를 담은 그녀의 말에 한 회장은 기꺼이 받아들인
다는 제스처를 취했다.

"흠? 정식 보고란 말이지? 하하하! 좋다. 그래, 시간과 비용
을 달라니, 얼마나 줄까?"

"일단 시간은 한… 일주일 정도? 그리고 비용은 나중에 정
산하여 청구하도록 하죠."

한승규가 다시 픽 웃으며 태클을 걸었다.

"야야! 인터넷으로 한 십 분만 뒤지면 다 나오는 건데 뭔 일주일에다 비용 정산이냐? 용돈이 궁하면 그냥 그렇다고 해라. 이 오빠가 오랜만에 좀 하사하마!"

"흥! 인터넷으로 뒤져 봐야 지금 오빠들이 한 얘기 이상 안 나올 텐데, 그럴 거면 내가 굳이 이 일을 왜 해? 일단 하기로 했으니 내 발로 직접 뛰어서 제대로 할 거야. 두고 보라구."

한 회장이 흔쾌히 고개를 끄덕이며 편을 들었다.

"좋다! 어쨌든 막내의 그 말은 참으로 마음에 든다. 그래, 일주일간의 시간을 주지. 어디 우리 막내가 얼마나 잘하는지 이번 기회에 한번 기대해 보도록 하마."

그런데 그 말에 대해 그녀는 순간적으로 어떤 반발을 느꼈다.

"만약에 제가 다듬어서 보고드리는 내용에 타당성이 있으면요? 그때는 어떻게 하실 건가요?"

"응? 어떻게 하다니?"

"기껏 열심히 발로 뛰고 머리를 짜내서 좋은 의견을 만들었는데, 그저 거기에 든 비용이나 정산받고 아빠의 칭찬을 듣는 것으로 끝난다면 제가 재롱 피운 것밖에 더 되나요?"

늦둥이 외동딸의 대도에서 평상시에는 보지 못한 깁요함을 발견하고 한 회장은 문득 가벼운 호기심을 떠올렸다.

"호? 그럼 이 아빠가 어떻게 해주길 바라니? 물론 네가 보고하는 의견이 정말로 타당성이 있다는 가정하에서 말이다."

막상 그렇게 물으니 한영주는 말문이 콱 막히는 느낌이었다. 그러나 이내 뭔가 억눌려 있던 것이 터져 나오듯 즉흥적인 말이 불쑥 튀어나오는 것이었다.

"제가 한번 맡아보고 싶어요."

"맡다니? 뭘? 허! 설마 야구단을 말이냐?"

"전에 아빠가 그러셨잖아요? 언젠가 적당한 기회가 오면 오빠들처럼 저도 일선에서 경영 공부를 할 수 있는 기회를 주신다고요."

한 회장의 얼굴이 언뜻 정색으로 변했다. 그것을 보고 한승규가 재빨리 한영주를 질책했다.

"야! 너 그쯤 해둬라, 응? 재롱이 너무 지나치다!"

그 말에 한영주가 오히려 벌컥 하고 말았다.

"오빠한테는 지금 내 말이 재롱으로밖에 안 들려?"

뾰족하게 올라가는 그녀의 목소리에 정말로 화가 담긴 것을 보고는, 한승규가 슬쩍 아버지의 눈치를 살피며 슬그머니 입을 닫아버렸다. 아버지 앞에서 괜히 그녀와 날 선 언쟁을 벌여서 좋을 일이 조금이라도 있을 턱이 없었다. 그러고 보니 한승헌은 아까부터 내내 한마디도 끼어들고 있지 않고 있었다.

한영주는 마침 잘 터졌다는 심정으로 그동안 속으로만 쌓아두었던 불만들을 터뜨려 냈다.

"사실 우리 집은 남녀 차별이 너무 심해요. 지금이 무슨 조선시대도 아닌데 말이죠. 그렇지 않나요? 오빠들한테는 일찍부터 경영에 참여해 보라고 다양한 기회를 주셨으면서도 제게는 아직까지 한 번도 기회를 주지 않으셨잖아요?"

한 회장이 이윽고는 다소간 당황한 빛이 되고 말았다.

"허허! 이 녀석이 점점? 아, 이 녀석아! 그것이야 네가 아직 나이가 어려서 그런 것이지… 허허! 아무튼 그런 소리 하지 마라. 나중에 네게도 적당한 사업 분야를 물려줄 생각은 벌써부터 하고 있었다. 나중이 아니라 결혼만 한다면 당장에라도 사위 녀석에게 그쪽의 경영을 맡겨볼 수도 있는 일이다."

그러나 내친김이라는 듯이 한영주의 뾰족함은 쉽게 수그러지지 않았다.

"그것 보세요? 제게 물려주실 거라면 제가 경영을 맡기셔야지, 왜 사위에게 맡기신다는 거예요?"

"허허허! 이것 참! 네가 무엇에 불만을 가지는지는 알겠다만… 이 녀석아, 사업을 한다는 것이 어디 그렇게 간단하다니?"

"그러니까 아빠가 절 모르신다는 거예요. 아니, 한번 제대로 알려고 해보신 적도 없으시죠? 제가 오빠들보다 못한 게 뭐가 있나요? 오히려 오빠들보다 더 명문 소리 듣는 대학에서 경영학을 전공했고요, 유학 가서 더 우수한 성적으로 MBA도 땄어요. 그런데 여자란 거 빼고 제가 오빠들보다 못한 게 뭐가 있나요?"

"허! 이 녀석이 오늘 제대로 뿔이 났구나."

짐짓 도움을 청한다는 듯이 돌아보는 아버지의 모습에 한승헌은 쓴웃음을 짓고 말았다. 늘 그랬다. 아들들에게는 엄격하면서도, 늦둥이 딸에게는 한없이 약하기만 한, 특히나 어머니 돌아가시고 난 뒤에는 한영주에게 단 한 번도 큰 소리를 낸 적이 없는 아버지였다.

"그래, 영주 네 말이 맞다. 시원찮은 우리보다야 네가 항상 나았지. 어렸을 때부터 얼마나 똑 부러졌었니?"

과묵한 성격임에도 애써 어린 여동생의 비위를 맞춰보려고 나서는 장남의 말에 기대어 한 회장이 다시금 슬쩍 늦둥이 딸을 타일렀다.

"허허허! 기업을 경영한다는 것은 학교 공부나 학위 따는 것과는 많이 다른 데가 있는 것이란다. 그냥 어렵기만 한 것이 아니라, 때로는 보통 배포와 배짱으론 감당해 내기 어려울 만큼 거칠고 흉악스럽기까지 해서, 특히나 여자들이 경영을 한다는 것은 결코 쉽지가 않단다."

사실 한영주가 야구가 몇 명이서 하는 경기인지도 모르는 터에 야구단의 운영에 대해 정말로 무슨 참신한 아이디어 같은 게 있을 턱은 없었다. 다만 딸인 자신은 그룹의 경영 내지는 후계 문제와 아주 무관하다는 식의, 지금까지의 암묵적인 소외에 대해 오늘 문득 반사적으로 약간의 반감이 표출되었을 뿐이다. 그리하여 그녀도 아주 없는 존재가 아니라는 것을, 나아가 엄연히 이런 종류의 논의에 낄 수 있는 능력과 자격이 있다는 걸 알게 해주고 싶은 마음일 뿐이었다.

어쨌거나 부자가 함께 나서서 비위를 맞추려고 하는 판에 계속 성질을 부리고 있을 수는 없어서 한영주가 슬며시 수그

러지는 체를 했다. 다만 기왕에 내세운 주장을 단번에 꺾고 말기에는 모양새가 또 그래서,

"그러니까 이번에 제가 보고드리는 내용을 보시고 나서 이 정도면 한번 맡겨볼 만하다 싶으시면 그때는 제게 야구단을 맡기시면 되잖아요."

하고 한풀 꺾인 목소리로 말하였는데, 그야말로 그냥 한번 부려보는 다 큰 늦둥이 딸의 오랜만의 어리광이요, 고집일 뿐이었다.

한 회장이 또한 짐짓 흔쾌한 양 한바탕 웃음소리로,

"하하하하! 알았다, 알았어! 어디 한번 열심히 해보아라! 이번 기회에 탁월한 능력만 보여준다면 그깟 야구단이 문제겠느냐? 내 당장에 그룹의 주력 사업 중에서라도 하나를 떼서 네게 맡기마."

하고는 두 아들에게 눈을 찡긋거리며 짐짓 동의를 구했다.

"너희들도 이의는 없겠지?"

그에 한승헌과 한승규가 하릴없이 웃으며,

"예, 그렇습니다!"

"맞습니다!"

하고 시원스레 대답을 했다.

3

이준혁은 대한민국 재계 서열 9위인 재경그룹의 후계자다.

그가 한영주와 만나게 된 데에는 그의 외조부와 대성그룹의 한석호 회장이 과거에 맺은 작은 인연이 계기가 되었다고 한다.

그러나 이준혁은 이미 서너 번째를 만나면서도 한영주에게 별다른 감정을 느끼지 못해 그저 무덤덤하기만 했다. 딱히 그녀가 마음에 들지 않아서는 아니었다. 사실 한영주 정도라면 어디에 내놓더라도 빠지지 않는 여자였다. 탤런트 급의 늘씬하고 아름다운 외모와 MBA 자격이 대변하는 자랑할 만한 학력, 더욱이 대성그룹의 딸이라는 배경이면 그야말로 최고의 자격을 갖춘 신붓감인 것이다.

문제는 그가 아직까지 결혼에 대해 생각이 그다지 없는데다, 그렇다고 여자에 대해 크게 관심을 가지는 취향도 아니라는 점이었다. 그러니 그냥 집안에서 만나보길 권하고, 특히 근엄하면서도 어릴 때부터 유독 그를 사랑해 주시던 외조부께서 만들어주신 만남이라니 딱히 마다하기가 어려워서 시작된 교제일 뿐이었다.

한영주와의 첫 만남에서 그녀 또한 결혼에는 아직 별 관심이 없고 자신과 비슷하게 집안에서의 반 강요로 인해 나오게 되었음을 알게 되었고, 그것으로 인해 두 사람은 차라리 금방 편하게 얘기를 주고받을 수 있는 사이가 되었다. 올해 서른둘인 그가 여섯 살이 많았으니 자연스럽게 오빠 동생 해가면서 말이다.

"오빠, 야구 좋아하세요?"

한 달 넘어 만에 만난 자리인데, 마주 앉자마자 안부도 묻기 전에 불쑥 묻는 한영주의 말에 이준혁은 짐짓 시큰둥한 체 반문했다.

"야구?"

사실 타고난 만능 스포츠맨이라고 불리는 이준혁이었지만, 유달리 구기 운동 쪽에는 별로 관심이 없었다.

"뭐 그렇게 좋아하는 건 아닌데……."

하고 이준혁이 적당히 얼버무리려는데 한영주는 재빠르게 다시 말을 꺼내고 있었다.

"요즘 야구 판이 참 재미있게 돌아가고 있는 것 같지 않아요?"

그로부터 한영주는 계속 야구 얘기였다. 각 프로구단들의 성적에서부터, 주요 선수들의 개인 성적에 이르기까지 막힘없이 얘기를 이어가는데, 여자치곤 별나다는 생각이 들 정도로 각종 야구 상식과 경기 주변 얘기들까지도 훤히 꿰고 있는 것 같았다.

부르르르!

한영주의 야구 얘기가 점점 더 열기를 더해가는 중에 그녀의 핸드백 속에서 유대전화의 진동음이 울렸다.

"어? 별일이네? 이 얼음덩이 양반이 나한테 전화를 다 하고? 우리 작은오빠예요!"

한영주는 양해 대신에 이준혁에게 살짝 애교 섞인 표정을 지어 보이며 전화기 폴더를 펼쳤다.

"오빠! 예? 아빠가… 아빠가요?"

4

청천벽력이라고 하더니 응급실로 달려간 한영주가 대한 것은 아버지의 싸늘한 주검이었다. 사인은 급성심근경색이라고 했다. 회장실 응접 세트에 쓰러져 있는 아버지를 비서가 발견했을 때는 이미 의식이 없었다고 한다. 곧바로 병원 응급실로 옮겼으나 의사로부터 이미 사망했다는 확진을 받았다. 작년 초기 폐암의 치료를 받고 난 뒤로 매달 건강 체크를 받는 등 각별히 주의를 기울여 왔고, 앞으로 이십 년은 끄떡없다고 웃으며 장담하셨던 아버지다. 그런데 난데없이 심근경색이라니…….

어느 틈에 알려졌는지 응급실 바깥에는 언론 매체들이 몰려 들어 있었고, 그들을 통제하려는 회사 관계자들과 그 밖의 수많은 사람들로 인해 응급실 주변은 북새통을 이루고 있었다. 그러나 한영주는 그 모든 것들이, 심지어는 아버지의 죽음조차도 자신과는 무관하게 아주 동떨어진 세상에서 일어나고 있는 일들만 같았다.

그녀의 멍한 시선 속에서 장례식장이 꾸며지고, 화환들이 계속해서 들어오고 자리를 다퉈가며 길게 줄지어 배치되었다. 바쁜 발길과 손길들이었지만, 그 어느 것에서도 슬프다는 느

낌은 나지 않았다. 수많은 조문객들, 그리고 누가 누구인지도
모를 사람들이 무시로 무수히 던지는 위로의 말들. 와중에 가
까이에서, 멀리서 간간이 터지는 플래시의 불빛들이 그녀의
눈을 아리게 만들었다.

5

　며칠이 가는지 알지 못하는 사이에 장례는 끝이 났다. 이상
하게도 슬프기보다는 길고 힘겹다는 느낌만 들었던 과정이다.
그리고 그 모든 소란들이 다 사라지고 난 뒤 혼자 남았을 때,
그때에서야 그녀의 몸속 깊숙이 꼭꼭 숨어 있었다는 듯 슬픔
들이 몸 밖으로 비집고 나왔다.
　장례 기간 내내 제대로 나오지도 않던 눈물이 그제야 눈물
샘이 터지기라도 한 듯이 주체할 수 없도록 쏟아져 내렸다. 아
무 소리도 뱉지 못하던 목구멍이 그제야 터진 듯이 가슴 저미
는 통곡이 터져 나왔다.

6

　장례가 끝난 뒤 한 달여 동안, 그녀는 혼자만의 세계에서 지
냈다. 집안일을 맡아 해주시는 아주머니 외에는 누구와도 만
나지 않았고, 아무에게도 연락하지 않았다. 그리고 누구도 그
녀를 찾지 않았다. 세상에 남은 단 두 명의 혈육조차도.

장례를 치르자마자, 아니, 아버지의 죽음이 확인된 그 순간
부터 그녀의 두 오빠는 이미 치열한 대치 구도로 들어가 있었
다. 장례식장에서 조문객들을 맞이하는 중에도 각자의 측근들
에 둘러싸였고, 그럼으로써 서로의 거리를 천리만리로 벌려
가는 듯이 보였다. 그런 그들에게 경쟁자로 생각하지 않는 막
내 여동생까지 신경 써줄 여유가 조금이라도 있을 리는 없었
다. 그렇게 가장 외로운 때를, 무서울 정도로 외로운 때를 그녀
는 혼자서 버텨내야만 했다.

7

언론 매체들은 대성그룹의 후계가 안개 속처럼 불투명하다
고 보도하고 있었다. 한석호 회장이 미처 후계 구도를 확정 짓
지 못한 상태에서 갑작스러운 죽음을 맞이한 때문이라고 했
다. 한 회장이 가지고 있던 그룹 계열사들의 지분, 곧 유산이
어떻게 배분되느냐에 따라서 향후 대성그룹의 경영 주도권 향
방이 결정될 것인데, 한 회장의 유언이 없었던 것으로 추측되
고 있는 이상 자식들 간에 유산 다툼이 벌어질 가능성이 컸다.
만약 그 다툼이 원만한 해결을 보지 못하고 자칫 지루한 법정
공방으로까지 가게 된다면 대성그룹 전체가 중대한 경영 혼선
과 공백을 맞이하게 될 수밖에 없을 것이라고 분석했다. 더하
여 형제들 간의 나눠 먹기로 인한 대성그룹의 해체 가능성을
거론하는 섣부른 전망까지 내놓는 매체도 있었다.

　그러나 그토록 무성한 말들과 추측들은 대성그룹의 법률 자문을 맡고 있는 법무법인에서 한 회장의 공증유언장을 공개하면서 단박에 정리가 되었다. 유언장의 골자는 장자(長子)인 한승헌이 대성그룹의 회장직을 승계하여 그룹의 경영을 총괄하고, 차남 한승헌에게는 기왕에 관여하고 있던 건설 사업의 경영을 맡도록 하라는 것이었다.

　사실 법무법인의 대표 변호사는 한 회장이 사망하자마자 한승헌에게 공증유언장이 있음과 그 내용까지를 알렸다. 그러나 한승헌은 세간의 온갖 추측과 루머가 난무하는 가운데서도 그 사실을 한 달여 동안이나 일절 함구시켰다. 그리고 예상되는 반발과 혼선, 그리고 여타의 문제점들에 대한 전반적인 대책을 차분히 강구한 다음에야 유언장을 공개함으로써 일거에 모든 혼란과 잡음을 종식시킨 것이다.

　그러한 한승헌의 신중함과 용의주도함은 재계의 호평과 긍정적인 평가까지 이끌어냈다. 그럼으로써 그는 선대 회장의 갑작스러운 부재라는 그룹의 중대한 위기를 유연하게 넘겼을 뿐만 아니라, 향후 그룹을 이끌어 나갈 총수로서의 자질과 능력을 스스로 입증하고 대내외에 과시한 셈이 되었다.

0

　한승헌이 대성그룹의 회장직에 공식적으로 취임한 뒤 얼마 안 있어 한승규는 그룹의 모태가 되는 건설 사업을 바탕으로 한 제2의 창업을 주창하며 계열사 세 개를 한데 묶어 독자적 경영을 선언했다. 사실상 그룹에서의 분리를 선언한 것인데, 그럼으로써 그와 한승헌 두 형제 간에는 다시 메우기 어려운 깊은 골이 파이고 말았다.

9

마흔의 젊은 나이에 대성그룹을 이끌게 된 한승헌 회장은 경영의 첫 삽으로 본격적인 그룹 구조조정에 착수했다. 그룹 구조조정이라는 카드는 신임 회장으로서의 그의 위상 강화를 위한 가장 강력하고도 효과적인 방법이 될 것이다.

물론 상황이 이처럼 급박하게 도래하리라고 예상하고 있었던 것은 아니지만, 선대 회장 시절에 그룹 총괄 본부 직속으로 그룹혁신추진본부라는 특별 조직의 신설을 주도하고, 그 조직에 강력한 파워를 부여하여 그룹 산하의 전 계열사에 대해 사업 부문별로 최근 몇 년간의 실적과 향후 비전에 대한 평가 분석을 실시하도록 드라이브를 걸어왔던 것도 사실은 그였다.

그러한 일들이 다 대대적인 그룹 구조조정을 추진하기 위한 사전 정지 작업이었으니만큼, 이제 본격적으로 그의 의지를 실행하는 일만 남은 것이다.

그런데 뜻하지 않은 변수가 하나 생겼다. 물론 무시하고자 하면 가볍게 무시해 버릴 수 있는 작은 변수일 뿐이었으나, 한승헌 회장이 선뜻 그러지 못하는 것은 그것이 바로 그의 막내 여동생 한영주가 일으킨 변수이기 때문이었다.

그녀의 터무니없는 요구는 바로 그가 야심차게 내놓은 그룹 구조조정의 방향 중에서, 금전적인 효과는 미미하다고 할 것이나, 그 상징적 의미는 결코 작다고 할 수 없는 야구단 청산에 대한 것이었다. 그녀는 심지어 아버지의 유언이라고까지 억지를 내세우며 야구단의 구단주가 되겠다고 터무니없는 억지를 피우고 있는 것이었다.

"야구단은 아빠가 나한테 맡아보라고 하셨던 거잖아?"

비서들의 제지 따위는 콧방귀 한 방으로 제쳐 버리고 회장실 문을 박차고 들어선 한영주가 대뜸 따지듯이 내놓은 첫마디였다.

한승헌 회장은 어쩔 수 없이 쓴웃음을 짓고 말았다. 비약도 이런 비약이 없었고, 억지도 이런 억지가 없었다. 그러나 무작정으로 떼를 쓰는 막둥이 여동생에게,

'그때 아버지께서 하신 말씀은 그런 게 아니었잖니?

하는 식의 차분한 사실 확인이 통할 리는 없었고, 그렇게까지 할 생각도 없었다. 한영주의 손을 잡아끌어 일단 응접 세트에 앉히고 나서 한승헌 회장은 부드럽게 말을 꺼냈다.

"그렇지 않아도 적당한 시점이 되면 네 몫에 대한 정리를 할 생각이었다. 다만 아직 그런 문제를 논하기에는 보다 시급한 문제들이 산적해 있고 모양새도 좋지 않으니 일단 그룹의 사정이 좀 안정이 되고 난 다음에 했으면 한다. 설마 이 오빠가

네게 손해가 되도록 하기야 하겠니? 더욱이 아버지께서 유언장에 언급하신 바도 분명히 있는데 말이다."

그러나 한영주는 결코 고집을 꺾을 기세가 아니었다.

"다른 건 모르겠어. 그렇지만 야구단만큼은 지금 당장 내가 경영에 참여할 수 있도록 해줘."

"당장 경영에 참여할 수 있도록 해달라니, 구단주 자리에라도 앉혀달라는 거니?"

"응!"

막무가내의 대답에 한승헌 회장이 언뜻 정색이 되고 말았다.

"영주야, 너 구단주가 된다는 게 무얼 의미하는지나 알고서 그런 소리를 하는 거니? 말 그대로 구단을 소유한다는 것이고, 구단이 가지는 모든 부채까지도 책임을 진다는 얘기야. 그런데 야구단에 지금까지 누적된 적자가 자그마치 수백억이야. 더구나 매년 그 적자 규모가 눈덩이처럼 커지고 있는데, 그런 빚 덩이에다 부실 덩어리를 맡아서 도대체 뭘 어떻게 하겠다는 거니? 지금이라도 그룹에서 지원을 끊어버리면 야구단은 당장에 무너지고 말아. 너 아니라 누구라도 도저히 감당할 수가 없다고. 오죽하면 매각의 운을 떼놓은 지 한참이나 지났는데도 매입 의지를 보이는 곳이 여태 한 군데도 안 나타나고 있겠니?"

"난 그런 거 몰라! 그리고 알고 싶지도 않아! 어쨌든 아빠가 내게 맡아보라고 하셨던 거잖아? 경영해 볼 기회를 주겠다고 하셨던 거잖아?"

"허허! 이거야 원! 누가 들으면 나를 아주 어린 여동생 몫의 유산이나 가로채는 파렴치한 오빠로 여기지 않겠니? 영주야, 너 정말로 아버지가 네게 야구단을 맡기려 하셨다고 생각하는 거니?"

"응! 오빠들도 있는 자리에서 아빠가 직접 말씀하셨잖아? 그리고 아빠가 계셨다면, 그래서 내게 기회를 주셨다면, 그때도 내가 도저히 감당할 수조차도 없는 상태에서 야구단을 운영해 보라고 하셨겠어?"

"그건 또 무슨 소리니?"

"빚 덩이에다 부실 덩어리여서 그룹에서 지원을 끊어버리면 당장에 무너지고 만다고 했잖아? 나 아니라 누구라도 도저히 감당할 수가 없다고 했잖아? 그럼 오빠가 안 무너지게 해주면 되잖아? 그래서 아빠가 내게 하신 약속을 지켜주면 되는 거잖아? 아빠 대신 오빠가 말이야! 난… 다만 아빠께 보여 드리고 싶을 뿐이야. 나한테도 야구단 정도는 경영할 능력과 자격이 있다는걸. 그래서 아무 걱정 안 하셔도 된다는걸. 쉽지 않다는 건 나도 알아. 오빠가 이미 충분히 고민을 한 끝에 정리하기로 결정했다는 것도 알고 있어. 그래도 난 아빠께 보여 드리고 싶어. 내가 열심히 노력하는 모습을 보여 드리고 싶어. 그동안 한 번도… 단 한 번도 그런 모습을 보여 드리지 못했거든. 흑!"

결국 울음을 터뜨리고 마는 여동생을 보며 한승헌 회장은 문득 가슴이 짠해졌다. 사실 여동생의 억지스럽고도 터무니없는 고집에 대해 처음에는 아버지의 죽음을 맞이한 순간에도 제 욕심들 챙기기에만 바빠 결국은 절연 지경까지 가버린 오빠들에 대한 반발인 걸로만 생각했다. 나아가 조롱과 경멸일 것이라고만 짐작했다. 그러나 듣고 보니 여동생은 지금 아버지에 대한 그리움과 차마 놓지 못할 미련으로 야구단을 붙잡으려는 것이다. 왈칵 안타까움과 연민이 밀려왔다. 어쩌면 여동생의 억지처럼 그때 아버지가 했던 가벼운 농담이 정말로 이런 상황을 예견한 유언이 아니었을까 하는 아련한 생각마저 드는 것이었다.

"후우~!"

가늘게 한숨을 내쉬며 한승헌 회장은 천천히 고개를 끄덕이고 말았다. 아무래도 아직 아버지를 잃은 충격에서 헤어나지 못하고 있는 듯한 여동생에게 지금 필요한 것은 논리적인 설득이 결코 아니다.

'아버지가 살아 계셨더라면, 그래서 영주가 저처럼 슬픔을 이기지 못하는 모습을 보셨다면 과연 어떻게 하셨을까? 아버지였다면 눈에 넣어도 아파하지 않을 만큼 끔찍이도 아끼셨던 늦둥이 딸이 저처럼 울며 고집하는 일이라면, 그것이 무엇이 되었든 나중에 다시 다른 방법을 강구하더라도, 우선은 그 울음을 그치게 하셨을 것이다.'

한승헌 회장이 우선 내린 결론은 그랬다. 그리고 계열사 사장단 회의에 참석해야 할 시간이 이미 지나고 있었다.

"하여간 너의 막무가내 고집엔 당할 재주가 없구나. 뭐, 네가 그렇게나 소원한다면 내 한번 방법을 생각해 보도록 하마. 허허! 그나저나 앞으로가 참 걱정이다. 아버지께서도 한 번도 꺾어보지 못한 네 쇠고집인데, 이제 앞으로도 자꾸 이런 고집을 부려대면 나는 어떻게 해야 할지 참 걱정이 태산이다. 하하하!"

10

대성그룹 회장실에 그룹 총괄본부장과 그룹혁신추진본부장, 그리고 비서실장이 호출되었다.

"야구단 말입니다. 올해 예상 적자가 얼마나 된다고 했지요?"

한승헌 회장의 질문에 혁신추진본부장이 준비해 온 자료를 넘기며 대답했다.

"무형 효과를 배제하고 순수하게 회계상으로만 따진다면 연말까지 대략 백억 대에는 육박하게 될 것 같습니다."

"그러면 내년에 말입니다. 우리가 투자를 최소화한다면, 그러니까 구단의 명맥만 이어간다는 정도로만 운영을 한다면 적자 폭을 최대 얼마까지 줄일 수 있을 까요?"

"회장님, 저희 쪽에서는 이미 금년 말 청산을 기정사실로 두고서 만반의 준비를 해나가고 있는 중인데, 그 말씀은……?"

"음! 뜻하지 않은 변수가 하나 생겨서요. 어쨌든 대답부터

들어봅시다.”

“실무진에게 구체적인 검토를 시켜봐야겠습니다만, 야구단의 특성상 기본적으로 지출되는 고정 비용이 있기 때문에 회장님 말씀대로 그야말로 명맥만 이어가는 정도의 운영이라고 하더라도 통상적인 연간 적자의 절반 수준은 감수해야 할 걸로 우선 판단됩니다.”

“그래요? 흠! 그러면 오십억 대라는 건데…….”

잠시 생각을 정리한 끝에 한승헌 회장은 다시 입을 열었다.

“몇 가지의 상황 변화가 생겼기에 야구단의 정리 시점을 일단 한 시즌 더 연장할까 고민을 하고 있는 중입니다. 그런데 오십 억대의 손실이라면 일단 감수할 만하다 싶군요.”

“상황 변화라고 하시면……?”

“아닙니다. 좀 개인적인 사정이라서 자세히 얘기하기는 좀 그렇고…….”

회장이 의견을 묻는다기보다는 결정을 내리려는 의중인 것 같았기에 누구도 더 이상의 토를 달기는 어려운 분위기가 되었는데, 총괄본부장이 문득 다른 말을 꺼냈다.

“야구단을 한 시즌 더 운영한다면, 우선 새 구단주부터 위촉해야 하지 않겠습니까? 선대 회장님께서 맡으셨던 자리이니 아무래도 회장님께서 그대로 이어받으시는 것이…….”

한승헌 회장이 가볍게 고개를 저었다.

“선대 회장님께서 맡고 계셨던 자리이긴 하지만 일 년의 유예 기간 후에는 확실히 매각 조치에 들어갈 텐데 굳이 제가 이

어받을 필요는 없을 듯싶습니다. 음! 그래서 말인데… 그 자리가 특별히 역량을 요하는 자리도 아니고 하니 제 여동생에게 임시로 맡겨놓으면 어떨까 하는 생각도 해보고는 있는데…….”

두 본부장이 당장에 당혹스럽다는 반응을 보였다.

“예?”

“아무래도 그건 좀……. 안 그래도 야구계에서는 벌써부터 곱지 않은 시각으로 우리 쪽을 보고 있는 중인데, 구단주까지 다른 구단주들과 너무 격이 지게 되면 자칫 예기치 못한 반발을 자초할 수도 있는 문제입니다.”

그에 한승헌 회장 스스로도 조금은 어색한 얼굴이 되어 다시 말을 꺼냈다.

“그게… 그 아이가 요즘 갑자기 경영에 참어해 보겠다고 욕심을 부리고 있는데, 선대 회장님께서 그 아이 몫으로 남겨주신 지분이 적지 않은 터에 무작정 안 된다고 하기도 그렇고 그래서 말입니다. 어차피 한시적으로 맡는 자리이고… 또 그 아이에게 세상이 결코 만만치 않다는 것을 경험하게 하는 좋은 기회도 될 것 같고…….”

그룹 회장이 그렇게까지 얘기를 하는데 누군들 더 이상 이견을 달 것인가? 두 본부장도 이내 고개를 끄덕이고 마는 노습들이었다. 그에 한승헌 회장이 비서실장에게 지시했다.

“비서실장!”

“예, 회장님!”

"미리 간단하게 말해둔 바도 있지만, 이 건은 이제부터 비서
실장이 알아서 좀 처리를 해주세요. 그리고 구단주야 어차피
상징적인 직위일 뿐이고, 딱히 외부로 드러내지 않아도 크게
문제될 일은 없을 것이니 좀 전에 총괄본부장 말씀대로 대외
적으로 괜한 잡음이 생기지 않도록 우선은 그냥 내부적으로
조용히, 그냥 그 아이가 그런 줄 알도록 하는 선에서만 적당히
처리하는 게 좋겠습니다. 그리고 나중에는 그 아이가 스스로
그만두겠다고 하도록 좀 만들어보세요. 하여간에 나는 이 일
에 더 이상 신경 쓰지 않을 테니까 비서실장이 알아서 잘 좀 처
리를 해주세요."

"알겠습니다, 회장님."

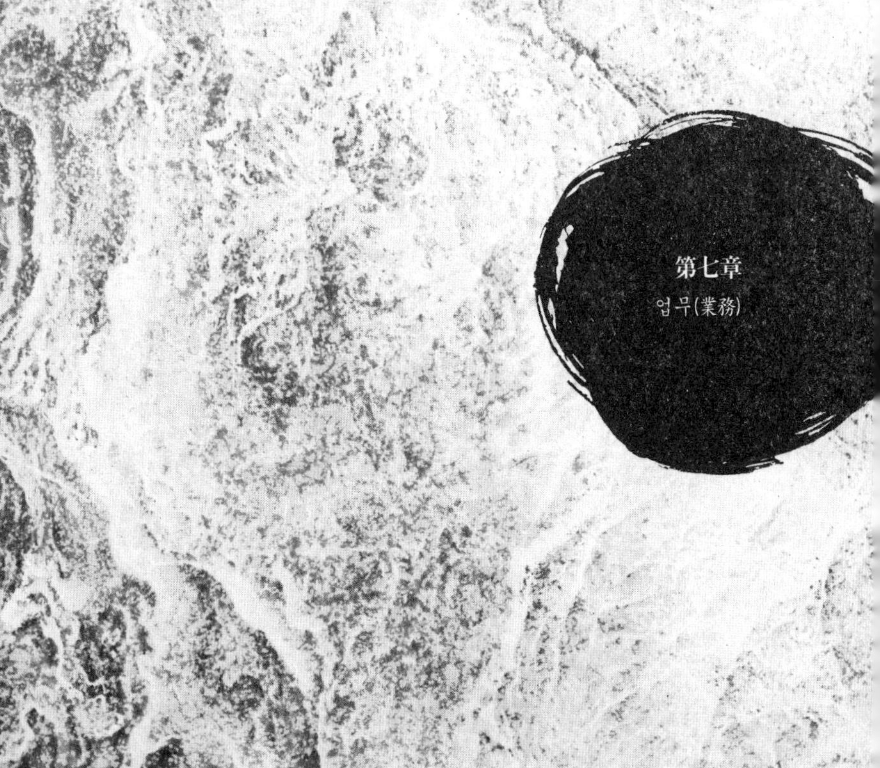

第七章

엄무(業務)

1

　'하필이면……?'

　철민이 그룹 혁신추진본부의 제1부에 배속되어 팀 작업으로 추진해 오던 구조조정을 위한 기본 업무들이 거의 마무리되고 있었다. 주로 기준과 절차들에 대한 표준화 작업들이었다. 그리고 이윽고 각 계열사들에 대해 팀별로 할당을 하게 되었는데, 하필이면 야구단이 그에게 할당된 것이다.

　그러나 비록 철민이 야구를 광적이다시피 좋아하고, 또한 그룹 산하의 야구단이다 보니 이더 기서도 D 불스의 팬임을 자처하며, 그래서 그룹이 야구단을 정리 매각하려는 움직임에 대해서는 반대한다는 쪽이기는 했지만, 그런 것이야 어디까지나 야구팬의 한 사람으로서 그렇다는 것이지 이제 그것이 그의 업무인 상황에서는 전혀 다른 문제가 된다. 취미는 취미고 업무는 엄연히 업무다. 업무에 개인적인 취향이나 사견을 개입시킬 수 없다는 것이 그의 직장 철학이었다. 소신은 있어야겠지만, 그것 또한 업무가 되는 쪽으로의 소신이어야 한다는 것이 또한 그의 '소신'이었다.

다만 '철학'이며 '소신'이 그렇다고 하더라도 불만까지 없을 수는 없었다. 비록 단지 불만으로 그치고 말 '불만'이라고 하더라도 말이다. 원래 도박을 하더라도 큰 판에 돈을 걸어야 크게 따듯이 일도 그렇다. 스케일이 큰 업무일수록 업적도 커지는 법이란 게 지난 몇 년 동안 철민이 체득한 나름의 '업무관'이었다. 그런데 기껏 구조조정 대상 중에서 가장 규모가 작은 야구단이라니…….

그러다 보니 다른 계열사를 맡은 팀들의 경우 보통은 과장이나 차장 급이 팀장이 되고 두 명에서 네 명 정도의 팀원으로 프로젝트 팀을 꾸려 맡는 데 비해, 야구단의 경우 그 규모가 작다는 이유로 달랑 철민 혼자서 팀장이자 팀원으로서 북 치고 장구 치고 모든 일을 처리하게 되었다. 더욱이 그가 능력을 발휘할 여지가 크게 있는 것도 아니었다. 야구단이야 처음부터 그룹의 이미지 광고 내지는 스포츠 분야에서의 사회 기여라는 호의적 명분을 얻기 위한 일종의 액세서리 사업일 뿐이었고, 더구나 이제는 그 효용이 다 되어 폐기처분 직전에 몰려 있는 액세서리인 것이다.

그렇다면 그가 해야 할 일이래야 이미 판결이 난 사형수에

게 마지막으로 칼을 휘둘러 목을 베는 망나니 도수부의 역할
밖에 더 있겠는가?

'기껏 잘 마무리를 한다고 해도 경력에 오점이나 되지 않으
면 다행일 것이다.'

어제까지만 해도 그룹 혁신추진본부에 소속되어 있다는 자
체만으로도 그렇지 못한 대다수의 주변으로부터 부러움을 받
고 스스로도 자부하였건만, 지금까지의 승승가도가 갑자기 최
악의 시나리오로 빠져들고 마는 느낌마저 드는 것이었다.

"야구단의 정리 건이야말로 가장 상징성이 커서 이번 그룹
혁신을 실질적으로 선언하는 시발탄이 되는 것일세. 그러니
조금의 차질도 없도록 최선을 다해주게."

1부장의 당부였다. 그러나 철민도 그것이 다만 상투적인 동
기 부여의 말에 불과할 뿐이라는 것을 모를 '짬밥'은 아니었
다. 부하에게 일을 맡길 때 위에서 하는 말이야 늘 그렇지 않
은가? 자네가 맡은 일이 가장 중요하다고.

'시파! 닝기리다!'

2

D 볼스의 재무 실대 조사아 그 규모나 복잡성에 있어서 나
른 계열사에 비교할 바가 못 되었으니, 그동안의 부서 공동 작
업에서 정리된 자료들을 활용하는 것만으로도 철민이 보고서
를 꾸미는 데는 크게 어려움이 없었다.

"재무 분야는 이 정도로 되었으니 다음은 인력에 대해서 판
단을 한번 해보게."

일주일여 만에 올린 보고서를 대충 훑어보고 나서 하는 1부
장의 말이었다. 갑자기 인력을 판단해 보라는 말에 철민이 의
아해 물었다.

"인력이라니요?"

"선수들이야 별개로 두고, 구단의 운영 인력이 한 40명쯤 되
지? 요소별 업무량과 업무 능력을 종합적으로 판단해서 퇴출
대상과 전환 대상을 구분하고, 또 전환 대상이라면 어느 부문
으로 전환할 것인가 등등에 대해서 전반적으로 판단을 한번
해보란 말이지."

"하지만… 그쪽 분야는 인사 쪽에서 핸들링을 할 일이지 제
가 함부로 건드릴 일은 아닌 것 같은데요?"

"허, 이 사람아! 여기가 괜히 혁신추진본부인 줄 알아? 이곳
의 멤버면 재무 분야니 인사 분야니 가릴 것 없이 무슨 분야든
일단 맡겨지면 일당백으로 커버할 수 있는 능력쯤은 기본적으
로 돼야지. 왜? 자넨 아니라는 건가?"

"아니… 그런 뜻에서 드린 말씀이 아니라……."

"더욱이 야구단은 어디까지나 자네 소관이야. 자네가 프로
젝트 팀장이라고. 그런 만큼 맘껏 한번 일 욕심을 내보라고!
그리고 이건 말이야, 어디까지나 내가 자네에게 호감을 가지
고 있기 때문에 해주는 말인데 말이야. 이 사람아! 이번 기회
아니면 언제 또 이런 특별한 경험을 해볼 수 있을 것 같은가?

앞으로 자네에게 이런 기회가 또다시 올 것 같나? 이봐, 김 대리! 일을 배우고 경험을 축적하는 것도 직급이 낮을 때나 가능한 거야. 일단 직급이 어느 정도 올라가고 나면 그때는 죽으라고 앞만 보며 달리는 수밖에 없어. 이런 거 저런 거 배우고 싶어도 배울 시간도, 염치도 없게 된다고. 알아?”

계속 듣고 있다가는 부장의 ‘썰’이 한참이나 더 이어질 것 같았기에 철민이 적당히 눈치를 보며 물었다.

“가이드 라인은 대략이라도 설정된 게 있습니까?”

“응! 대충 10에서 20% 선! 어쨌거나 실무진에서 판단해 올리면 그대로 실행을 한다는 분위기니까 이것저것 복잡하게 고려할 필요 없이 속전속결로 보고서를 꾸미도록 해.”

확실히 지금까지의 흐름보다는 한층 급하게 드라이브를 거는 느낌이었다. 하긴 야구단을 매입하겠다는 기업은 결국 나서지 않았기에 그룹에서 과감하게 청산 쪽으로 가닥을 잡은 지는 이미 꽤 되었다. 더욱이 마침 야구 시즌은 종료되었고.

아니나 다를까, D 불스는 역시나 꼴찌였다. 더 이상 정리를 미룰 까닭은 조금도 없는 것이다.

철민은 곧바로 야구단의 운영 인력에 대한 검토에 들어갔다. 굳이 현장에 나가거나 얼굴을 맞댈 필요는 없었다. 수년간에 걸친 인사 자료가 넘칠 만큼 전산으로 축적되어 있고, 추가로 필요한 자료가 있으면 구단에다 보내라고 전화로 요청해도 충분할 일이었다.

검토를 해나갈수록 하여간 마음에 안 드는 것투성이였다. 하여간 아주 엉망이었다. 한 가지를 보면 열 가지를 안다고, 단위 조직에서 가장 기본적인 체계조차도 업데이트가 안 되어 있었다. 선대 회장 타개한 지가 벌써 언제인지, 조직도에는 아직까지도 그 이름이 떡하니 올라가 있다.

구단주야 어차피 명목일 뿐이니 제외하고, 구단의 실질적인 운용 조직은 대략 40여 명이었다. 그런데 그 작은 조직에 대표이사 사장을 포함해 임원 급만 자그마치 네 명이요, 부차장(部次長) 급은 무려 열한 명에 달했다. 그것도 고참 급들로만.

'여기가 무슨 퇴물들 집합소야? 아니면 은퇴하기 전에 잠시 거쳐 가는 쉼터야? 이러니 적자가 안 나고 배겨? 윗대가리부터 확 잘라 버려야 된다니까.'

마음에 안 드는 게 그뿐은 아니었다. 철민이 참고할 게 있어서 구단 운영 팀의 담당과장에게 서류 몇 가지를 작성해서 이메일로 보내라고 했더니, 그 간단한 일 하나 제대로 처리를 하지 못해서 벌써 이틀째나 시간을 끌고 있는 중이었다. 이건 능력의 문제가 아니라, 업무 태도의 문제였다. 그리고 이것 하나만 보아도 구단의 업무 분위기가 얼마나 방만하게 늘어져 있는지 짐작하고도 남음이 있었다.

물론 그들 쪽에서도 철민이 마음에 안 들 것이다, 그것도 아주 많이. 기껏 새파란 대리 직급 주제에 자세한 설명도 없이 대뜸 '이런저런 자료를 만들어 제출하시오' 하고 지시를 내렸으니 말이다.

그러나 상황 판단을 잘하는 것도 조직에서는 아주 중요한 능력이다. 새파란 대리라도 칼자루를 쥔 '대리'인 것이다. 물론 이미 정해진 운명이라고 해야겠지만, 어쨌든 마지막으로 목을 내려칠 칼자루를 잡은 사람이 바로 철민인 것이다. 그러니 과장이든 부장이든, 아니, 설령 구단 사장이라고 하더라도 일단 야구단에 속한 자라면, 지금은 철민의 작은 손끝 움직임 하나에 생살부에 이름이 올라갈지 말지가 결정이 되고 마는 파리 목숨의 처지인 것이다.

남의 목줄을 쥐고 있다는 것에 대해 철민도 마냥 의기양양한 것은 아니었다. 오히려 기분이 찜찜하였다. 그러나 조직이다. 조직에서는 능력과 실적으로 말을 해야 하는 법이다. 야구단의 능력과 실적은 시즌 성적이 말해준다. 꼴찌면 꼴찌다운 대접을 받을 수밖에 없는 법이다.

무엇보다 철민의 입장에서는 업무인 것이다. 그에게 주어진 업무인 것이다. 안 그래도 기대되는 성과가 터무니없이 작은 업무인데, 속전속결에 그야말로 칼로 자르는 듯한 명쾌하고도 냉철한 업무 처리의 과정이라도 보여주어야만 하는 것이다.

기왕에 잘리게 되어 있는 사람들을 자르는 것뿐이니 그로서는 잘해야 본전일 뿐인 이 일을 완벽 그 이상으로 처리함으로써 나중의 보나 큰 노략의 발판이 되도록은 만들어야 그가 투자한 작지 않은 시간에 대한 최소한의 보람을 삼을 수 있는 것이다.

'위기는 곧 기회라고 하지 않는가. 세상은 어차피 적자생존이다. 내가 아니라도 누군가는 해야만 하는 비정이라면 두 눈

딱 감고 하는 것이다. 그래, 이번 한 번이다. 기왕에 할 거면 확
실하게, 깔끔하게 해치워 버리자! 그럼으로써 한 발이라도 더
빨리 더 높은 곳으로 도약해서 이번처럼 직접 손에다 피를 묻
히는 일이 다시는 없도록 만들면 되는 것이다. 나도 누군가에
게 칼을 휘두르라 시키는 입장이 되면 되는 것이다.'

3

　"김철민 대리?"
　"예, 제가 김철민입니다. 무슨 일이신지……?"
　사람 좋아 보이는, 그래서 첫인상으로는 별로 대단한 사람
이겠다 싶은 생각은 들지 않는 오십대 초반쯤의 신사였다. 신
사는 굳이 대답하는 대신에 빙그레 웃으며 목에 건 출입증을
들어 보였다.

　D 불스 운영 팀장. 부장 강영석.

　신사가 이어 지갑에서 꺼내 내미는 명함을 받으며 철민이
다시 물었다.
　"아, 예! 그런데 무슨 일로……?"

　능숙하게 커피 한 잔을 청하고 마치 자신의 일터라도 되는
듯이 여유있게 소회의실로 철민을 이끈 신사의 말투는 내내

부드러웠다.

"김 대리가 우리 쪽 일을 맡은 지도 꽤 됐는데, 벌써 찾아보고 얼굴이라도 익혀놓았어야 하는데… 허허허! 우리 쪽 일이라는 게 시즌 중에는 워낙 이런저런 잡다한 일들이 많아 아주 정신을 못 차리는 형편이다 보니 그러지를 못했네. 얼마 전에 시즌도 종료되었고, 또 우리 사장님도 한번 찾아보라고 챙기고 하셔서… 하하하! 겸사겸사 왔네."

강영석 부장. 그에 관한 인사 자료는 고스란히 철민의 머릿속에 들어 있었다. 그 자료 중에는 강 부장 본인은 막상 열람하지 못하는 등급으로 분류된 것들도 상당수 있으니, 적어도 조직의 입장에서 강영석이라는 인물의 이력과 평가에 대해서라면 그 본인보다 오히려 철민이 더 많은 것을 안다고 할 수 있는 것이다.

그룹 공채 4기. 소위 '골수적 오리지널 대성맨' 이라고 할 수 있는 최고참 급 부장. 그렇더라도 대뜸 친근한 척 하대를 하는 것은 철민의 마음에 들지 않았다. 더욱이 지금은 업무 관계상 갑과 을의 관계가 아닌가?

철민이 갑의 입장에서 을인 강 부장과 친근한 관계를 맺어서 업무에 걸림돌이 되면 되었지, 도움이 될 일은 별로 없었다. 다만 공채 기수로 보자면 까마득한 선배이니 그 인맥이 또 어디로 어떻게 뻗쳐 있을 지는 도무지 알 수 없는 노릇이었다.

어쨌거나 일단은 '업무적' 으로 대하되 그렇다고 무례할 필요까지는 결코 없는 일이었다.

"지금 구단의 운영 인력 감축안에 대해 검토를 하고 있는 중이라지?"

한참이나 이런저런 시답잖은 잡담을 돌리더니 불쑥 운을 떼는 강 부장의 말에 철민은 언뜻 날을 세웠다.

"그걸 어떻게 아십니까?"

"하하하! 나 같은 사람이야 뭐 별 볼일이 없다지만, 우리 사장님이나 단장님은 그래도 한때 그룹의 중심에 계셨던 분들인데 구단이 지금 정리가 되느니 마느니 하고 있는 판에 왜 그런 정도의 정보들을 모르시겠는가?"

"그래도 저희 혁신본부에서 하고 있는 일은 관련 부문에 자칫 불필요한 오해와 혼선을 줄 우려가 있어서 일체의 업무 관련 사항을 그룹 대외비로 보안 등급을 책정하고 있는데……."

"허허! 혁신본부에 그룹의 엘리트들이 다 모였고, 김 대리가 그중에서도 핵심 엘리트라는 소리는 익히 듣고 왔네만, 이거 처음부터 너무 빡빡한 거 아닌가? 하하하! 미우나 고우나 앞으로 한동안은 얼굴을 맞대야 할지도 모르는데 처음부터 너무 세게 나오지는 말게."

"저는 다만 규정에 대해 말씀드렸을 뿐입니다."

"사람 참! 뭐, 어쨌든 기왕에 꺼낸 얘기니 마저 하겠네. 내가 오늘 김 대리를 찾아온 것은 한 가지 부탁을 하려 함일세. 우리 사장님과 단장님의 부탁이기도 하네."

"부탁… 이라니요?"

"이미 윗선에서 개략의 감축 목표가 할당되었다고 들었네.

그렇다면 자네 선에서 어떻게 할 수 있는 것도 아닐 테고, 또 자네는 맡은 일에 대해 완벽히 처리해야 할 입장일 텐데, 무작정 좀 봐달라는 따위의 말을 하려는 것은 아닐세. 다만 우리 직원들 중에서 어쩔 수 없이 퇴출 대상자 명단에 올라가야 하는 사람들에 대해서, 자네 선에서 최대한의 배려를 좀 해달라는 부탁을 하려는 걸세."

"퇴출 대상 직원들에 대해 최대한 배려를 해달라니… 그게 무슨 뜻입니까?"

"우리 구단에 대해 이미 여러 측면으로의 검토와 평가를 하였을 것이니 야구단의 업무라는 것이 다른 조직의 업무와는 상당히 다른 특성을 가질 수밖에 없다는 것을 자네도 어느 정도까지는 이해하고 있을 줄로 믿네. 그런데 그런 특성이 있음에도 불구하고 그룹의 다른 계열사들과 똑같은 잣대를 들이댄다면, 우리가 하는 업무들의 상당 부분에서 소위 말하는 부정이니 유용이니 남용이니 하는 문제들이 책잡히지 않을 수 없다는 얘기일세."

"그래서요?"

"정말로 악의적인 잘못이 드러나는 경우는 당연히 예외겠지만, 그렇지 않고 정황상으로 야구단의 업무를 처리하기 위해서 어쩔 수 없이 필요했을 법한 문제들에 대해서는 곧이 삘간딱지를 붙이지는 말아달란 것일세."

"음… 무슨 뜻인지는 알겠습니다. 그러나 제 입장에서는 역시 받아들일 수 없는 말씀입니다."

"이보게, 김 대리!"

"생각해 보십시오, 강 부장님! 퇴출 대상자의 선정은 어디까지나 객관적이고도 명확한 기준에 준해서 이루어지는 것인데, 실무자인 제가 배려를 하고 말고 할 여지가 어떻게 있을 것이며 결코 있어서도 안 되지 않겠습니까? 방금 그 말씀은 저보고 정해진 기준을 버리고 편법적이고도 임의적으로 일을 처리하라는 뜻으로 자칫 오해될 소지가 다분합니다. 그러니 저는 듣지 않은 것으로 하겠습니다."

"허허! 그런 얘기가 아닐세. 우리 직원들 중에는 정말로 야구가 좋아서 이 일을 시작한 사람들도 상당수이네. 그 사람들의 경우에는 이번에 우리 구단이 정리가 되고 나면 다른 구단이나 혹은 아마 야구 쪽으로 자리를 옮겨서라도 이 계통의 일을 계속하기를 원하고 있지. 그런데 이 바닥이 그리 넓은 곳이 아니라서 한두 사람만 건너면 시시콜콜한 전력까지도 훤히 다 알 수 있단 말이지. 그러니 만약 그들에게 한번 빨간딱지가 붙어버린다면 그걸로 인해 그들의 앞길이 막혀 버리고 만다는 거야. 그런데 실상은 그들의 빨간딱지가 자신들의 사익을 위해서가 아니라 우리 구단을 위해 열심히 한다고 하다가 붙은 것이니 당사자들에게는 얼마나 억울한 일이겠는가? 그래서 그들 중의 누군가가 퇴출이 되는 것이야 어쩔 수 없다고 해도, 그 사유에 대해서나마 조금이라도 덜 부정적이게 달아달라는 걸세. 물론 쉽지는 않겠지만, 그래도 자네가 마음을 써준다면 어느 정도까지는 배려가 가능하지 않겠나?"

강 부장의 목소리에는 어느 듯 열기가 서려 있었다. 그러나 철민은 그것 역시 마음에 들지가 않았다. 괜한 반감까지 느껴졌다. 강 부장의 목소리에 서린 그 열기가 마치 철민 자신을 정도가 아닌, 옳지 않은 쪽으로 몰아붙이는 듯했다. 그러나 왜 그가 정도(正道)가 아니란 말인가? 왜 옳지 않다는 말인가? 정도가 아니고 옳지 않은 것은 바로 그들이다. 퇴출을 당할 수밖에 없는 업무 실적을 낸 그들 스스로의 잘못이고, 또한 부하 직원들이 퇴출 대상자가 되도록 만든 무능한 상사들의 책임인 것이다. 철민 자신에게 있어서 이것은 어디까지나 일이고 업무일 뿐이다.

"어쨌든 말씀하시는 뜻은 잘 알았습니다. 그러나 지금 제가 드릴 수 있는 말씀은… 저로서는 어디까지나 원칙에 준해서 일을 할 수밖에 없다는 것입니다."

"김 대리!"

"죄송합니다. 제가 다른 중요한 미팅이 잡혀 있어서… 그럼 이만……."

4

D 불스에 대한 인력 감축 방안은 최종적으로 두 가지 시나리오로 만들어졌다. 20% 감축안과 30% 감축안. 즉, 1부장으로부터 받은 가이드라인의 최대치를 반영한 방안 한 가지와 그 최대치를 오히려 50%나 초과한 공격적인 방안 한 가지였다.

철민은 기꺼이 악역을 맡기로 하였다. D 불스의 직원들에게는 악역이 되겠지만, 그룹 전체를 위해서는 그야말로 혁신의 취지에 충실한 역할이리라고 자위하면서. 사실은 그 자신의 업무 성과를 최대화시키기 위하여.

그런데 철민이 미처 보고서를 올리기도 전에 1부장으로부터 새로운 업무 지침이 떨어졌다. 그룹총괄본부로부터 내년도 계열사별 경영 목표가 하달되었는데, 뜻밖에도 거기에 야구단의 경영 목표가 포함되어 있다는 것이었다. 그리고 1부장이 혁신본부장에게 직접 확인해 본 결과 어제 오후에 있었던 계열사 사장단회의에서 야구단의 정리 시점을 일 년간 순연시킨다는 방침이 정해졌다고 했다. 동시에 1부장은 야구단의 내년도 세부 경영 계획을 수립함에 있어서 그 주관 부처가 혁신본부로 지정되어 내려왔다는 말도 함께 전했다. 즉, 작성은 야구단에서 하되 그 관리감독을 철민에게 맡으라는 것이었다.

1. 총예산 저감(低減) 목표:금년 집행 실적 대비 50%.

그룹 총괄본부로부터 야구단에 하달된 두 가지의 경영 목표 중 첫 번째는 한마디로 가혹했다.

사실 야구단만 가혹한 경영 목표를 하달받은 건 아니었다. 그룹 경영혁신이라는 모토를 내건 이상, 그룹 산하 각 계열사들은 최근 5년간의 경영 성적을 기준으로 세 개의 등급으로 나뉘어졌고, 그 등급에 따라 유례없이 공격적이고도 엄격한 목표들을 하달받았다. 그것은 곧 경영실적이 부진한 부문에 대해서는 예외없이, 그리고 가차없이 퇴출시키겠다는 강력한 예고의 의미를 담고 있다고 할 것이다. 야구단은 3등급 중의 최하 등급이며 그중에서도 다시 꼴찌였다.

2. 성적 달성 목표:코리안시리즈 진출.

두 번째 목표는 차라리 황당했다. 황당하고 어이없다 못해 이제부터 그것을 철저한 기준으로 삼아야 할 철민마저도 차라리 허탈한 실소가 새어 나올 지경이었다.

'허허! 그래도 우승하라는 소리를 하기에는 너무 속이 보였던 모양이군.'

한마디로 불가능한 목표였다. 그럼으로써 그 목표가 의미하는 바는 아주 확연해지는 것이었다. 딱 일 년간만 야구단의 정리 시점을 연장한다는 의지를 분명히 하고 있는 것이다. 단칼에 목을 베는 대신에, 향후 일 년간 예산 저감이니 뭐니 해가며 한점 한점씩 살점을 저며가며 천천히 죽이겠다는 걸까? 그러면서 이러저러해서 죽일 수밖에 없었다는 대외읍소용(對外泣訴用)의 명분이라도 쌓겠다는 속셈일까?

철민은 괜히 기분이 더러워졌다. 아무리 그래도 이건 좀 아니다 싶었다. 야비하다 싶었다. 그러나 어찌하랴? 어쨌든 그 야비한 짓의 총대를 메야 하는 게 바로 자신의 처지인 것을.

'언 놈 대가리에서 나온 생각인지는 모르겠지만, 에라, 이!

진짜로 신발끈이다!

5

[D 불스 내년도 경영 계획 중 예산 부문 계획 수립 지침 통보.]

1. 제 비용 저감 기준:전(全) 비목(費目) 공통 최소 50%

2. 구단 운영 인력 감축 기준

1) 인원수 기준:50%

2) 총 급여 기준:70% (고액 급여자 우선 감축)

3. 선수 및 코치진 연봉 계약 지침

1) 고과 A급:동결

2) 고과 B급:30%

3) 고과 C급:50%

4. 선수단 운용 관련 기타 사항

1) 내년도 팀 운영은 철저히 기존 인력만으로 운영할 것:FA 영입, 용병 재계약, 신규 계약 없음.

2) 당 구단 FA 대상자 3명:전원 재계약 포기. 타 구단 이적 시 보상은 전액 현금으로 확보 추진할 것.

3) 선수단 내 고액 연봉 선수(주축 선수 및 유망주 포함)에 대한 타 구단 트레이드 적극 추진(현금 세일 개념임).

4) 해외 전지훈련 계획은 취소함(국내 훈련으로 전환하는 등 훈련비용 최소화 방안 강구할 것).

철민이 야구단에 내려 보낸 내년도 경영 계획 작성 지침 중 주요 내용이었다. 물론 말도 안 되는 지침이었다. 그러나 총괄 본부에서 구단으로 하달된 경영 목표를 달성하려면 말이 될 수밖에 없는 지침이었다. 두 가지 경영 목표 중 차라리 황당하여 아예 불가능한 한 가지의 목표—성적 달성 목표:코리안시리즈 진출—는 일단 배제하고, 나머지 한 가지의 가능한 목표—총예산 저감 목표:금년 집행 실적 대비 50%—에만 치중할 수밖에 없었던 지침이기도 했다.

6

야구단의 세부 경영 계획서 작성이 완료되었다. 그동안 철민이 작성과정들을 단계별로 꼼꼼히 점검해 왔기에, 그가 제시하였던 지침들은 빠짐없이 잘 반영이 되어 있었다. 그렇다고 해도 애초부터 '불가능한 경영 목표'를 달성하기에 계획서는 여전히 부족하였으니 다만 한 가지의 파격을 포함하고 있음으로써 능히 그 '부족'을 상쇄시킬 만한 강력한 '어필'을 담고 있었다.

[불스 구단 운영 조직 축소 방안]
구단의 사장직제를 폐지하고 단장 직영 체제로 전환한다. 아울러 기존의 1본부 5팀 체제를 1팀 단일 체제로 축소한다.

그에 따라 총 인력 규모를 40명에서 13명으로 축소한다(27명 감축).

1. 폐지(1본부 4팀):운영본부, 육성팀, 스카우트팀, 마케팅팀, 경영 지원팀,
2. 존속(1팀):운영팀
3. 총 인력 규모 축소(현재 40명에서 13명으로)
—임원 급 4명 중 3명 감축
—부차장 급 11명 중 10명 감축
—과장 급 이하 25명 중 14명 감축

가히 칼질이었다. 과감하다 못해 과격하기까지 한 칼질. 차라리 처절한 자해(自害)였다, 스스로의 살을 발라낸.

철민은 의례적인 부분에 대해서만 약간의 수정을 한 뒤에 위로 보고를 올렸다. 역시 1부장에서부터 본부장에 이르기까지 결재 라인 선상의 모두가 만족스럽다는 반응이었고, 덕분에 철민 또한 만족스러울 만큼의 치하를 받았다. 그러나 그리 달갑지만은 않은, 나아가 왠지 불편한 인정과 칭찬이었다.

그 처절한 경영계획서는 다시 그룹총괄본부로 상신되었다.

7

그것은 뜻밖의 VIP 방문 계획이었다. 내일 야구단의 구단주가 혁신본부를 방문할 예정이니 야구단 관련 사항에 대한 브

리핑을 준비하라는 통보였다.

"난데없이 무슨 구단줍니까? 구단주는 선대 회장님으로 되어 있지 않습니까?"

철민의 의아해하는 물음에 1부장이 대답했다.

"아직 정식으로 발령은 나지 않았지만, 이번에 신임 구단주가 위촉되었다고 하네."

"신임 구단주라면… 혹시 회장님? 설마 회장님께서 직접 오신다는 말씀입니까?"

"아니, 회장님이 아니고, 회장님의 여동생 되는 분이시라네. 선대 회장님으로부터 상당한 지분을 상속받았다는 얘기가 있고 보면, 아마도 그중에 야구단의 지분도 포함이 되어 있는 모양이지."

1부장의 말이 시종 추측하는 투인 것으로 봐서 막상 그도 야구단의 신임 구단주에 대해 아는 것이 많이는 없는 모양이었다. 철민은 언뜻 그 새로운 구단주, 회장의 여동생에 대한 이미지를 상상해 보았다. 회장이 마흔 살이라니까 한 서른 중반쯤 되는 귀부인?

"이번에 올라간 야구단의 내년도 경영계획서를 신임 구단주가 보고서 한바탕 난리가 난 모양이야. 비서실장이 직접 우리 본부장님께 전화를 했대. 회장님도 이미 사전 승인을 하신 건이니까 어떻게 해서든 구단주를 설득시키라는 거야. 그러니까 자네도 각오 단단히 하고, 브리핑 준비에 차질이 없도록 하라고."

“이미 회장님의 승인이 난 일이라면서 다시 구단주를 설득시키라니요? 뭐가 어떻게 돌아가는 건지 도무지 이해가 안 됩니다.”

“하하하! 이 사람아! 그냥 회장님 일가의 문제겠거니 하고 우리는 그저 주어진 임무에만 충실하면 될 일이지.”

“뭐 그거야…….”

“하여튼 우리가 판단해서 보고를 올린 내용에 대해서만 차분히 설명을 하면 되는 일 아니겠나?”

“예, 알겠습니다.”

8

VIP 방문 예정 시간 30분 전. 아무래도 긴장이 되지 않을 수 없어서 철민이 퍼뜩 담배나 한 대 피우고 오려고 1층 현관 밖으로 나갔더니, 1부장이 먼저 나와 담배를 피우고 있었다. 둘이서 이런저런 얘기를 하며 몇 모금을 빨고 있는데, 1부장의 시선이 철민의 어깨너머로 향하더니 보란 듯이 슬쩍 고갯짓을 하며 말했다.

“저만하면 진짜 괜찮은 실루엣이지 않나?”

낼모레면 오십 줄에 들어서는 양반이 꽤 밝힌다고 속으로 핀잔을 주었으나, 어쨌든 철민 또한 관심이 생기지 않는 것은 아니어서 뒤로 고개를 돌려보았다. 검은색의 심플한 투피스 차림의 여자 하나가 걸어오고 있었다. 이십대 초, 중반의 젊은 여자였다. 1부장의 평가대로 진짜 괜찮은 늘씬한 실루엣이었다. 그리고 점점 더 가까워지는 얼굴의 윤곽마저도 드물게 보는 미인이라는 확신이 빠르게 들었다.

또각! 또각!

아스팔트 위를 걸어오는 하이힐 소리가 경쾌했다.

'어라? 어디서 본 듯한 얼굴인데?'

철민이 언뜻 그런 생각을 했지만, 이곳이 바로 그가 일하는 신성한 직장이라는 조건과 매치시킬 만하게 '어디서 본 듯한 얼굴' 은 아니었다.

"혁신본부장실이 어디인가요?"

어느 틈에 다가온 여자가 1부장과 철민의 중간쯤에 초점을 맞추며 물었다. 1부장이 얼른 한 걸음을 나서며 애써 중후해 보이는—아니, 그 스스로는 그렇게 보이리라고 믿을 것이 분명한—미소를 만면에 떠올렸다. 그리고 그런 중에도 눈으로는 슬쩍 여자의 늘씬한 몸매를 훑어보았다.

그런데 막 대답을 하려더니 1부장은 언뜻 얼굴의 미소를 지우며 다시금 재빠르게 여자의 행색을 살폈다. 뒤늦게 '본부장실' 이라는 말이 마음에 걸린 모양이었다. 그리고 그때쯤 철민은 갑자기 떠오르는 한 가닥의 기억 때문에 화들짝 놀라고 말았다.

"너……?"

동시이다시피 여자 또한 나직이 놀란 소리를 뱉어냈다.

"어머?"

그 여자였다. 그때 그 여자. 계집애. 퀸카. 자신의 방에, 자신의 침대 속에 들어 있던 여자. 밥과 된장찌개를 식탁에 챙겨 놓고 문을 잠그지 않은 채 출근했다 퇴근해 보니 마치 지난밤부터의 그 기묘한 일탈이 당연히 한바탕의 꿈을 꾼 것에 지나지 않는다는 듯이 아무런 자취도 남기지 않고 조용히 사라져 버렸던 여자. 무슨 일이 있었던 것도 아니다. 둘 모두가 술에 만취해 그냥 곱게 잤고, 아침에 출근했다 저녁에 돌아와 보니 여자가 사라졌을 뿐이다. 그리곤 끝이었다. 당연히 그렇게 끝나는 인연이었기에 철민은 까맣게 그 일을 잊고 말았다. 지금 문득 생각해 보니 어떻게 그렇게 완벽히 잊어버릴 수 있었을까 싶을 정도로 '까맣게'.

겨우 한마디씩의 놀란 외침을 뱉어놓고는 두 사람 모두 극도의 당황에 일시 어찌할 바를 몰라 하고 있는 중에, 1부장이 무엇을 보았는지 갑자기 잰걸음으로 앞을 향해 걸어갔다. 저쯤에 검은색의 중형 세단 한 대가 와서 섰고, 밤색 양복의 신사 하나가 내려 이쪽으로 걸어오고 있었다.

1부장이 곧장 넙죽 허리를 숙여 인사한 다음에 안내를 자처했다. 그리고 옆을 지나며 철민에게 얼른 눈짓을 보내는지라, 철민이 누군지도 확실히 모르는 터에 어쨌든 1부장의 태도로 보아 상당한 고위층임에 분명한 신사에게 고개를 숙였다. 신사가 힐끗 철민에게 시선을 주었다가, 그제야 문득 여자를 보고는 곧바로 반색을 하였다.

"아, 구단주님! 벌써 와 계셨습니까?"

그러자 여자가 가볍게 고개를 숙이며

"예, 실장님. 조금 일찍 도착했습니다."

순간 철민과 1부장의 눈이 있는 대로 커졌다. 여자는 바로 야구단, D 불스의 신임 구단주였다. 바로 그룹 회장의 여동생이었던 것이다.

9

본부장실.

응접 세트 중앙에 야구단의 신임 구단주인 한영주가 앉고, 그 앞 열 좌우로 혁신본부장과 회장 비서실장, 오창선 D 불스 구단장과 1부장 등이 앉아 있는 가운데, 앞쪽 스크린 앞에서 철민은 한창 브리핑 중이었다. 브리핑 중에 철민은 가능하면 한영주와는 눈을 마주치지 않았다. 긴장이 되는 것도 있었지만, 그보다는 사뭇 묘한 기분이 되곤 하였기 때문이다.

그리 길지 않은 브리핑이 끝나고 오창선 단장이 몇 가지의 질문과 의견을 개진하였으나 그저 밋밋한 내용으로 딱히 이슈가 될 만한 것은 없었다. 보아하니 민감한 질문에 대해서는 구단주인 한영주에게 바통을 넘기려는 눈치였다. 사실 이미 대세가 뻔히 정해진 것인데, 회장 비서실장까지 와 있는 자리에서 이런서런 눈치 안 보고 대세를 거스르는 발언을 할 사람이 한영주밖에 더 있겠는가?

그러나 한영주는 내내 묵묵히 입을 닫고 있을 뿐이었다. 미리 이런저런 할 말들을 조율해 놓았던 때문인지 오창선 단장의 얼굴에 언뜻 당혹스러운 기색이 흘렀고, 비서실장 또한 약간은 의외라는 눈치였다. 눈치 빠르게 혁신본부장과 비서실장이 몇 가지의 잡담성 주제로 대화를 나눈 끝에 자리는 끝이 났다.

"김 대리님, 명함 한 장 얻을 수 있을까요?"

한영주가 그렇게 말한 것은 철민이 브리핑 자료들을 챙겨서 막 자리를 뜨려는 때였다. 철민으로서는 언뜻 당황스럽지 않을 수 없었다. 우선은 '김 대리님!' 이라는 호칭부터가 듣기에 영 어색하였고, 둘째로는 하늘 같은 고위직들 앞에서 하늘 위의 다시 하늘 같은 신분의 한영주가 공개적으로 자신의 명함을 요구하는 상황에서 오는 당혹감이었다. 철민이 어떻게 바지 뒷주머니에서 지갑을 꺼내고, 또 그 속에서 어떻게 명함을 꺼냈는지도 모르게 명함 한 장을 한영주에게 건네고는,

"그럼 저는 이만……."

하며 꾸벅 고개를 숙이고는 도망치듯이 본부장실을 빠져나왔다.

10

"김철민 대리라고 했나? 오늘 수고 많았네. 브리핑도 베리 굿이었고."

철민이 아직까지도 혼란스러움이 채 가시지 않아 멍하니 자리에 앉아 있는데, 1부장을 앞세우고 3층 사무실까지 올라온 비서실장이 웃으며 던지는 말이었다. 사실 브리핑이야 무난하

게 했다고 할 정도이지, 정작 그룹 전체를 통틀어서도 브리핑
의 달인 소리를 듣는 비서실장에게 잘했다는 소리를 들을 정
도는 결코 아니었다는 것은 철민 스스로가 잘 알았다. 다만 별
탈 없이 일이 쉽게 넘어갔다는 뜻이리라.

그러나 어쨌든 그 한마디에 철민의 기분은 확 달라졌다. 칭
찬이었다. 다른 사람도 아닌 회장 비서실장의 칭찬. 직위 자체
도 전무 급이지만, 그 실질적인 영향력은 사장 급을 넘어 그룹
의 2인자로까지 평가받는 실세 중의 실세인 비서실장이 아닌
가. 그런 비서실장에게 이름이 기억된다는 것만 해도 얼마나
커다란 기회를 가지는 셈인가?

"김 대리, 자네 혹시 한 구단주와 무슨 인연이라도 있나? 혹
시 대학동문이라든지……?"

불쑥 묻는 비서실장의 말에 사뭇 들뜨기까지 해 있던 철민
은 갑자기 또 당황스러워지지 않을 수 없었다.

"아, 아닙니다. 다만… 전에 아주 우연한 일로 밖에서 한 번
뵌 적이 있는데… 그때는 저도 구단주님도 서로가 누구인지
알지도 못했습니다."

"그래?"

잠시 찬찬히 철민의 기색을 살피는 듯하던 비서실장이 문득
웃으며 말을 이었다.

"하하하! 그 우연한 일이라는 것에 대해서 관심이 당기긴 하
지만, 오늘은 내가 시간이 없으니 다음에 언제 한번 따로 자리
를 만들어서 들어보기로 하세."

비서실장은 가볍게 철민의 어깨를 두드려 주고는 돌아섰다. 회장 비서실장이 다음에 다시 자리를 만들겠다니 철민으로서는 그야말로 '황공무지로소이다!'를 외치고 싶은 심정이 되지 않을 수 없었다. 등 뒤에다 얼른 허리를 숙여 인사를 하자, 힐끗 돌아본 비서실장이 빙그레 웃는 얼굴로 손을 한번 들어주고는 사무실을 나갔다.

11

"혹시 한 구단주와 다시 만나거나 통화할 경우가 생긴다면 그 즉시 나한테 보고를 해주게."

비서실장을 배웅하고 돌아온 1부장의 지시였다. 그냥 1부장의 지시였다면 그 속뜻에 대해 한 번 더 묻기라도 했을 것인데, 그것이 필시는 비서실장으로부터 나온 지시 사항일 것임이 짐작되었기에 철민은,

"예!"

하고 간단히 대답하고 말았다. 그러나 내심은 거의 부정적이었다. 이제는 '한영주 구단주'인 그녀가, 이제는 '말단 대리'인 그에게 다시 연락을 취해올 가능성에 대해서.

第八章

발령(發令)

몽상가

1

부르르!

떨리는 핸드폰에 낯선 번호가 떠 있었다.

그리고,

"여보세요?"

열린 폴더에서 흘러나오는 목소리도 낯선 것이었다. 그러
나,

"김철민 대리님?"

하고 묻는 목소리에 철민은 상대방이 누구인지 퍼뜩 알아챌
수가 있었다.

퇴근 후 식사나 한 끼 같이 하자는 한영주의 전화를 철민은
거절하지 못하였다. 아니, 감히 거절할 입장이 되지 못하였다.

한영주는 야구단과 관련하여 따로 할 이야기가 있다고 했다.

2

L호텔 레스토랑. 호텔 레스토랑은 철민에게 왠지 익숙한 분위기가 아니다. 거의 와볼 일이 없기도 하지만, 그 분위기는 무언지 모르게 색깔이 분명치 않아서 도무지 편안하지가 않았다. 종업원들과 다른 손님들에게서도 또한 그와는 사뭇 다른 환경에서 사는 사람들 같은 느낌을 받게 되는 것이었다.

"전에 그룹에서 야구단을 정리하는 건에 대해 반대라고 했었죠?"

어색한 인사를 나누고, 식사 주문을 마치고 나서 한영주가 불쑥 물었다.

"예? 아, 그때는 그냥……."

사실은 그녀에게 그런 말을 했었다는 기억이 철민에게는 없었다. 그러나 아마도 술이 떡이 된 채 지껄인 말 중에 그런 말이 있었을지 몰랐다. 어쨌든 그가 대성그룹 혁신추진본부의 소속이 아닌, 개인 김철민으로서 평상시에 가지고 있는 소신은 분명 그랬으니까.

한영주는 철민의 애매한 대답을 자신의 물음에 대한 수긍으로 받아들인 모양이었다.

"그럼 이제부터 제 편이 되어주세요."

"무슨 말씀이신지……?"

"전 D 불스를 살리려고 해요. 구단주가 되기를 자청한 것도 그 때문이었어요."

철민은 당황스러워졌다. 한영주가 하는 말의 내용 자체만으로도 충분히 당황스럽지만, 거기에다 한영주가 취하는 포지션에 대한 당황스러움까지 더해졌다. 그녀는 지금 D 불스의 구단주로서, 또 그룹 회장의 여동생이라는 포지션으로 말을 하고 있는 걸까? 아니면 혹시 이제 겨우 세 번째로 만나는 남자에게 그 만남의 상대가 되는 여자의 포지션으로 말을 하고 있는 걸까?

"제가 하고자 하는 일에 대해 그룹의 모든 사람이 다 부정적이라는 걸 알아요. 모두들 야구단을 살리는 일이 결코 가능하지 않다는 쪽으로 이미 생각을 정해놓았으면서도, 그룹 회장의 여동생이, 그것도 그룹 경영에 아주 조금쯤은 영향을 미칠 수 있는 정도의 지분을 가진 제가 억지스럽게 고집을 피우고 있으니, 어쩔 수 없이 시늉들만 내고 있다는 걸 말이에요. 그래도 전 끝까지 해볼 생각이에요. 더욱이 전혀 뜻밖에도 저의 흑기사가 되어줄 사람까지 만났으니 그야말로 천군만마를 얻은 기분이네요. 헤줄 거죠? 저의 흑기사가 되어줄 거죠?"

거침없이 몰아쳐 가는 얘기에 철민은 일시 정신을 차리기 어려울 정도였다.

"잠깐, 잠깐만요! 야구단에 대한 것이라면 저는 다만 실무자에 불과할 뿐이라서 무슨 흑기사 같은… 그게 무슨 뜻으로 하는 말씀이신지도 잘 모르겠지만, 하여간 저는 결코 그렇게 대단한 사람이 못 됩니다."

그러나 한영주는 짤랑거리는 웃음 한번으로 혼자서 결론을
내려 버렸다.

"호호호! 김 대리님이 대단하고 대단 안 하고 하는 것은 제
가 판단할 몫이에요. 제가 대단하다면 대단한 거죠. 어쨌든 김
대리님은 지금 이 시간부로 저의 흑기사가 된 거니까 그렇게
아세요!"

"아니, 그게… 그런 게 아니라……."

갑자기 거미줄에 걸린 하루살이가 된 것 같은 기분으로 철
민이 황급히 손을 내젓는데, 한영주는 그에게 말할 기회조차
주지 않았다.

"여기요!"

웨이트리스를 부른 그녀는 철민의 의사도 물어보지 않고서
곧장 낯선 이름의 술 한 병과 또한 제법 긴 설명으로 안주를 시
켰다. 철민은 음식이 코로 들어가는지 입으로 들어가는지조차
모를 만큼 당황에 당황을 거듭하느라 꽤 비싸 보이는 요리를
아직 절반도 비우지 못하고 있는데 말이다. 하긴 한영주는 자
신의 앞에 놓인 요리에 거의 손조차 대지 않고 있었지만.

와인 종류인가? 적당히 부드럽고 혀를 자극하는 액체를 한
모금 목구멍으로 넘기고 나자 철민은 차라리 마음이 가라앉았
다. 그리고 아무래도 편해지지 않는, 당혹스러움이 가시지 않
는 이 자리의 불편함에서 조금은 벗어날 수 있지 않을까 기대
하며 채워주는 대로 거푸 서너 잔을 비워냈다. 그제야 영어인

지 불어인지, 혹은 이태리어인지 모를 술병의 라벨이 철민의 눈에 들어왔다. 한껏 멋을 부려 비비 꼬아놓은 글자를 굳이 읽어보지는 않았다. 어쨌든 비싼 양주임에는 분명하리라. 그러나 한영주와 마주 앉은 자리란 사실만으로도 그게 그다지 비쌀 것이라는 생각은 안 들었다. 적당한 것쯤으로, 아니, 오히려 너무 싼 것은 아닐까?

3

1부장이 잠깐 보자고 하더니 앞서서 부서 회의실로 들어갔다. 철민이 뒤따라 들어가면서 언뜻 생각이 나는 게 있었다. 바로 한영주와 접촉이 있을 경우 즉시 보고를 하라던 지시였다. 그러나 하려면 며칠 전 한영주와 만났을 때 즉시 했어야지 지금 하기에는 이미 타이밍을 놓쳤다. 철민이 속으로 적당한 변명거리를 고민하고 있는데, 막상 1부장이 꺼낸 얘기는 전혀 다른 것이었다.

"인사부로부터 자네에게 발령이 떨어졌어."

느닷없는 말에 철민이 생각해 볼 틈도 없이 우선의 당황스러움으로 반문했다.

"발령이라니요?"

"야구단으로 전배 발령일세."

순간 철민은 자신도 모르게 벌떡 자리를 박차고 말았다.

"아니, 부장님! 다짜고짜 야구단으로 전배라니, 그게 무슨 소립니까? 혹시 지금 저보고 사표를 쓰라는 말씀입니까?"

마치 당장에 달려들기라도 할 듯한 철민의 기세에 1부장이 움찔 뒤로 몸을 제치며,

"어허, 이 사람이? 일단은 얘기를 다 들어보고 나서 화를 내도 내야지…… 일단 앉게!"

하는데, 막상 그 얼굴 표정은 그다지 심각한 것이 아니었다. 마치 철민의 당연한 불만을 달랠 뭔가를 또 가지고 있다는 듯이.

"안 그래도 비서실장님께서 내게 직접 전화를 하셨네."

"비서실장님이요?"

1부장의 표정으로 언뜻 뿌듯함 같은 느낌이 스쳤다.

"음! 자세한 얘기는 나중에 다시 하자고 하시는데… 한영주 구단주가 자네의 즉각적인 인사이동을 강력히 요청했다는 거야. 우리 본부에서 기안한 야구단의 내년도 세부 경영 계획을 그대로 수용하는 전제 조건으로 말이야."

"예? 한영주 구단주가요?"

"그래. 더욱이 과장으로 승진 발령이야. 자네 이제 대리 2년 차지? 허허! 그러면 이걸 뭐라고 해야 하나? 특진으로는 부족하고 '특특특진' 쯤 된다고 해야 하나?"

순간 철민은 '시한부 조직'으로의 좌천에 대한 강한 불만이 여전한 중에, 다시 승진이라는 묘한 만족감이 슬그머니 섞여 드는 애매한 심정이 되고 말았다. 그때 1부장이 의자를 바짝 당겨 앉더니 짐짓 중요한 얘기라는 듯이 목소리를 깔았다.

“그리고 말이야, 비서실장님으로부터 특별한 당부 말씀이 있으셨네. 사실은 그게 자네의 이번 인사 발령이 가지는 진짜 의미일세.”

철민의 인사 발령이 가지는 ‘진짜 의미’에 대해 설명하는 1부장의 두 눈은 전에 없이 빛이 났다.

“한마디로, 회생 불능의 야구단을 살리겠다는 한영주 구단주의 무모한 고집을 그녀 스스로 접도록 만드는 임무가 김 대리에게, 아니, 김 과장에게 부여된 것일세.”

철민이 차라리 황당해하며 반문했다.

“그녀가 고집을 접도록 만들라고요? 제가요? 제가 무슨 수로요?”

1부장이 짐짓 묘한 미소를 입가에 떠올렸다.

“이번에 한영주 구단주가 자네의 인사이동을 요구하는 과정에서 자네에 대해 상당한 신뢰를 표시했다고 하던데?”

“신뢰요? 그녀가 저한테 말입니까?”

“그렇다니까? 안 그랬으면 아무리 강력한 요청이 있었어도 이런 파격적인 인사 발령은 절대 가능하지 않았을 거라고 하시더군. 아! 물론 비서실장님 말씀일세. 그리고 비서실장께서 각별히 당부하셨네. 이제 야구단으로 자리를 옮기고 난 뒤에 만약 기회가 된다면, 아니, 기회가 될 때마나 그녀가 스스로의 억지스러운 고집을 꺾도록 잘 좀 설득해 보라는 거지.”

“아니, 그게 도대체… 참, 나, 원! 하하하!”

철민이 차라리 실소하고 나서 다시 강한 반발을 담아 반문했다.

"그러니까 뭡니까? 지금 저보고 미남계라도 써보라는 그런 말씀입니까?"

그러나 1부장은 짐짓 농을 치는 여유까지 부렸다.

"미남계? 자네 얼굴로? 에이, 그게 어디 아무나 할 수 있는 건가? 더구나 그녀 정도의 미모에다 배경이면 손짓 한 번만으로도 언제든지 최고의 미남을 구할 수 있을걸?"

그리고 무슨 상상인지,

"호호호!"

혼자웃음을 웃고 나서 1부장은 다시 말을 이었다.

"지금까지 여러 사람이 나서서 그녀를 설득해 봤지만 도통 들으려고 하지를 않는다는 거야. 그런데 이번에 그녀가 이처럼 적극적으로 김 과장을 영입하려는 것을 보면, 혹시 김 과장이 하는 말이라면 어느 정도 통할 수도 있겠다 싶었다는 거지. 아! 그렇다고 무슨 무리한 방법을 쓰라는 건 아니고… 비서실장님도 그런 데 대해서는 오히려 경계를 하셨네. 다만 그녀가 야구단이 작금에 처해 있는 현실과 정확한 실상을 있는 그대로 직시할 수 있도록 도움을 주라는 거지. 그럼으로써 야구단을 하루라도 빨리 정리하는 것이야말로 우리 그룹의 입장에서 가장 합당한 선택이라는 것을 그녀가 깨닫도록 잘 이끌어보라는 것이지."

이어 1부장은 이제부터가 진짜 중요하고도 비밀스러운 얘기라는 듯이 목소리를 더욱 나지막하게 깔았다.

"그리고 말이야, 이건 비서실장님이 나와 김 과장한테만 하는 얘기라고 하셨는데… 호텔이나 백화점 쪽 계열을 한영주 구단주에게 물려주라는 선대 회장님의 유지가 있었다는 거야. 그래서 회장님께서도 차차로 그녀에게 그쪽의 경영을 맡겨볼 의중이신데, 마침 이번 기회에 비록 작은 규모의 조직일지라도 그것을 직접 경영하고 책임진다는 것이 얼마나 힘들고 치열한 것인지 여동생으로 하여금 생생히 경험을 쌓도록 하려는 뜻도 가지고 계신다는 거야. 다시 말해 이제부터 김 과장과 내가 하는 일에 대해서는 비서실장님뿐만 아니라 회장님까지도 깊은 관심을 가지고 계신다는 얘기야. 내 말 무슨 뜻인지 알겠나?"

철민이 1부장이 하는 얘기를 알아듣지 못한 것은 아니었다. 그러나 여전히 순순하게 이해하기는 어려웠고, 더욱이 이젠 당황스럽고 곤혹스러운 심정을 넘어 차츰 기분이 묘하게 가라앉고 있었다. 그다지 좋지는 않은 기분으로.

"그쪽으로 나간다면 언제까지 나가 있으라는 겁니까? 제가 그쪽에 나가 있는 중에 혁신본부가 해체되지 않으리라는 보장도 솔직히 없는 거고, 그렇게 되면 원래의 제자리로 돌아가는 문제를 포함해서 자칫 저만 애매해지는 거 아닙니까?"

1부장이 과장스럽게 웃으며 대답했다.

"하하하! 어이, 김 과장! 자네같이 똑똑한 사람이 진짜로 통밥을 못 굴려서 그러는 건 아닐 테고, 설마 벌써부터 나한테 유세 부리려는 건 아니겠지?"

“예?”

“아, 이 사람아! 무슨 걱정인가? 자네가 이번 일만 제대로 처리한다면 그때야 혁신본부가 있든 없든 그런 게 무슨 큰 상관일 것이며, 더욱이 원래의 자리로 복귀를 왜 해?”

“부장님께는 그런 게 사소한 문제로 보이실지 모르겠으나, 저한테는 중요한 문젭니다.”

“이봐, 김 과장! 내가 자네한테 선대 회장님의 유지가 어떻다는 얘기를 괜히 해줬겠나? 안목을 좀 더 크게 가져 보라고!”

“전 그런 데까지는 생각 안 하겠습니다.”

“사람 참! 나중은 나중이고 지금은 어디까지나 현실적으로 따져 보겠다 이건가? 좋아! 아무리 길게 본다 해도 내년 일 년 안에는 결론이 나지 않겠어? 어떤 방식으로든지 말이야. 물론 이제부터 자네가 새로 보필할 보스가 답을 빨리 낸다면 그 즉시로 모든 상황이 종료되겠지만 말이야. 그리고 한 가지는 내가 확실히 보장하겠네. 적어도 내년 안에 우리 혁신본부가 해체되는 일은 절대로 없다는 것과 자네가 복귀할 자리는 언제 어떤 경우에라도 마련해 주겠다는 것 말이야. 어때, 내 자리를 걸면 되겠나?”

직속 상사가 그렇게까지 확언하는 데야 철민이 더는 뭐라고 할 말이 없었다. 다만 ‘쩝!’ 하고 입맛만 다실 뿐이었다. 그러나 1부장이,

“그리고 다시 한 번 말하지만, 이것은 회장님의 관심사이고 비서실장님이 직접 챙기시는 일이야. 그러니까 자네가 야구단

으로 자리를 옮긴 이후에는 그날그날의 구단 동향과 특이 사항들에 대해 내 쪽으로 일일보고를 해주어야 하네. 물론 이건 비서실장께서 직접 지시하신 사항이야."

하고 덧붙이는 말에는 불쑥 반발이 생겨서,

"그게 무슨 말씀입니까? 지금 저보고 여기 붙었다 저기 붙었다 하는 박쥐 노릇이라도 하라는 겁니까?"

하고 평소 같았으면 감히 하지 못했을 거친 소리를 내뱉고 말았다.

1부장이 대번에 정색했다.

"이게 자네에게 얼마나 큰 기회가 되는 줄 정말 몰라서 하는 말인가? 김 과장, 이건 인생 선배로서 해주는 얘기니까 내 말 잘 들어. 기회란 말이야, 양면의 칼 같은 거야. 기회가 왔을 때 제때, 그리고 제대로 잡으면 내 게 되는 거지만, 자칫 놓치거나 잘못 잡았다간 오히려 나를 베는 흉기가 되고 마는 거야. 알아?"

1부장의 말이 무엇을 뜻하는지 철민도 모를 리는 없었다. 그가 묵묵히 있자 1부장은 언뜻 표정을 풀며 다시 웃는 얼굴이 되었다.

"그쪽 일이야 사실 교통정리가 다 되어 있는 것이고, 남은 일이라야 그서 느긋하게 마무리 수순이나 밟으면 되는 깃 아닌가? 그러니 김 과장 개인적으로 관심이 있다면 이번 기회에 야구 쪽 관련된 일이나 좀 배워두든지. 직장 생활 하면서 언제 또 이런 특별한 기회가 오겠어?"

농담 반으로 하는 말이겠으나, 철민으로서는 웃음으로 받아줄 기분이 아니었다. 어쨌든 까라면 까야 하는 게 샐러리맨의 숙명 같은 것 아닌가? 그리고 1부장의 말마따나 어차피 정해진 수순이었다. 그로서는 그저 주어진 임무에 충실하고 그에 따른 성과를 보장받으면 되는 일이었다.

'하긴 한 몇 달간 합법적으로 휴가를 받은 것으로 치면 될 테지. 물론 휴가지가 영 마음에 안 들긴 하지만.'

철민은 1부장에게 한 가지 조건을 내걸었다. 아니, 조건을 내걸 처지는 사실 못 되는 것이고, 그저 그의 힘들고 곤란한 사정을 알아는 주십사 하는 어필 내지는 읍소였다. 물론 그의 그런 '어필 내지는 읍소'에 대해 '저 높은 곳에 계시는 분들'이 콧방귀라도 뀔지는 전혀 기대할 수 없는 일이었지만.

그가 야구단으로 자리를 옮기는 시점을, 야구단의 내년도 세부 경영 계획 중 인력 감축 부문에 대한 내용이 계획대로 조치된 이후로 해달라는 것이었다. 즉, 구단 사장을 포함한 총 인력 40명 중 27명의 퇴출 조치를 말함이었다. 그렇지 않고 만약 그 자신의 손끝을 빌려 퇴출이 결정된 사람들과 잠시간이라도 얼굴을 마주해야 한다면 참으로 곤욕스러운 일이 될 것이다.

4

야구단에 대한 조직 쇄신과 그에 따른 일련의 인사조치가 전격적으로 시행되었다.

사장직제 폐지 및 단장 직영 체제로의 전환 조치에 따라 전임 사장과 두 명의 임원 급이 타 계열사의 자문 직책 등으로 자리를 옮겼다. 그 외 부차장 급에서 열 명, 과장 급 이하에서 열네 명이 대거 그룹의 타 계열사로 전배 명령을 받았고, 그와 동시에 해당 계열사로부터는 대기발령을 받았다. 의심할 바 없이 퇴출을 위한 수순이었다.

그러한 모든 조치는 단 일주일 만에 완료되었다. 그야말로 일사천리였다.

5

사무실은 휑한 분위기였다. 여기저기 빈 책상들이 아직 치워지지도 않고 있었다. 바로 D 불스의 구단 사무실 풍경이었다.

"어서 오게, 김 대리! 아니지, 이제 김 과장이지? 우선 승진 축하하고, 그리고 우리 구단에서 함께 일하게 된 것을 진심으로 환영하네!"

사무실로 첫 출근한 철민에 대한 강영석 부장의 환영사였다. 그러고 보면 강 부장은 사람이 참 좋았다. 아니면 속이 없든지.

강 부장에게 안내를 받은 철민은 우선 단장에게 인사를 했다. 오창선 단장. 철민과는 이미 구면이었지만, 둥그렇게 벗겨진 대머리의 그는 새삼 후덕한 인상이었다. 금년 예순의 나이이니 인자한 할아버지라고 해도 좋겠다. 그래서 사무실에 앉아 있기는 왠지 어울리지 않기도 하지만 말이다. 계열사에서 전무를 역임했다지만, 현재는 그룹 실세에서 한참 벗어난 정도가 아니라 거의 무관하다고 해야 할 양반이다.

"어쨌든 함께 일하게 되었으니 앞으로 잘해보세."

단장이 한 말을 그것뿐이었다. 그리고는 과묵한 사람의 전형을 보이듯이 무표정으로 돌아가 버려서 철민을 은근히 불편하게 만드는 것이었다.

'이 양반이 하는 역할은 대체 무엇일까?

단장에 대한 철민의 첫 평가는 그랬다. 좋은 말로는 묵직하다? 우직하다? 욕심이 없다? 그러나 나쁜 말로는? 그저 예전에 '한 끗발' 했던 경력을 밑천으로 자리나 지키고 있는 사람? 그래서 지금 현재로는 조직의 실적에 아무런 기여도가 없는 사람? 그렇다고 조직에 동기 부여를 해주거나 자극을 주지도 못하는, 아무런 색깔도 맛도 없는 무미건조형의 사람?

강 부장은 친절하게도 구단 직원들 하나하나에게 철민을 직접 인사시켰다. 뭐, 직원들이래야 한 개 팀에 열세 명뿐이었지만. 그리고 이제부터 철민이 합류해 열네 명이 되는 것이지만.

직원들에게서 철민은 날카로움도, 열정도 느끼지 못했다. 일을 분석하고 계획하는 날카로움, 그리고 계획된 일을 추진해서 완수하고자 하는 열정. 그렇다고 이렇다 할 개성이나 색깔이 있어 보이는 사람도 없었다.

'70%를 잘라내고 남은 30%가 이 정도밖에 안 되는가?

하다못해 그들의 입장에서는 철민 자신에 대해 싸늘하게 적개심이라도 불태워야 하는 것이 아닐까? 얼마 전까지만 해도 이 사무실에서 함께 일하였던 그들의 동료들을 줄줄이 퇴출시키는 데 실무를 담당한 사람이 바로 자신이 아닌가?

혹은 좀 더 생각이 깊다면 앞으로를 위하여 그에게 좋은 인상을 주려고 노력을 하든지. 어쨌든 그의 손에서 최종 기안된 계획서에 의해 그들의 사장을 포함한 70%의 동료들이 단숨에 날아갔으니 그들에게는 더 이상 강력할 수 없는 점령군쯤이 되는 셈이고, 그런 마당에 다시 그들의 구단주가 직접 픽업을 해 올린 사람이 아닌가? 즉, 이 작은 조직 내에서 그는 최고의 실세인 것이다.

6

철민이 예상했던 대로 구단에서의 업무 스트레스라고 할 것은 딱히 없었다. 물론 야구단의 업무가 낯설고 새롭지 않을 리는 없었음에도.

그러나 굳이 배워볼 생각까지는 없었다. 그럴 필요도 없는 일이고. 오래 있을 것도 아닌 것이다. 혁신본부의 1부장은 야구단의 특성을 감안해 여유있게 한 시즌, 그러니까 내년 일 년 동안을 말하였으나, 철민은 그럴 생각이 조금도 없었다. 그의 계산으로는 내년 1월 중순께 있을 선수들과의 연봉 계약 건만 처리되고 나면 사실상 그가 해야 할, 그리고 할 수 있는 일은 거의 끝나는 것이었다.

그러니 구태여 엉뚱한 업무에 관심을 둘 필요는 없는 것이다. 오로지 예산 부분만 틀어잡고서 그 집행만 통제하면 될 일이었다. 그리고 그 일에 대해서는 이미 그 상세한 지침이 정해져 있으니 새로운 고민이 있을 것도 없었다. 야구단의 고유 업무는 그가 관여하지 않아도 돌아가고 있었다. 잘 돌아가고 있는지 어떤지는 알 수 없었지만. 뭐, 잘 안 돌아간대도 그가 굳이 상관할 까닭은 없었다.

철민에게 스트레스가 있다면 오히려 업무 외적인 쪽이었다.

우선은 사무실 분위기였다. 전반적으로 칙칙하고 처진 분위기. 바로 패배자들의 분위기였다. 그러나 사실 큰 스트레스도 아니었다. 처음부터 이 패배자들의 조직에 적응하려는 마음도 없었고, 무슨 동료 의식을 나눌 마음이 있는 것도 아니었기에. 그저 잠시간 전혀 다른 입장과 처지의 사람들과 한 공간에서 지내야 하는 약간의 불편함 정도로 감수하면 그만이었다.

제법 스트레스가 될 일은 '보고'였다. 매일 해야만 하는 보고. 사실 철민은 보고를 중요시하는 스타일이었다. 보고란 그의 능력을 과시할 수 있는 가장 직접적이고도 효과적인 수단이었으니까.

그러나 이건 너무도 불편한 보고였다. 매일같이 무슨 보고거리가 있는 것도 아닌 사항을 가지고 새로운 내용이 있든 없든 반드시 하라고 강요된 보고. 그것은 참으로 견디기 어려운 스트레스였다. 정해진 시간보다 조금만 늦을라 치면 혁신본부의 1부장으로부터 부리나케 독촉 전화가 왔다.

물론 안다, 그러는 1부장 자신도 다시 위로 보고해야 하는 스트레스가 있기 때문이라는 것을.

第九章
구단(球團)

몽상가

1

　사무실에서 그나마 약간의 색깔이 있다고 할 수 있는 사람이 둘 있었다. 물론 그들의 색깔 역시 딱히 능력이라든지 조직에 절실히 필요한 것이라고 하기에는 아무래도 무리가 있었지만.

　운영팀장인 강영석 부장은 직급 상으로 사무실의 2인자이며, 실무 처리에 있어서는 실질적인 리더이다. 단점을 굳이 들기보다 장점만으로 본다면 우선 그는 성실한 사람이다. 그리고 친화력이 좋다. 그럼으로써 카리스마라고 할 빈모가 거의 없는 것치고는 나름대로 사무실의 중심 역할을 잘해내고 있는 것 같다.

　물론 그렇다고 해서 점수를 줄 만한 것까지는 결코 아니다.

지금까지의 결과만으로 봐도 그는 변명의 여지가 없는 패장(敗將)이다. 자신이 속한 조직을 전멸 직전까지 몰고 와버린 무능한 패군지장(敗軍之將).

또 한 사람은 손강호 대리다. 직급 상으로 철민의 휘하인 그는 금년 서른셋으로 '노총각'이라는 소리를 무슨 특별한 계급장이나 되는 것처럼 은근히 즐기는 듯했다. 그의 첫인상은 좀 그랬다. 좀 '거시기' 하다고 할까?

인상이 더럽다는 것은 아니고, 우선은 나이가 네 살이나 위인 부하 직원이라는 점에서 그랬고, 그보다 더한 것은 그의 덩치 때문이었다. 일 미터 팔십. 그리고 그 자신의 표현대로 0.1톤의 덩치. 케이블 TV의 이종격투기 중계 따위가 아닌 실생활 주변에서는 보기 드문 거구.

그런 우람함에서 저절로 풍겨 나오는 일종의 위압감 같은 것. 바로 가까이에 와서 떡 버티고 서 있으면 괜히 깔리고 말 것 같은 사뭇 황당한 느낌. 여하튼 힘쓰는 일이 있다면 손강호는 제대로 한몫을 할 것 같았다.

힘쓰는 일? 뭐 무슨 이상한 데 힘을 쓴다는 것은 아니고, 이를테면 무거운 물건을 나르는 따위의 '순수한' 일 말이다. 물론 사무실에서 그렇게 힘을 쓸 일이 딱히 생길는지는 모르겠지만. 문제가 있다면, '제대로 한몫을 할 것 같은 그'가 특별히 담당하고 있는 업무가 따로 있는 것 같지 않다는 점이었다.

며칠 동안 지켜본 바로 손강호는 딱히 범위가 규정이 되어 있지도 않고 그다지 중요성이 있지도 않은 일, 소위 말하는

'잡일' 을 담당하고 있었다. 그런 그가 당당히 대리 직급을 달고 있다는 데 대해서는 철민이 잠깐,

'여기서는 나이로 대리 직위를 주나?

하는 가벼운 냉소를 가져 보기도 했다. 그러나 철민은 다시 며칠이 지나기 전에 금방 '제대로 한몫을 할 것 같은 그' 의 새로운 '용도' 를 발견해 낼 수 있었다. 그것은 어디까지나 철민 그 자신을 위한 개인적인 '용도' 였다. 손강호는 사뭇 긍정적인 성격이었다. 혹은 넉살이 좋다거나 또 혹은 사람이 좋기만 하다고 해도 무방하겠지만.

"과장님!"

그렇게 철민을 호칭하는데 손강호는 아무 거리낌이 없어 보였다. 첫날부터 말이다. 다른 사람들의 은근한 눈총에도 불구하고, 혹은 그런 눈총을 눈치조차 채지 못하는 무딤으로 말이다. 그 덕에 철민으로서는 어색한 사무실 분위기에 보다 빨리 적응을 한 셈이었다. 물론 미리 충분히 각오가 되어 있었고, 그런 만큼 그보다 훨씬 더 어색하고 차가운 분위기였더라도 적응은 하고 말았겠지만 말이다.

바쁘지 않다는 게, 일부러 바빠지려고 해도 바빠질 만한 별일이 없다는 게 꽤나 괴로울 수도 있다는 걸 철민은 단 며칠 만에 실감할 수 있었다. 그렇다고 성과와 연계되지노 않을 무의미한 일을 찾아서까지 할 마음은 없었고, 또 그렇다고 '멍' 을 때리고 있거나, 그래도 신성한 사무실인데 업무와 무관한 책을 펼쳐 놓고 있을 수도 없는 일이었다.

회의실이나 사무실 바깥의 휴게실에 나가 요령껏 시간을 죽인다고 해도 대놓고 뭐라고 할 사람은 없겠지만, 그렇게는 철민 스스로가 기껏 십 분을 버티기도 어려웠다. 그럴 때 손강호는 아주 좋은 '시간 죽이기' 상대가 되어주었다, 심심풀이 '말따먹기'로.

평상시의 철민이었다면, 그 스스로가 결코 용납하지 못했을 일이었겠으나, 지금은 아니었다. 지금은 그래도 좋을, 혹은 그럴 수밖에 없는 특별한 상황인 것이다.

"과장님, 제가요, 본래 야구를 했었습니다. 고등학교까지는 선수를 했거든요?"

"아, 그래요?"

"하하하! 제가 이런 얘기를 하면 대부분 믿질 않는데… 포지션이 포수였습니다. 뭐 제 자랑 같지만, 한때는 제법 잘한다는 소리도 들었습니다."

"예! 아마 그때는 지금과 체형이 달랐나 보죠?"

"하하하! 아닙니다. 그때나 지금이나 거의 같습니다. 대신 그때는 진짜로 단단한 몸이었습니다. 하하! 물론 지금도 그렇게 물렁살은 아니고요. 아, 과장님, 언제 저랑 목욕탕 한번 가실래요?"

"목욕탕이요?"

"예! 남자들 간에 친해지는 제일 좋은 방법이야 뭐니 뭐니 해도 같이 목욕 한번 하는 것 아니겠습니까?"

"예에… 나중에 언제 기회가 되면… 한번 가도록 하죠, 뭐!"

"제가 진짜 괜찮은 목욕탕 몇 군데 알고 있는데……."

손강호가 보이는 사뭇 당황스러운 적극성에 철민이 얼른 화제를 돌렸다.

"그런데 왜 계속 선수 생활을 하지 않고? 특기생으로 대학에 진학할 수도 있었을 테고, 아니면 프로로 진출할 수도 있었을 텐데……?"

손강호가 갑자기 풀이 죽는 모습이더니 이내 가늘게 한숨을 내쉬며 대답했다.

"그게… 대학은 처음부터 갈 생각이 없었고요, 프로 팀에 지명되기를 바랐는데… 하하하! 좀 복잡한 사정이 있었습니다. 그때 마침 사고가 하나 있었고… 뭐 어쨌든 간에 결과적으로는 제 진가를 알아주는 팀이 한 군데도 없었던 거죠. 그 뒤로 병역 마치고, 또 이런저런 일도 하고 했는데, 어떻게 하다 보니까 결국은 다시 야구 계통으로 와지더라고요. 그리고 이쪽에 있는 게 젤로 맘이 편하더라고요. 그래서 그냥 콱 눌러앉아 버렸습니다. 이번에 구단 인력 조정 할 때도 제가 잘리면 알바 자리라도 좋으니까 어떻게 홈구장 매장에라도 자리 하나 좀 마련해 주십사 하고 강 부장님과 단장님께 염치없는 부탁을 드렸었습니다. 저야 뭐 책임져야 하는 가족이 있는 것도 아니고… 그렇게 해서라도 야구장 근처에만 있을 수 있다면 징말로 행복하겠다는 마음에서 생각없이 드린 부탁이었는데… 혹시 제가 남는 바람에 저보다 능력있고 또 꼭 여기에 남고 싶었던 다른 동료 한 사람이 대신 나가야만 했을 수도 있다는 생각을 하면 미안한 마음이 들기도 합니다. 그렇지만 계속 여기에서 일할 수 있다는 게 정말 염치없게도 감사하고 행복합니다.”

철민은 문득 가슴이 답답해지는 느낌이었다. 쉽게 공감할 수 없는 얘기이기 때문일까? 손강호에게는 얼마든지 더 좋은 선택이 있을 수 있었고, 앞으로도 그럴 것이다. 야구? 그게 뭐라고? 그냥 즐기는 스포츠일 뿐인데, 거기에다 뭘 그렇게 미련을 두고 목을 맬 만큼의 가치가 있다고?

2

가끔씩 보고할 거리가 생기기도 했다. 위에서 가장 바라는 내용. 바로 한영주와의 접촉이었다. 접촉이라고 해도 구단으로 자리를 옮긴 후 한 번도 만난 적은 없고, 가끔씩 전화가 왔다. 불필요한 오해를 줄이자는 그녀의 취지였는데, 철민으로서도 충분히 공감을 하였다.

한영주는 구단의 돌아가는 사정에 대해 묻기도 하고, 특정 사안에 대해 이런저런 궁금한 것들을 묻곤 했다. 물론 그녀는 구단의 일에 대해 관심이 많아서 정식 보고 계통을 통해 주간 업무 보고와 월간 결산 보고 등을 받고 있었다. 그러므로 그녀가 철민에게서 듣고자 하는 것은 그런 공식적인 보고 내용 외에, 이를테면 비공식적 ‘사이드 스토리’ 같은 것들이었다. 아마도 철민에게서 듣는 얘기들을 참조하여 돌아가는 사정을 좀 더 폭넓게 알고자 하는 노력이겠으나, 안타깝게도 철민이 아는 '사이드 스토리' 라고 해봐야 별로 특별한 게 없었다.

그리고 철민이 작은 평가 하나를 내리자면, 한영주는 그녀가 구단에 대해 가진 애착에 비해 실제로 구단주로서 구단 경영에 필요한 업무적 소양 내지는 식견과 지식, 나아가 경영 철학 등에 대해서는 영 아닌 듯했다. 그녀가 하는 실질적 역할이래야 그저 구단에서 결정하여 보고되는 내용을 추인하는 정도에 불과했다.

어쨌든 한영주와의 전화 통화가 있는 날은 철민의 보고 내용이 풍성해졌다. 통화에서 주고받은 내용은 아예 속기록 수준으로 빠짐없이 보고가 되었고, 더하여 그녀가 무슨 생각을 하고 있는지까지 나름으로 짐작하여 보고가 되었다. 위에서 그렇게 하기를 요구했으니까.

철민의 회의(懷疑)도 쌓여갔다. 이렇게까지 해야 하나? 그가 바라는 출세의 길은 꼭 '하늘을 우러러 한 점 부끄러움 없는 광명정대의 대로행(大路行)' 인 것은 결코 아니지만, 최소한 '꼼수' 가 아닌 당당한 능력과 경쟁을 바탕으로 하는 것이었다.

그런데 지금 그가 하고 있는 행태를 보자면 영락없이 간에 붙었다 쓸개에 붙었다 하는 지조없는 박쥐 행세가 아닌가? 더구나 도저히 경쟁 상대라고 할 수 없는 패배자들을 발판으로 삼는 것도 모자라, 배경을 믿고 잘난 체하지만 사실은 '뭣도 잘 모르는’ 철없는 여자애나 우롱해가면서 말이다.

‘제기랄! 이건 좀 아니지 않은가?

3

12월이다. 예년 같았으면 야구계의 주요 뉴스거리는 골든 글러브 선정을 비롯해 각종 시상식이라든지, FA 대상 선수들과 스타 급 선수들의 연봉 협상 전망과 동향, 해외 진출 선수들의 동계훈련 소식, 혹은 각 구단의 동계 마무리 훈련 소식 등이 되었을 것이다.

그러나 금년의 핫 이슈는 단연 D 불스에 관련된 소식들이었다. 처음에 대성그룹에서 D 불스의 정리 단행을 일 년간 유보하기로 했다는 소식이 나왔을 때만 해도 야구계는 크게 환영하는 분위기 일색이었다.

그러나 12월에 접어들자마자 새로이 불거져 나오기 시작한 일련의 소식과 소문들은 야구계를 대번에 들끓도록 만들 만큼 가히 파격적인 것들이었다.

우선 D 불스 구단의 운영 조직에 대해 전격적인 대폭 축소가 이루어졌다. 그런데 말이 축소지 사장을 포함해 한꺼번에 70% 가까이를 잘라내 버렸으니, 사실상 구단의 운영을 포기하고 겨우 명맥만 살려놓았다고 해도 할 정도였다.

뿐인가? 선수단 중에서 올해 자유계약(FA) 자격을 취득하는 세 명의 선수에 대해 소속 팀 우선 협상을 해보지도 않은 상태에서 계약의 의사가 없다는 말을 다른 구단들에게 이미 흘리고 있다는 소문이 야구계에 파다했다. 그것이 사실이라면 D 불스는 내년 시즌을 미리 포기할 작정을 하고 있는 것이나 마찬가지라는 분석이었다.

FA 세 명이 바로 팀의 에이스와 타선의 중심을 이루는 타자 두 명이니, 그들 중 한 명이라도 놓친다면 안 그래도 꼴찌 성적인데 내년 팀의 전력은 그야말로 수준 이하가 되기 때문이다.

언론의 일각에서는 D 불스가 현금을 챙길 욕심이리라는 추측을 발 빠르게 내놓았다. 즉, FA 선수들을 타 구단에 넘기면 전년도 연봉의 300~450%에 이르는 보상금을 받게 되는데, 대상 선수 세 명이 모두 고액 연봉자들이니 D 불스로서는 손쉽게 수십억 대의 보상금을 챙길 수 있다는 것이다.

그야말로 노골적인 장삿속이라는 얘긴데, 최근까지만 해도 대성그룹이 적자 누적을 이유로 야구단의 매각 내지는 청산까지를 적극적으로 검토한 바 있는 까닭에, 그 같은 분석과 추측들은 상당히 신빙성이 있는 것으로 야구계에 받아들여지고 있었다.

그런 분위기에서 갖가지 추측들이 연이어 쏟아져 나왔는데, 그것들 모두가 믿을 만한 소식통 내지는 심지어 대성그룹, 혹은 D 불스 구단의 유력한 인사들을 통해 직접 확인된 소식이라는 꼬리표를 달고 있었다.

상황이 그쯤에 이르렀으니 D 불스 내부의 내홍(內訌)이 없을 수는 없었다. FA 대상 선수 세 명이 모두 FA를 신청한 것은

지극히 당연하였고, 언론을 통해 유력한 트레이드 대상으로
언급된 선수들도 술렁이기 시작했다. 물론 그들 중의 대부분
은 이미 기울어 버린 D 불스를 떠나 보다 좋은 조건의 타 구단
으로 갈 수 있기를 고대하는 술렁임이었다. 감독을 포함한 코
칭스태프들은 거칠게 반발하였고, 이윽고는 감독과 코치 세
명이 사표를 제출하였다. 그런데 구단에서는 두말없이 그들의
사표를 수리했다.

언론과 야구계의 비난과 우려가 봇물처럼 터져 나왔다.

'대성그룹이 야구를 스포츠로 보지 않고 장삿속으로만 본
다.'

'천박한 상업주의요, 야멸찬 이익 우선주의다.'

'D 불스가 빈껍데기로 되어가는 것을 보고만 있을 것인
가?'

'여덟 개 구단 체제를 계속 고수하여 프로야구의 질적 저하
를 초래하느니 차라리 D 불스를 야구계에서 퇴출시켜라! 일곱
개 구단 체제의 여러 문제점을 감수하더라도 장기적으로 프로
야구의 발전을 도모하기 위해서는 그것이 옳은 결단이다.'

그러나 현실적으로 야구계가 내릴 수 있는 결단은 없었다.
당장에 D 불스를 인수하거나 혹은 신생 팀을 창단할 기업이
나서지 않는 이상 속사정이야 어쨌든 그나마 D 불스가 한 시
즌 더 유지되어 시간을 벌었다는 자체에 고마워해야 할 판이
었다. 대성그룹 측이 아무리 노골적인 장삿속을 보인다고 하
지만, 어쨌든 대성으로서는 내년 시즌 동안 추가로 최소 수십

억의 적자를 다시 감수해야 하는 것이다.

다만 한국야구위원회와 나머지 일곱 개 구단 사장들이 모인 대책회의에서 D 불스 소속 선수들에 대해서는 FA를 제외한 나머지 선수들의 트레이드를 일절 금지하자는 임시 합의를 도출해 냈다. 그럼으로써 언론을 통해 어디로 어떤 조건으로 트레이드될 것이라고 구체적인 사항들까지 거론되던 해당 선수들만 울분의 한숨을 토해내는 처지가 되고 말았다.

4

D 불스 소속 세 명 포함 FA 시장 계약 마무리.

D 불스 연봉 협상 대파란. 소속 선수들 대부분에게 전년 대비 50% 이상의 대폭 삭감된 연봉 제시.

D 불스 저(低) 연봉 선수 및 신인 급 선수들 연봉 계약 합의. 주축 선수들은 계속 연봉 협상 거부.

D 불스 내부 인적 자원을 중심으로 팀 리빌딩 선언.

D 불스 일부 고참 급 선수들과 연봉 계약 합의. 그러나 대다수 주축선수들과는 여전히 협상에 난항을 겪고 있는 중.

새해 들어서도 D 불스 관련 기사가 언론의 스포츠 면을 줄곧 장식하고 있었다. 그러나 그런 중에도 일은 잘 진행되고 있었다, 미리 계획되어 있는 대로.

더불어 철민의 마음속 회의도 조금씩 더 쌓여갔고, 그 때문인지 마음의 불편함도 조금씩 더 커져 갔다. 그러나 주어진 상황에 긍정적으로 순응해 나가는 외에 다른 길은 있을 수 없었으므로, 그런 회의 따위는 다만 조금도 고상하지 않은 값싼 감상에 불과할 뿐이라고 철민은 간단히 치부해 버렸다.

그렇게 나날이 흐르고 있었다.

핵심 급 선수들과의 연봉 계약 문제가 아직까지 제대로 풀리지 않고 있는 것을 제외하면 구단 운영과 관련한 나머지 주요 사안들은 거의 마무리 단계에 와 있었다. 그리고 선수들과의 연봉 계약 문제에 있어서도 그것이 야구단의 관점에서야 내년 시즌 성적에 지대한 영향을 미칠 수 있는 중대한 문제이겠지만, 그룹의 입장에서는 전혀 문제가 될 것이 아니었다. 고액 연봉 선수들이 끝내 연봉 삭감에 동의하지 않는다면, 아예 연봉 계약을 하지 않아도 좋다는 시나리오가 이미 정해져 있었으니 말이다.

이제 철민이 해야 할 일이라곤 다만 기다리는 것뿐이었다. 이미 정해진 일들이, 또한 이미 정해진 가닥대로 저절로 풀려나가기를. 그럼으로써 그가 야구단에 더 있어야 할 이유는 사실상 없다고 해도 좋았다. 실질적으로, 그리고 객관적으로도. 그런데도 그를 야구단으로 보낸 윗선에서는 도통 아무런 언급이 없었다.

'혹시 나는 방치된 것일까?'

철민은 가끔씩 그런 상상에 붙들리곤 했다.

부르르! 부르르르!

매너 모드의 핸드폰에 1부장의 번호가 찍혔다. 그러고 보니 보고할 시간이 지나 있었다. 그러나 철민은 폴더를 열어 변명하는 대신에 배터리를 빼버렸다. 그야말로 순간적인 충동이었다. 저지르고 나서 그 스스로가 흠칫 놀라고 말았을 만큼.

하지만 이상하게도 그 무모하기 짝이 없는 충동을 다시 주워 담고 싶은 생각은 들지 않았다. 마침 퇴근 시간이 되었기에 철민은 차라리 서둘러 자리를 정리했다.

"어? 과장님, 오늘은 칼 퇴근 하시는 겁니까?"

친근한 척 건네는 손강호의 관심에 대해서도 철민은 아는 척을 하지 않았다.

따르르릉!

등 뒤에서 전화벨이 울렸다. 돌아보지 않았어도 그의 책상에 놓인 전화였다.

"여보세요! D 불스 운영팀 손강호 대립니다. 네? 김철민 과장님이요? 실례지만 어디… 아! 네네! 잠시만 기다리십시오!"

금방 긴장 모드로 바뀌는 손강호의 목소리만으로도 그 전화의 상대방이 누구인지는 명확했다.

"과장님, 전화 좀 받아보십시오. 혁신본부의 부장님이시라는데요?"

그러나 철민은 더욱 걸음을 빨리하여 사무실 문을 나섰다.

기왕에 이렇게 된 것 제대로 한번 제낄 생각이었다. 한 번쯤은 그래야 되겠다는 생각이었다. '도통 아무런 언급'도 없는 윗선에다 그라는 존재가 이런 오지(奧地)에 아무 할 일도 없이 그저 처박혀만 있다는 사실을 한 번쯤은 일깨워 줘야겠다는 생각이었다.

한편으로는 한 번쯤은 그래도 되지 않겠느냐는, 전에 없던 배짱 같은 것이 생겨 있기도 했다. 어쩌면 그것은 그의 마음속에서 문득 불거져 나온 반항일지도 몰랐다. 유치찬란한 반항. 그리고 한 번쯤 이런 정도의 반항은 해야지 그동안 쌓인 회의가, 마음의 불편함이 조금이라도 덜해질 것 같다는 배짱.

6

철민이 이토록 술이 '당긴' 적은 지금껏 없었던 것 같다. 오늘은 마시고 싶었다. 한잔 안 하면 안 될 것 같았다. 기분이 그랬다. 울적하고 왠지 화가 나고 더럽고……

술을 즐기지 않으니 딱히 단골 술집이 있을 리도 없었다. 그렇다고 아무 집이나 들어가기는 또 내키지가 않았다. 이리 가볼까, 저리 가볼까 하다가 철민은 결국 오피스텔 근처까지 오고 말았다.

오피스텔 건너편에 있는 포장마차로 갈 생각이었다. 닭똥집 요리가 제법 맛깔스러운 곳. 카드도 받는 곳. 그리고 또 다른 이미지, 혹은 익숙함이 있다면? 전에 두 번 가본 적이 있다는 것밖에 없었다. 두 번. 고등학교 동창 녀석이 갑자기 놀러 왔을 때 한 번, 그리고 언젠가 '그녀' 가 '딱 한잔만 더 하자!' 고 하도 억지를 부려서 또 한 번.

　역시나 포장마차치고는 넓다는 생각이 새삼 들었지만, 손님은 그저 적당히 있는 정도였다. 너무 많아 부산스럽지도 않고 너무 없어 스산하지도 않을 정도로. 무언지 모를 구이 냄새가 구수했다.
　"이거 무슨 냄새예요?"
　철민의 물음이 뜬금없다 생각되었던지 주인장이 싱긋 웃으며 대답했다.
　"냄새요? 글쎄요. 지금 만들고 있는 게 돼지갈비에다 고등어구이에다 닭똥집에다……"
　주인장의 대답이 자칫 수다스럽게 되기 전에 철민이 얼른 주문했다.
　"그 세 가지하고 소주 한 병 주세요."
　"예, 예! 알겠습니다. 서비스로 오뎅 국물도 좀 드리겠습니다."

7

　몇 잔을 비우고 나니 적당히 취기가 올라왔다. 이런저런 생각들에 미처 신경을 쓰지 못하고 있던 다른 자리 손님들의 모습도 그제야 눈에 들어왔다. 마주 앉은 사람이 들어주든 말든 혼자서 열변을 토하는 사람도 있었고, 짐짓 결연하게 울분을 토로하는 사람도 있었고, 혹은 토론하듯 진지하게 대화를 주고받는 사람도 있었고, 그런가 하면 무슨 걸쭉한 음담이라도 화제에 올랐는지 자기네들끼리 연신 키득거리는 사람들도 있었다.

역시 취기 때문일까? 철민은 문득 자신의 앞에도 누군가가 앉아 있었으면 좋겠다는 생각을 했다. 그래서 무슨 얘기라도 하고 또 들었으면 싶어졌다. 이내 실없는 생각이다 여겼지만, 한편 생각해 보니 막상 누군가를 부른다고 치면 이런 실없는 이유에도 당장에 달려와 줄 사람이 있기나 할까 싶다. 언뜻 떠오르는 사람이 없었다. 생각난 김에 전화나 몇 군데 걸어볼까 싶어져서 철민이 핸드폰의 이름 검색을 뒤졌다. 꽤 많은 이름이 등록되어 있었다. 친한 사람도 많고, 중요한 사람도 많았다.

그러나 없었다. 일과 업무가 아닌, 그냥 나오는 대로의 아무 얘기나 생각 없이 풀어놓을 수 있는 사람이.

의미없이 화면을 넘겨 가고 있는 중에 문득 누군가의 이름이 눈에 들어왔다. 그러나 철민은 픽 웃고 말았다. 화면에는 '손강호 대리'라고 떠 있었다. 사실 그라면, 손강호라면 그런 대로, 아쉬운 대로 이런저런 말을 나누기는 좋을 것이다. 그리고 나오라고 한다면 묻지도 따지지도 않고 기꺼이 나와줄 것도 같았다. 과장과 대리로서의 관계 때문이 아니라, 그냥 아는 사람이라는 이유만으로도 말이다. 그러나 철민은 통화 버튼을 누르지는 않았다.

철민은 갑자기 화가 났다. 이십구 년째 살아가고 있는 인생이다. 아무리 타향이고 정을 붙이지 못하고 있는 서울이라지만, 그래도 서울 생활이 벌써 몇 년째인데 아직까지 술 한잔하자고 맘 편히 불러낼 사람 하나가 없나? 기껏 생각해 낸 게 이제 만난 지 한 달 남짓 되는 사람 하나뿐인가?

그것도 사무실에서 시간이나 죽일 요량으로 잡담이나 시시덕거리는 상대일 뿐이지, 속으로는 은근히 무시하는 마음이 없지 않았던 사람이 아니던가? 스스로에게 화가 나는 한편으로 철민이 갑자기 미안한 마음마저 들었다. 손강호에게 말이다.

철민은 소주 한 병을 더 시켰다. 홀짝홀짝 마시다 보니 어느새 한 병이 다 비워졌던 것이다. 그때,

부르르!

하고 핸드폰이 몸서리를 쳤다. 액정에는 '구단주' 라고 찍혔다. 무슨 일일까 하는 생각보다는 꽤나 오랜만의 전화라는 생각이 먼저 들었다. 역시 취기 때문일까?

―뭐 하고 있어요?

묻는 그녀의 목소리가 조금은 풀린 듯하다고 여겨지는 것도 역시 그의 취기 때문이리라.

"술 한잔하고 있습니다."

―누구랑요?

"그냥… 저 혼자서 간단히 하고 있습니다."

잠깐의 공백 끝에 그녀가 다시 물었다.

—거기 어디예요?

철민 또한 대답하기까지는 잠깐의 공백이 필요했다.

"여기요? 꽤 비싼 곳이지요."

다시 잠깐의 공백이 있고 난 후 저쪽에서 물었다.

—그리고 카드도 받고요?

철민은 문득 슬그머니 솟구쳐 오르고 마는 웃음을 참으며 짧게 대답했다.

"예!"

저편에서도 가볍게 바람 새는 소리 같은 것이 들렸다. 웃음 소리일까? 그러고는 전화가 끊겨 버렸다, 황당하게도. 철민은 핸드폰 폴더를 닫았다. 다시 전화를 걸 생각은 들지 않았다. 그리고 그가 소주잔을 털어 넣고 고등어구이의 통뼈를 발라낸 뒤 두툼한 살을 한 점 집어서 먹을 때까지 전화가 다시 오지도 않았다. 그러나 철민은 그다지 당황스럽지가 않았다. 그냥 그 럴 수도 있다는 정도일 뿐이었다. 역시 취기 때문일까?

8

그녀가 나타난 것은 철민이 세 병째 소주를 절반쯤이나 비 고 있을 때였다. 그녀는 별로 어색하지도 않게 철민의 앞자리 에 앉았다. 철민 또한 그다지 놀랍지가 않아서 그냥 태연하게 자신의 잔을 비우고 그녀에게 권했다. 철민이 놀라움을 표시하지 않은 것이야 물론 이미 취했기 때문이겠지만, 그녀 한영주가 어색해하지 않는 것 또한 적당한 전주(前酒)가 있었기 때문인 것 같아 보였다.

술이 좋은 점 중의 하나는 맨 정신으로는 도저히 하지 못할 말을 술김에는 의외로 쉽게, 과감하게 할 수 있다는 것이 아닐까? 혹은 결코 좋은 점이 아닐 수도 있겠지만 말이다.

'이제 구단의 운명은 결코 돌이키지 못할 단계로 접어들었다. 그렇다면 이쯤에서는 얘기를 해야 한다. 윗선에서 바라는 얘기와 그리고 솔직한 나의 입장에 대해서도.'

한영주가 작금의 구단 상황에 대해 철민의 솔직한 생각을 물었을 때 철민의 심정은 그랬다.

"야구팬의 입장에서야 당연히 D 불스의 재기를 바라고, 그것을 위해 그룹에서 전폭적인 지원을 해주었으면 좋겠다는 주장을 할 수 있겠지만, 그러나 저는 어디까지나 대성맨입니다. 그리고 대성맨의 입장에서는 그룹의 이익과 경영 건전성을 위해 D 불스와 같은 비효율적 사업 부문은 하루라도 빨리 청산하는 것이 지극히 당연합니다. 그러므로 구단주님께도 이렇게 말씀드리고 싶습니다. 아시다시피 D 불스의 회생은 헌신적으로 이미 불가능해졌습니다. 그리고 뻔히 불가능한 일을 억지로 붙잡고 있는다는 것은 그 일에 관련된 모두를 더욱 힘들게 만들 뿐입니다."

철민이 꽤 강단있게, 혹은 비장하게 토해낸 '솔직한 생각'에
대해 한영주는 다만 짧게만 반응했다.

"실망이네요."

철민 역시 짧게 받을 수밖에 없었다. 더욱 비장하게.

"미안합니다."

한영주가 담담하게 고개를 가로저었다.

"아니에요. 제가 처음으로 맘먹고 한번 해보려는 일이었는
데 결국 이렇게 벽에 부닥치고 만 데 대한 실망이지, 김 과장님
에 대한 실망은 아니에요. 저 역시 대성의 식구로서 그룹에 김
과장님 같은 분이 있다는 데 대해 나쁜 마음일 리는 없어요.
오히려 감사해야죠. 그리고 김 과장님의 애기가 모두 옳다는
것은 저도 충분히 알아요. 그동안 제가 무모한 고집을 피워왔
던 것이죠. 다만 애기를 듣고 보니 저 한 사람의 무모한 고집
때문에 다른 여러 사람들을 힘들게 만들었다는 데까지는 미처
생각을 깊게 해보지 못했던 것 같네요."

"뭐… 꼭 그런 뜻으로 말씀을 드린 건 아닙니다. 다만 구단
의 회생이 이미 불가능해진 상황이고, 그룹에서도 사실은 구
단을 정리하는 쪽으로 가닥을 잡고 있으니 차라리 신속한 정
리 절차를 밟는 것이 오히려 모두를 위해서 더 낫다는 점을 말
씀드리는 겁니다."

한영주가 가늘게 한숨을 뿜어 내쉬더니,

"그래요. 그렇겠네요."

하고 고개를 끄덕였다. 그리고는 문득 가벼운 실소를 뱉으

며 말했다.

"훗! 그러고 보면 제가 무모한 짓을 하긴 했어도 최소한 사람 하나는 잘못 보지 않은 것 같네요."

"예?"

"김 과장님 말이에요."

"아……."

"어쨌든 솔직한 얘기를 해줘서 고마워요."

그리고 한영주가 곧바로 핸드폰을 꺼내 드는 바람에 철민은 그만 멀뚱해지고 말았다.

"저 지금 나가요!"

짧게 한마디 하고 전화를 끊은 한영주는 말없이 잔을 비우고 철민에게 건넸다. 철민이 바로 잔을 비웠으나 한영주가 무언가 생각에 잠긴 듯한 모습이었기에 잔을 다시 권하지는 못하였다. 두 사람 사이의 불편한 침묵이 오 분여나 흘렀을까? 정장 차림의 사내 하나가 포장마차로 들어서더니 곧장 한영주에게로 와서는 고개를 숙였다.

"그동안 고마웠어요."

ㄱ 한마디를 남기고 자리에서 일어선 한영주는 정장사내의 안내를 받으며 곧장 포장마차를 나갔다.

또각! 또각!

또렷한 구두 소리를 남기고, 단 한 번도 뒤돌아보지 않은 채.

'그동안 고마웠다고?'

약간은 멍하게 그녀의 말을 곱씹고 있다가 철민은 문득,
"흐흐흐!"
하고 나직이 실소했다.
'쿨하게? 화끈하고 시원하게? 뒤끝 없게? 쏘 쿨(So cool)? 그런 거야?
다른 테이블의 시선들이 그를 힐끗거리고 있었기에 두 잔을 거푸 비워 테이블 위에다 빈 소주병을 하나 추가하고 난 다음에 철민은 자리에서 일어섰다. 순간 다리가 가볍게 휘청거렸지만 힘주어 중심을 잡았다.
계산을 하고 포장마차를 나서자 바람이 제법 차게 느껴졌다. 시원했다. 그리고 후련했다. 뭔가 제법 대단한 일을 한 것 같기도 했고, 미뤄두었던 일을 한꺼번에 해치워 버린 듯한 기분이기도 했다. 그리고 약간의 후회가 남는 것 같기도 했다. 무언지 모르게.

9

철민이 혁신본부의 1부장에게는 궁색한 변명부터 했다. 핸드폰을 떨어뜨렸는데 아예 부서져 버렸다고. 1부장은 노발대발이었다. 비서실장에게 들을 소리 안 들을 소리 다 들었다며. 그러나 한영주를 만났다는 얘기에 1부장은 즉시 보고서를 작성해 올리라는 소리로 겨우 화를 가라앉혔다.
그와 한영주 사이에 오간 얘기에 대해 철민은 가벼운 한 편

의 소설을 썼다. 적당히 장황하게, 무엇보다 보기 좋게. '소설'이 보고됨으로써 그의 '업무'는 사실상 종료되는 것이었다. 이제부터는 다만 기다리면 될 일이었다, 그의 '소설'에 대한 윗선의 심사 결과를.

철민은 사뭇 초조하게 기다렸다. 심지어는 사무실의 전화벨 소리 하나에도 움찔거리곤 하였다. 그러나 며칠이 지나고, 또 몇 주일이 지나도록 별일이 일어나지 않았다.

그간 철민은 매일 1부장에게 하던 불편한 보고를 올리지 않았다. 그러나 닦달이나 질책은 없었다. 1부장이 한 번 전화를 하긴 했다. 특별한 보고 내용이 없으면 주간 단위로 보고를 해도 좋다고. 그러나 그 말의 진의는 이제 철민의 보고에는 관심이 없어졌다는 것이리라. 1부장과 그의 윗선까지도.

한영주에게서도 그동안 전혀 연락이 없었다. 강 부장의 말로는 구단의 업무 보고조차 받지 않고 있다고 했다.

조직이 있는 한 업무는 계속된다. 그것이 어떤 조직일지라도, 그리고 쓸데없는 업무일지라도. 운영팀은 바쁘게 돌아가고 있었다, 물론 철민과는 거의 무관하게.

한가로운 중에도 철민으로서는 참으로 답답하기 이를 데 없는 노릇이었다. 무엇이 어떻게 돌아가는 걸까? 한영주기 구단 경영에서 실질적으로 손을 뗐다면 왜 이쯤에서 그에게 아무런 지시도 내려오지 않는 걸까? 언제까지 이처럼 황당하게 시간을 허비하고 있어야 하나?

철민은 문득 불안해졌다. 혹시 그가 모르는 모종의 상황이 전개되고 있는 것은 아닐까? 한영주가 구단에서 손을 떼면서 무슨 장난을 친 건 아닐까? 구단을 포기하면서 자존심에 상처를 입었고, 화풀이의 대상으로 만만한 그를 지목한 건 아닐까?

그럴 수도 있지 않은가? 오만하고 제멋대로인 재벌가의 딸이 힘없고 만만한 상대에게 치는 충동적인 장난, 악의적인 희롱 같은 것 말이다. 제기랄! 그렇다면 만사가 끝이었다. 그야말로 전도가 양양한 젊은 놈의 인생이 '쫑' 나 버리는 것이다.

그러나 무턱대고 혁신본부나 다른 곳으로 안테나를 세워 확인을 해볼 수도 없는 일이었다. 민감한 문제가 깔려 있을 수도 있는 상황에서 괜히 이리저리 찔러보다가 예기치 못한 '날벼락'을 자초할 수도 있는 일이었다.

「몽상가」 2권에서 계속…